Made in the USA
San Bernardino, CA
27 March 2016

سفر خاش

ماه عسل

ویدا قهرمانی

بهار ۱۳۹۵ خورشیدی ــ ۲۰۱۶ میلادی

لوس‌آنجلس، آمریکا

سفر خاش/ماه عسل
ویدا قهرمانی

پیشگفتار: محمد عاصمی
ویراستار: مجید روشنگر
طرح روی جلد: مرتضی برجسته
ناشر: هما سرشار، فریبرز یوسفی

ISBN: 978-1530747986
لوس‌آنجلس ــ آمریکا
بهار ۱۳۹۵ خورشیدی ــ مارچ ۲۰۱۶ میلادی

پیش‌گفتار

شـــرح زندگی در یکی از شهرهای ایران‌که ازکم‌ترین وسیله‌ی زندگی برخوردار نیست و سفر در جاده‌هایی‌که قابل راندن نیست و ماجراهایی‌که در یک سرزمین ثروتمند، به هنگام سفر از خاش تا مشهد روی می‌دهد و آداب و عادات مردم آن شهرهاکه با همه‌ی کمبودهای‌شـــان، نمونه‌ی کامل مهربانی هستند و فرزندان‌شان را هنوز به دنیا نیامده، در زهدان مادر می‌فروشـــند... و همه‌ی این‌ها در هاله‌ی مه‌آلود شور و شیدایی عشقی پابرجا و اســتوار،که به دلیل اختلاف مذهب، شروعی پرماجرا داشته و نیروی عشق بر آن غالب آمده اســت؛ با وصف‌های زیبای طبیعت و بیان احساس رنج و شادی و توفیق و شکست، در نهایتِ سادگی و بدون بازنگری‌های بیهوده‌ی الفاظ... از امتیازات نوشـــته‌ی «سفر خاش» است‌که ویدا خانم عزیزم، لذت خواندنش را به من بخشیده است و چنان گرم وگیرا آن حوادث را برکاغذ آورده،که مرا با خود به این سفر برده است و بی‌تردید در سادگی پرقوّت این نوشته، هر خواننده‌ای جذب خواهد شد.

«عروسی خاله» کتابِ اولِ ویدا خانم، بازتاب بسیار مثبتی داشته است وکار دوم این هنرمندِ پرآوازه‌ی ســینما و تئاتر نیز به اهل فن بشـــارت خواهد دادکه نیروی تازه‌نَفَسِ خوش‌ســـخنی وارد میدان شده است‌که می‌توان به او امیدها بست و به انتظارکارهای تازه‌اش نشست.

محمدعاصمی

فروردین ۱۳۸۵/ آوریل ۲۰۰۶

با عشق

جناب آقای سیروس سعدی

[illegible]

لوس آنجلس اوریل 2016

ـ خاش...؟ پادگان خاش...؟ کجا هست؟

ـ به نظرم طرفای زابل؛ جاییه در بلوچستان، حاشیه‌ی کویر. باید جای قشنگی باشه!

نقشه‌رو نیگا میکنم. گربه‌ی چاق و ملوس، گوشاشـو تیزکرده، بحر خزر روی پشتش، لمیده بر خلیج فارس. بین ترکیه و عراق از یک‌سو، و پاکستان و بلوچستان انگلیس، از سوی دیگر. سرتاسر پشتش خرسیه به نام روسیه‌ی شوروی!

ـ زابل، زاهدان، اینم خاش!

ـ خاش، فقط یه نقطه‌ست... یه نقطه‌ی ریز سیاه! البته زابل و زاهدانم هر کدوم نقطه‌ای هستند بروی نقشه، اما... اونا بزرگ‌تر و سیاترن! و این نقاط سیاه در کنار پهنه‌ی دشتی از نمک و کویری به نام «لوت» قرارگرفتند.

به گفته‌ی شوهرم داویت، با هواپیمای داکوتای ارتشی از فرودگاه مهرآباد میشه رفت به فرودگاه زاهدان. پس زاهدان حتماً مثل تهرانه که فرودگاه هم داره.

ـ حالا چرا خاش؟ مگه جا قحطه؟ بقیه هم که تازه افسر شدن، رفتن تو بَر

و بیابون مأموریت؟

ـ نمیدونم، ولی میدونم خودش خواسته بریم خاش.

می‌گفت:

ـ افسر جدیدیا، همه دلشون لک زده برا خدمت تو مرکز یا دور و اطراف اون، که با فامیل و دوستان نزدیک باشن و شبای جمعه بتونن کافه وکاباره برن! ولی من میگفتم هر چی دورتر بهتر، هر چه هم ده کوره‌تر، دیگه بهتر! راست میگه، از وقتی که فیلم تو سینمای دیانا به نمایش درآمد، نه تنها از مدرسه اخراج شـدم و هیچ دبیرستان دیگه‌ای هم حاضر به قبولم برای دو ماهی که به امتحانات نهایی ششم مانده بود نشد، بلکه نمیتونم پامو از خونه بیرون بذارم. او که شبانه‌روزی دانشگاه نظامی‌ست و فقط میتونه عصر پنجشنبه تا عصر جمعه با من و پسر تازه به دنیا آمدم باشه. بنابراین تموم هفته‌رو نوزادم و من، توی یه اتاق از آپارتمان سه اتاقه‌ی خونوادش، در طبقه‌ی دوم ساختمانی سیمانی در خیابان شاه به سر میبریم!

***

مادر بزرگم پیشـنهادکردن برای اینکه شـیرم زیاد بشـه، روزی یه قرون دو زار «تره» با غذا بخورم. یا روزی یه بطری «لووردوبیر»ـ مخمر آبجو. خونه‌ی ما چون به خیابون پاستور و در نتیجه به انستیتو پاستور (که تنها مرکز تهیه‌ی مخمر آبجوست)، نزدیکه، میتونم پسـرمو توی کالسکه‌ی کوچکش بذارم و پیاده برم اونجا برای خرید مخمر. اگه روزانه بخوام بخرم، میشـه یه تومن، اما اگه بتونم پول یه ماهو پیش بدم میشه هر بطری پنج زار. در این مورد بخصوص، دو اشکال بزرگ سر راهمه! اول این که توی خیابون شناسایی میشم و دنبال راه میفتن و قربون صدقه‌ی پسرم میرن! یا جلومو میگیرن و سئوالای صد تا یه غاز در مورد سینما و فیلم و این‌که چطور میشه همیشه هنرپیشه شد، میکنن.

از اینها گذشته تهیه‌ی پانزده تومن ناقابل با وضعی که دارم کمی مشکله!

از زمانی که برخلاف میل و خواسـته‌ی والدینمون و فامیل ازدواج کردیم، اول

شوهرم شبانه‌روزی دبیرستان نظام بود و ماهی هفده ریال و ده‌شاهی حقوق می‌گرفت. بعد هم که به دانشگاه نظامی رفت، کمی بیش از این.

اونچه را که ته کیفم پول زرد و اسکناس، باقی‌مونده از دستمزد دو هزار تومنی فیلم و هدایای نقدی سر عقد مسلمونی در خانه‌ی پدر داشتم خرج تفریح و گردش شبای جمعه با دوستان و رفقاش شد و مدتیه که از شنبه صبح من مانده‌ام و ته کیفای پاک شده. بنابراین ترجیح میدم توی اتاق دربسته بمونم، یا به‌خاطر این که پسـرم، اونطور که در درسای بهداشت خونده بودم دچار کمبود ویتامین «دی» یا بیماری نرمی استخوان نشه، اونو به بالکن ببرم.

یک پنجشنبه عصر که پسرمو به بالکن برده و ضمناً منتظر شوهرم بودم، ناگهان متوجه درگیری و کتک‌کاری توی پیاده‌روی مقابل شدم. بله خودش بود! به این دعواها و کتک‌کاریا عادت داشتم. بارها در خیابان مجبور بودم گوشه‌ای بایستم و خجالت‌زده، شاهد مشتای سنگین او باشم که بر سر و صورت کسی که جرأت کرده بود نگاهم کنه، سرازیر میشدند.

بیچاره اونی که خبر نداشت با یه بوکسور حرفه‌ای طرفه!

با این شرایط ترجیح میدادم تا اونجایی که میتونستم خودم و کودکم و توی اتاق زندانی کنم!

خوشـحالم که میریم خاش. اقلاً اونجا کسی منو نمیشناسـه تا نگام کنه، و از کتک‌کاری هم شکر خدا خبری نخواهد بود.

**

ـ روزنامه‌رو امروز خوندی؟ پس خبر نداری؟ یه بلوچ به اسم دادشاه چارتا امریکایی‌رو همون طرفا سر بریده و الفرار! یارو متواری شده، معلوم نیست کدوم قبرستونی! الانم دولت کلی مأمور دنبالش فرستاده. اونوقت شماها، شـال وکلاه کردین برین تو دهن اژدها؟! والله بخدا... جونتونو که از سر راه نیاوردین! خاش هم جاست؟ آدم زن جوون تازه‌عروس و بچه‌ی نوزادشو میبره تو بـرِ بیابون؟ خدای نکرده، زبونم لال، هفت قـران در میون، اگه

تو برهوت، دار و دسـتهی همین بلوچای غولتَشَن بهتون حمله کردن، کی خبردار میشه؟

خانجونم، همینطورکه لب گزه میرن و از این حرفا میزنن، من میخندم و میگم:

ـ اتفاقاً اینطورکه شنیدم بلوچا خیلی خوشتیپ و جالبن. بیخودی هم به کسی حمله نمیکنن. به ما چیکار دارن؟ مگه ما چشممون آبیه یا موهامون طلایی.

خوشحالم که میریم خاش، از این اتاق دربسته نجات پیدا میکنم! پسرم حداقل تا چارپنج سالگی زیر آسمون کران تا کران کویر رشد میکنه. دیگه نگرون کمبود آفتاب و نرمی و استخونش نیستم. میگن شبا، آسمون ستارهبارونش میدرخشه، آدم میتونه دست درازکنه و ستاره بچینه.

کویر، نه خیابون اسفالته داره و ساختمونای سیمانی خاکستری، نه ماشینایی که دائم دود میکنن و بوق میزنن، نه آدما توی پیادهرو وامیستن و زاغ سیای آدمو تو اتاق یا بالکن چوب میزنن. اصلاً اون جا بالکن نداره!

***

ـ تلگراف اومده.

ـ از کجا؟

ـ از زاهدان.

میخونمش: «دلم تنگ، خانه آماده، هر چه زودتر ... منتظرم. ورود اطلاع».

هـزار و یکبار میخونمش، هزار و یکبـار بالا و پایین میپرم و هزار و یکبار ورقهی آزادیمو میبوسم و روی قلبم میذارم.

مادر و خواهرش میپرسن:

ـ کی راه میفتی؟

ـ همین فردا!

همین فردا؟ چی میگم؟ چطـوری؟ با کدوم پول؟ پرندههای مهاجر هم به این

سرعت آشیانه‌شونو ترک نمیکنن. طیاره بلیت لازم داره، که مطمئناً با پول قابل خریده نه با عشق!

***

پدرم پاکتی میوه در دست، وارد میشن. خوشحالم که دیگه حالت قهر و اخم زمان عقدمو راندارن. که اینو مرهون پسرکوچولوم هستم، از زمانی که قدم به این دنیاگذاشته. مهربونیو دوباره به چشمای پدرم برگردونده و اون لبخند پر از مهررو به لبا. و این کوچولوی نازنین نه تنها این پدر بزرگو بر سر لطف آورده، بلکه اون دیگری‌رو هم همین طور.

اون پدر بزرگ، رهبر ارامنه‌ی مخالف دولت بلشویکی و اشغالگر ارمنستانو هم که از ازدواج پسرشو با یه دختر مسلمان، کسر شأن، و نوعی عهدشکنی با پیروانش تلقی میکرد، تا اونجاکه به حالت قهر، ترک خونه و خونواده‌روکرد و معالجه‌ی بیماران شهرستانی دور رو، به تحمل ازدواج پسرش و موندن درکنار زن و فرزند ترجیح داده بود.

***

حداقل هفته‌ای یک‌بار پدر با پاکتی میوه که میدونن چقدر دوست میدارم به دیدنمون میان، پسرمو در آغوش میگیرن و با او حرف میزنن. گله و شکایت از بی‌عقلی و نادانی، از دیوونگی و لجبازیای کودکانه که عاقبت جز پشیمانی، باری نخواهد داشت و نصیحت به اون کوچولو و آرزوی این‌که از تجربیات تلخ بزرگ‌ترا پند بگیره و پسر عاقلی بشه... میدونم مخاطب منم.

تلگراف را نشون میدم. در برابر سؤال راجع به بلیت، از نگاه درمونده‌ام همه چیزو میخونن! میپرسن:

ـ کی تصمیم داری بری؟

وه... که این لحن چه دلگرم‌کننده‌ست! همون لحن آشنای بیمارستان باهر در خیابون آشیخ‌هادی. روزی که اولین نوه‌ی سه چهار روزه‌شونو در آغوش گرفتن و با نگاهی سرشار از عشق به صورت مینیاتوری کودکم و به من، همین سؤالوکردن

و با پرداخت هزینه‌ی بیمارستان، از نگرانی درم آوردن.

ـ هر چه زودتر بهتر!

ـ خبرم کن بلیط بگیرم.

و در حال خداحافظی میگن:

ـ این اسبابا؟

آه... تازه متوجه میشم: تخت وکمد لباس و میز توالت خودمون، تخت و کمد لباس بچه. همون‌که سه چهار ماه پس از عروسیم وقتی برادرم پیشنهاد خرید و تهیه‌ی سیسمونی برای ورود نوه داده بود، پدر با تعجب گفته بودن:

ـ حالاکو تا من صاحب نوه بشم. اون تازه عروسی کرده!

این‌همه چیزای بی‌خودرو میخواستیم چه‌کنیم؟ ما فقط میخواستیم کنار هم باشیم. مهم نبود روی زمین بخوابیم یا روی تخت. موهامونو جلوی پنجره شونه کنیم یا برابرآینه.

این‌همه تیر و تخته برای چی؟ چکار به حرف مردم داشتیم؟ مگه زمانی که عاشق شدیم نمیدونستیم با دو دین مختلف بزرگ شدیم؟ مگه به خاطر حرف مردم دور عشق و عاشقیو خط‌کشیدیم؟ مگه وقتی به خونه‌ی امام جمعه‌ی تهران تو خیابون ژاله رفتیم، به حرف مردم‌کاری داشتیم؟ یا وقتی امام جمعه با اون چشمای شوخ آبی، نیگامون‌کرد و از او پرسید: «به خاطر این میخوای مسلمون بشی؟» و جواب «بله» گرفت، تأکیدکرد: «مطمئنی و پشیمون نمیشی؟» و جواب «نه» گرفت، مگه ملاحظه‌ی حرف مردمو‌کردیم؟

عقدمون‌کرد. اماگفت:

ـ ثبت در دفتر، باید با رضایت والدین باشد!

چی فکر میکردیم؟ رضایت والدین...؟!

از خونه‌ی امام جمعه که بیرون آمدیم، هرکدوم به‌صورت یه علامت سؤال بزرگ، گیج و منگ، از هم جدا شدیم و هرکدوم به طرف خونه‌ی خود. یعنی مثلاً ما زن و شوهر شدیم؟

بازم که از هم جداییم. بازم از این که با هم دیده بشــیم وحشت داریم. با این که بهحرف مردم کاری نداریم، اما ترس از والدین... صدای پدرم در ســرم میپیچه، شــبی که هفتتیرکلتشــو با عصبانیت کوبید روی میز، جلــوی او و با صورتی برافروختهگفت:

ــ باید از روی نعش من رد شی تا بتونی باهاش ازدواج کنی.

***

رضایت والدین. این دوکلمه چه بار ســنگینی داره. سدی سکندر. دیواری به عظمت دیوار چین. این قلعهی سنگبارونو چطور میشه فتح کرد؟ با چه نیرویی؟ و بالاخره، چه نیرویی پر قدرتتر از عشقمون؟

پس از چندین ماه، عقد با تموم مراسمش، در منزل ما، با حضور فامیل، قرآن در دســت، در برابر آینه و شمعدون. که با فراغ بال و بدون واهمه، به هم عاشقانه چشم دوختهایم، و شب، منزل اونا، در مقابل کشیش، بدون حضور پدرش که با قهر خونهرو ترک گفته و بالاخره آخرین بار، و اینبار به همراه پسرکوچکمان، در مقابل کشیش، با حضور پدرش!

مگه حرف مردم کوچکترین خللی تونست در عزممون بهوجود بیاره؟

***

چه قدرت وکششیست در وجود این کوچولوهای نازنین؟

به گوش پدر شوهر رسونده بودن که صاحب نوه شد، اولین، و اونم پسر! روزی از روزهای تنهایی، بهصدای زنگ، درآپارتمانو واکردم و اندام بالابلندش را دیدم. نمیدونستم چه واکنشی باید نشون بدم. اگر هم میدونستم، نمیتونستم! حضورش بســیار غافلگیرکننده بود، و این پســرکوچولوم بــودکه با یه لبخند معصومانه پدر بزرگشو خلع سلاح کرد! لحظهای نگذشت که هر دو در آغوش پرمهرش بوسهبارون شدیم!

***

وقتی خوبچهره، دختر دایی مادرم و همبازی و دوستم، با چادر نماز وارد میشه،

از تعجب دهنم واز میمونه. میگه:

ــ شنیدم داری میری مسافرت!

ــ آره... خاش!

ــ کجا...؟

ــ خاش. توی کویره! حالا تو چرا چادر سرت کردی؟

ــ نمیخواستم کسی متوجه بشه دارم میام این‌جا.

از بعـد از ازدواجمون تقریباً تموم فامیــل از ما بریدن. در حقیقت پس از روی آمدن فیلم جنجالی «چهارراه حوادث» به خصوص صحنه‌ی پایانی آن که با بوسه‌ای لب روی لب، زمانی نسبتاً طولانی برای نشان دادن لغت «پایان» روی پرده‌ی عظیم، تماشاگران را غافلگیر و حیرت‌زده میکرد، سندی شد مستند! برای اثبات «فساد اخلاق» بنده و ترس از سرایت این بیماری مزمن به دختران چشم وگوش بسته‌ی فامیل که تا قبل از آن مدل و سرمشقشان بودم.

خوبی میگه:

ــ پول آینه شــمعدونو من از فامیل شوهرم قرض کردم، یواشکی. سپردم به کسـی بروز نده تا پس بدم. قرار بود داویت سر ماه حسابو پاک کنه. ببین الان چند ماه گذشته!

هاج و واج میمونم، هنگامی که به آینه بیضی تو قاب نقره‌ایش به‌هم آزادانه نیگا میکردیم و قند تو دلمون آب میکردیم، چقدر خوشحال بودم که با خرید یه آینه و شمعدون دهن همه‌ی اونایی روکه میگفتن «این که هنوز درس میخونه و یه ستاره کوره هم تو هفت آسمون نداره»رو، بسته.

صدای خوبی انگار از ته چاه میاد:

ــ ببین. این‌طرفی که من ازش قرض کردم، بهم نظر داره! اگه زود این پولو بهش ندم، هر چی پیش بیاد شماها مقصرین‌ها.

ــ چقدر...؟

ــ هزار تومن!

ـ چی...؟ هزار تومن؟

چشمای آبی خوبی پر از اشک شده.

ـ تو میتونی یه جوری تهیه کنی؟ اونکه رفته معلوم نیست کجا.

ـ خاش. رفته خاش.

ـ تورو خدا آبرومو نبرین! خوب حالا دیگه افسر شده. حقوقش چنده؟ میتونه بده دیگه. یه تلگراف بهش بزن، بگو تلگرافی بفرسته. من رفتم.

و رفت. بدون خداحافظی!

تلگراف بزنم؟ به کجا؟ خاش؟ اون نقطهی به اون ریزی روی نقشه، تلگرافش کجا بود؟ اون باید با من تماس بگیره. تازه از زاهدان نه خاش.

میرم سرکیفام. تموم جیبام، تموم سوراخ سنبههای کیفا و لباسا. نه. دریغ از یه پاپاسی! امیدوار بودم اقلاً یه نیمپهلوی، یه گوشهای گیربیارم، یه دهشاهی هم دلمو خوش نکرد.

انگشترم؛ مادرش گفته از مظفریان قسطی خریده. خدایا ازکی کمک بگیرم؟ به مبلفروشی بگم این تیر و تختهها را پس بگیره و هزار تومن بده. چهطوری بگم؟ از خجالت آب میشم. کاش داویت میتونست تلفن کنه!

بایـد یه فکری بکنم. از مادر؟ نه. از پدر...؟ ابداً! چه طوری میتونم رو بندازم؟ با اون کاغذی که سر عقد امضا کردم و دادم به بابا «که درصورت پشیمونی حق برگشت ندارم.» ولی من که پشیمون نیستم و نمیخوام برگردم آخه ناسلامتی شوهرکردم. بازم پدر خرجمو بده؟ خجالت هم خوب چیزیه! هزار تومن!؟ خدایا خودت کمکم کن.

شاید از دوستاش بتونم کمک بگیرم، کیومرث یا هوشنگ.

اوندفعه که از شبانهروزی دانشگاه نظامی زنگ زد که یه جوری فرنچشو بهش برسونم، این هوشنگ بود که با مرسدس بنزش اومد و فرنچو بردیم و بهش دادیم. دوباره ازش خواهش کنم؟ منتها این بار با یه دنیا خجالت ازش میخوام به کمکم بیاد.

***

ـ ببین! من و بچه داریم میریم خاش. این سرویس اتاق خواب خودمون و بچه‌رو نمیخوام. میشه فروخت؟ فکر میکنی هزار تومن بخرن؟ من باید هر چی زودتر هزار تومن به یکی از فامیلام بدم!

ـ ببینم چیکار میتونم بکنم! آخه اینا درسته که نوست، از اون مهم‌تر این که ستاره‌ی مشهوری هم روش خوابیده.

ـ جدی دارم ازت میپرسم. شوخی نکن.

ـ خیلی هم جدی دارم جواب میدم. ولی هر چی باشه دست دومه.

ـ یعنی هزار تومن نمیشه؟

ـ حالا کی عازمی؟

تلگرافو نشونش میدم. گوشه‌ی یه طرف لبش میره بالا. هوشنگ همیشه یک‌وری لبخند میزنه. آدم فکر میکنه داره مسخره میکنه.

ـ چه آتیششم تنده! من با یکی دو تا از این مبل‌فروشای خیابون‌تون آشنام، باهاشون حرف میزنم، ببینم مزه دهنشون چیه!

***

وقتی هزار تومنو به خوبی دادم، با تعجب پرسید:

ـ از کجا آوردی؟

گفتم:

ـ نپرس... بعداً میگم.

بعــداً میگم که آقایی از طرف یه مبل‌فروشــی اومد و نگاهی به اینا انداخت و نگاهی به سرتا پای من کرد و با بی‌میلی گفت:

ـ این خرت و خورتارو کلاً و جمعاً دیویس و پنجاه تا میدم. خیرشو ببینی!

ـ خرت و خورت؟ شماروکی فرستاده؟

ـ ســرور ماکه خیلی منت به سر خودمو بچه‌هام داره. البته ایشون فرموده شوما هزار چوق میخاین! فک کنم این خرت و خورتارو ندیده.

ـ دیدن!

ناباورانه نگاهم میکنه:

ـ خوب مظنه دش نی! میخاین جای اینا یه دست مبل نو بخرین؟

ـ از اینا نوتر؟ نه قربون. دارم میرم مسافرت، به اینا دیگه احتیاجی نداریم!

ـ آقاتون کجا تشیف دارن؟

ـ مأموریت.

ـ شومام به سلامتی تشیف میبرین همونجا؟

ـ بله.

ـ فرنگ که گمون نکنم برین. همین دور و وراس! خوب اینارم بارکامیون بزنین ببرین، به درد خودتون بیشتر میخوره تا ما. دو بارم آقاتون تو خرج نمیفته باز یه دس دیگه بخره. اونم تو شهرسون. حالا آقاتون کجا مأموریت تشیف دارن؟

دیگه داره حالم بهم میخوره از بس آقاتون آقاتون میکنه.

ـ خاش.

ـ کجا؟

می دونستم ها! چه اصراری دارم که حتماً جواب بدم، وقتی مطمئنم که نمیدونه!

ـ کویر آقا، کویر لوت!

حتماً فکر میکنه مسخرش میکنم که این طور نیگام میکنه!

ـ بالاخره بعد از این همه حرف، هزار تومن که میخرین که آخر ماه بیاین ببرین؟

ـ به...! هم پولو فوری میخای و هم جنسو نیگر میداری؟ به خاطر گل جمال آقای وکیلی، پنجا دیگه روش! وردار تا پشیمون نشدم! کس دیگه این قدم نمیده ها!

در اتاقو در آپارتمانو وامیکنم!

ـ بفرماین. ببخشن، زحمت کشیدین، مرحمت زیاد!

ـ چرا قهر میکنی؟

ـ بفرمایین. بیشتر از این وقتونو نمیگیرم.

ـ تا سیصد و پنجا، راضی میشی؟ راضی کردن هوشنگ خانم با خودم!

درو پشت سرش محکم به هم میزنم!

و عصر، دیگری میاد و نگاهی سطحی به اثاثیه میندازه!

ـ سرکار خانم، کی اینارو میتونیم ببریم؟

ـ آخر همین ماه، اشکالی نداره؟

یک بسته‌ی کلفت اسکناس تاخورده از جیب عقب شلوارش در میاره، میشمره روی تخت میذاره.

ـ بی‌زحمت بشمرین، هزار تومنه. رسیدشو لطف کنین به جناب وکیلی، خیر پیش.

و میرود. اسم هوشنگو باید بذارم «حلال مشکلات».

***

سالن فرودگاه مهرآباد، گُله به گُله مسافران، عده‌ای کنار باجه‌ها؛ پسرم در آغوش پـــدر بزرگش جا خوش کرده. پنجره‌های بلند و آدمـــای فراوون، صدای غرش موتور هواپیماها. همه و همه، براش اولین بار و جالبه، همون‌طورکه برای مادرش.

ـ تو طیاره به بچه شــیر ندی. حالش به‌هم میخوره و همه‌رو بر میگردونه! خودت چیزی خوردی؟ تو طیاره نباید شــیکم آدم خیلی خالی باشه‌ها... سرگیجه‌میگیری!

ـ اوا... میگن پُرم که باشه بدتره که!

ـ خوب البته. ولی فقط باید ته‌بندی کرد! همه‌ی چیزاتو داری میبری؟

ـ بله.

ـ جهاز و هدیه‌های عروسیتو؟

ـ بله دیگه... پس نبرم؟

ـ نه نگفتم نبر. میدونم بالاخره یه چند سالی باید اون جا بمونین... خانجونم روشونو میکنن اون طرف و یواشکی باگوشه‌ی چارقدشون اشگاشونو

پاک میکنن.

ـ منظورم این بود که پس کو؟ چمدونات پس کجاس؟

ـ با بابا رفتیم بازار، یه صندوق بزرگ خریدیم و همهی چیزامو گذاشتم توش!

ـ اوا خدا مرگم بده...!

ـ اوا... خدا نکنه... چرا؟

ـ چینی و بلورو شیکستنیارو چپوندی تو صندوق؟ تا اونور دنیا برسه خُرد و خمیره که!

ـ نچپوندم... کدوم ور دنیا؟ اونور دنیا نیست!

ـ نیست؟ پس کجاس؟ ماکه تا به حال اسمش هم به گوشمون نخورده بود! طیاره چقدر گرفت برا صندوق؟

ـ بابـا بردن دادن گاراژ ایرانپیما، بـا کامیون یا با اتوبوس میبرن و اونجا بهمون تحویل میدن!

ـ همهی کاراتون بیفکر و بیبرنامهس... خانجونم چرا حرفای مامان جون و دایی جونو میزنن!؟

ـ ... نه سؤالی، نه پرسشی... اقلاً از یه بزرگترکه سفر مکهای، پابوس امام رضایی رفته و تجربه داره سؤال میکردین. غلط نکنم مامان جون، خانجونمو خوب پرکردن!

ـ آخه من که نمیخواستم برم مکه با شتر، با طیاره دارم میرم زاهدان.

بابا خسرورو که خوابیده به بغل من میدن:

ـ باید بری از اون در بیرون، بلیطو هم دم در بازرسی میکنن... خداحافظیاتو بکن، زیاد وقت نداری.

ـ اول شما...

و بـدون ملاحظه از بچهای که در آغوش دارم پدرم را هم در آغوش میگیرم، یا بهتره بگم در آغوشــش فرو میرم، با تموم وجودم از محبتش و احسانش تشکر

میکنم... چرا باید اشکمو کنترل کنم؟

نمیدونستم پدرا هم گریه میکنن!

***

اولین باره که سوار هواپیما میشم، طرف راستم یه پنجره‌ی گرد کوچک هست و صندلی کنارمو کنار یه خانمی جوون و در آغوشش یه کوچولوی چشم و ابرو مشکی با موهای صاف و براق، اشغال کرده.

تا میشینم، پسر موِ مشکی، دست خسرورو میگیره و با کنجکاوی میخواد با سر انگشتِ کوچکش چشم بسته‌ی اونو وا کنه.

خانم جوون میگه:

ـ «چی گارل لی» دست نزن!

ورو به من با معذرت‌خواهی خودشو معرفی میکنه. نامش، زیباییشو تفسیر میکنه:

ـ نازیک، و این فضول هم امیر!

متوجه تعجبم از تضاد اسامی میشه و توضیح میده که: خودش ارمنی و شوهرش مسلمونه که تازه افسر شده و به مأموریت خاش فرستادنش. چه جالب؛ درست بر عکس ما.

از پنجره‌ی کوچک کنارم، نگاهی به بیرون میندازم. فقط آسمونه و آفتاب عالمتاب، و چشمان پدرم... چشمان به شدت غمگین پدرم. که چطور ناگهان، دو زن محبوب زندگیش، تنهاش گذاشتن! مادرم هم در بحبوحه‌ی کشمکش عشقی من، عاشق شد و اونو ترک کرد. پدر هرگز نشون نداد که از پشت پا زدن همسرش به کانون گرم خانوادگی، چه ضربه‌ای خورد. زنی که میپرستید، با ترک زندگی مشترک بیست ساله و در بحبوحه‌ی بحران ازدواج ممنوع دخترش و دو پسرِ کوچک‌شان به سوی زندگی نوینی رفت. ضربه برای من کشنده بود زمانی که دریافتم مادر ازدواج کرد؛ نه با یه غریبه، که با دوست خانوادگی! پدر چطور تحمل کرد؟! نمیدانم.

پروانه‌ی هواپیما مثل یه پنکه بزرگ میچرخه و میچرخه! و پایین، همه چیز آجری

رنگ. نگاهم خیره به پروانه‌ی هواپیما و آسمان بی‌کران و ذهنم در آبادان، مهمان یکی از مهندسین جوان شرکت ملی نفت ایران و هق‌هق گریه در مقابل مادر که می‌گفت: «حسین از تو خواستگاری کرده! ببین مهندسه، زندگی خوب داره. جواب باید بدی تا برنگشتیم تهران.» هنوز صدامو توی مغزم می‌شنوم که در میان سکسکه‌ی گریه می‌گم: «نه... من شوهر نمی‌خوام بکنم. من دوست ندارم شوهر کنم. مخصوصاً با دوستای بابا و شما.» و صدای اعتراض‌آمیز و نصیحت‌گونه‌ی مادر که این حرفای بچه‌گونه‌رو بذار کنار، تو دیگه داره هفده سالت میشه و باید به فکر زندگی و آینده‌ت باشی. و با دیدن اشک و آه و سکسکه‌ی گریه من می‌گن: «داویتو فراموش کن، اون هنوز شاگرد مدرسه‌س، باید بره دنبال درس و مشقش!» و من فریاد می‌زنم: «نمی‌خوام... شوهر نمی‌خوام.... منم می‌خوام تحصیل کنم.»

**

از وقتی که نامه‌ی داویتوکه به جای نوشتن، با آب پیاز روی نامه‌ی یه خط در میون خواهرش برام به آدرس منزل میفرستاد و مجبور بودم اونو روی چراغ خوراک‌پزی در آشپزخونه‌ی دربسته بگیرم تا آب پیاز سرخ بشه و بتونم بخونمش، در نتیجه، بستن در آشپزخونه و بوی پیاز داغ، اهالی خونه‌رو مشکوک میکرد، به پیشنهاد یکی از همشاگردیا تو دبیرستان سپهر آبادان، آدرس مدرسه‌رو دادم؛ همشاگردی اطمینان داده بود نامه‌هاشو و نمیکنن و دربسته بهش میدن. بنده‌ی خوش‌خیال فراموش کردم که مدیر سپهر، دوست و همکار مادرمه و به جای گیرنده که اسم بنده با خطی خوانا نوشته شده بود به گیرنده‌ی مجازتر، یعنی مادرم داده بودن!

وای که چه قشقرقی راه افتاد. به‌خصوص که نامه با جمله‌ی «زن خوشگلم» شروع شده بود! چطور میتونستم بقبولونم که ما از دوازده سیزده سالگی که به عشقمون قسم خوردیم، خودرو متعلق به همدیگه میدونستیم و این کلام در کمال معصومیت نوشته شده؟ بنابراین تنها راه جلوگیری از ادامه‌ی این رابطه، شوهر

بشینه! خیلی هیجان دارم، چشممو از پنجره نمیتونم وردارم. خدای من، این‌همه آهن و آدم چطور به سبکی پر بر ابر و آسمون سوار میشه؟ و حالا که هم ارتفاعشو کم میکنه و هم سرعتشو، چطوره که مثل هر جسم دیگه، سقوط نمیکنه؟ بنابراین، پرواز انسان که باید خیلی آسون‌تر باشه. چطوره که تا بحال اتفاق نیفتاده. وای! این زمینه... این زمینه که داره به سرعت از زیر پامون فرار میکنه! یه تکون مختصر، و روی خیابونی آسفالته و صاف پیش میریم، با سرعت.

چه‌قدر جالب و چه لذت‌بخش! دوباره روی زمینیم! با کفش پاشنه‌بلند، معروف به پاشنه‌صناری از پله‌های سوراخ‌دار آهنی باید پایین برم. خسرورو یکی از آغوشم میگیره، و در پای پله‌ها، داویت منتظرمونه! به‌سوی هم پرواز میکنیم.

ـ ببخشید اجازه بدین بقیه هم پیاده بشن.

ـ شـــما باید خانم جهانگیر باشین، بعله... اینم امیرکوچولو، که اگه امروز باباش افسر نگهبان نبود، با ما به پیشواز آمده بود.

مغزمونو خورده از بس راجع به امیرش و شـیرین کاریهاش حرف زده! به‌طرف جیپی که انگار به یادگار از جنگ جهانی باقی مونده میریم.

ـ فریدون همقطار ما در پادگان. جناب سرهنگ فرمانده پادگان همراه بنده کردن که مبادا ناگهان جیپ و راننده‌رو یه‌طرف دیگه، برای ماه عسلمون ببرم! از دو سه خیابون که میگذریم، دیگه بیابونه و بیابون و افق به‌وسعت تموم دنیا. چقدر زیباست.

ـ وای... چقدر قشـــنگه... آفتاب داره غروب میکنه و آسمون و زمین هر لحظه به یک رنگ.

داویت پشتم نشسته اما صورتشو به صورتم چسبونده و میبوسدم. نیم‌رخش توی این نور رنگی چقدر زیباتره. و من چقدر دلم براش تنگ شده بود.

ـ نمیشه وایسیم و غروب و تماشا کنیم؟

ـ وای خسته نیستین؟ نمیخواین زودتر برسیم؟

این نازیکه که بین من و راننده نشسته. امیرو بغل میکنم. میگه:

دادن من بود. و چه‌کسی بهتر از یه مهندس شرکت نفت دارای خونه و زندگی!
و حالا، در این هواپیمای داکوتای ارتشی، چشم بر آسمان و مرورگذشته.مادر در
آبادان، من به‌سوی عشقم و پدر، تنها در تهران.

ناگهان حس میکنم چقدر دلم برای اوناکه پشت سرگذاشتم تنگ شده.

***

یعنی ما الان روی هواییم؟

ــ چقدر صدا میکنه. گوشهام کر شد، آسمون‌که دیگه زمین سنگلاخ نیست
که انقدر دست‌انداز داره.

نگاهش میکنم.

ــ ها... ها... ها، اتفاقاً جالبه. همه چیزش جالبه. من اولین بارمه‌که ســوار
هواپیما میشم. انقدر سفارش کردن‌که چیزی نخورم، یا بخورم، یاکم بخورم
که مبادا حالم به‌هم بخوره! ولی می‌بینم نه حال خودم نه خسرو ــ پسـرم
اسمش خسروست ــ نه تنها بهم نخورده، خیلی هم سرحال‌تر از روی زمین
هستیم!

اما به نظر میاد نازیک اصلاً با من موافق نیست. همه‌اش شکایت میکنه. وقتی
بهمون ساندویچ دادن، لای نونو واکرد و دماغشو بالاکشید:

ــ واه واه، این دیگه چیه؟

من نمیدونستم توی طیاره، غذا هم میدن. بابا کتلت، سبزی‌خوردن مفصل، کمی
آجیل و یه بسته بیسکویت همراهم کرده بودن.

سفره‌رو واکردم و به اتفاق تناول کردیم! مهمان‌دار سؤال کرد:

ــ کرمان پیاده میشیم یا زاهدان؟

لقمه‌ای هم به او تعارف کردیم‌که تشـکرکرد و نگرفت. به‌نظرم در حین انجام
وظیفه، قدغنه!

***

نزدیک غروب صدایی‌رو شـنیدیم‌که گفت میخواد در فرودگاه زاهدان به زمین

ـ نه... پسر خودتون تو بغلتونه... این سنگینه!

ـ عیب نداره... من خسته نیستم. تورو خدا یه دقیقه وایسیم... از پشت این طلق کدر نمیشه بیرونو تماشا کرد.

فریدون از صندلی عقب به پشتیانی من میگه:

ـ خانمت وقتی دستور میدن باید اطاعت کنی.

به پشت سرباز بلوچ که جیپو میرونه، میزنه.

ـ بزن کنار جاده و نیگر دار. منم میخوام یک کم پاهامو ورزش بدم. نیم ساعت دیگه این طوری چارچنگولی پیت به‌بغل این پشت بمونم، فردا سحر صف جمع بی‌صف جمع!

و پیاده میشیم.

ـ جناب سرهنگ سفارش یه صندوق پرتقال از زاهدان دادن. صندوق‌گیر نیاوردیم، ریختیم تو پیت حلبی و گذاشتیم این پشت، که جا برای اسباب عقب باشه، در نتیجه ما این عقب با اجازه ساندویچیم. گفتم ساندویچ دلم ضعف رفت. شما خانما، چیزی نوش جان کردین؟ غلط نکنم چلوکباب ارتشی تو طیاره صرف شده؟

ـ افق چه زیباست... چه هوش‌رباست. وای... سحر شدم.

ـ سوار شین بریم، کلی راه داریم‌ها. به قهوه‌خونه که سفارش خوراک کبک دادیم دو سه کیلومتر دیگه بیشتر نمونده.

به نظر میاد داویت از همه گرسنه‌تره! فریدون میگه:

ـ خانوم جون از این به بعد تموم غروبا همین‌طوره. توی خاش انقدر طلوع و غروب می‌بینی که از هر چی آفتاب و زمین و آسمونه حالت به‌هم بخوره.

ـ هرگز. از اون حرفاست. مگه آدم از دیدن زیبایی حالش به‌هم می‌خوره؟

و اجباراً سوار میشیم. کنار نازیک که پیاده نشد، میشینم و خسرو در آغوشم، به‌پیش میریم. ورو به‌رومون هر لحظه به طرز شگفت‌انگیزی رنگا تغییر می‌کنن! در کنار یه چاردیواری خشت و گلی توقف می‌کنیم. ورودی بسیار کوتاه. دولا میشیم و وارد

محوطه‌ای میشیم بسیار شبیه سربینه‌ی حمومای عمومی قدیمی، حجره حجره با ســکوها و دیوارهای قطور خشت وگلی میونشون. یکی دو سوراخ در دیوار غربی، نور قرمز و بنفش غروبو به داخل ریخته، با اعجاب ـ آلیس در ســرزمین عجایب ـ اطراف را نیگا میکنم. مردان... همه فقط مرد هستند. مردان قدبلند، با عمامه‌ای کرم‌رنگ بر سر، خیلی شبیه چماق‌داران جلوی سفارت انگلیس در تهران، که قدشونو بسیار بلندتر از اونچه که هست، نشون میده. پیرهنای گشاد و شلواری پرچین به‌همون رنگ عمامه.

دادشاه! سر بریدن! فراری! کدومشونن...؟

نگاهشون میکنم. هرکدوم به تنهایی میتونه دادشاه باشه. وناگهان...؟ باورنمیکنم. بر دیوار یکی از حجره‌هاست که انگاری کابوس میبینم. نه. زیادم نباید به چشمم اعتماد کنم. دقیق‌تر نیگا میکنم. خدای من. آخه این‌جا، وسط این ناکجاآباد؟ غیرممکنه! آخرین اشعه‌ی بنفش غروب ازیکی ازسوراخا به اون تابیده. «چهارراه حوادث» به وضوح خونده میشه. بی‌اختیار و بلافاصله صورتمو میپوشونم. این خال، این خال لعنتی بالای لبم. وای اگه این دادشاها شناساییم کنن.

به داویت که به همراه بلوچی دیگ سنگی سیاه به‌دست، میاد اشاره میکنم. با چشم و ابرو در حالی که با دست روی خالم را میپوشوندم میخوام توجهشو به پوستر فیلمم جلب کنم که هر چه زودتر از اینجا بریم.

ـ اینجا گوشت فقط کبک و خرگوش پیدا میشه. گاه‌گداری اگه یه گاو از اون طرف مرز بیارن، صاحب خونه‌ی ماکه دکون داره، تو باغچه‌ی خونش سر میبره و پوست میکنه و تو دکون میفروشه.

بالاخره پس از سخنرانی مفیدش، وقتی میشینه درگوشش نجوا میکنم:

ـ روبروتو نیگا کن.

***

با سرعت هر چه تمومتر خوراک کبک یا شایدم خرگوشو نمیفهمیم چطور تموم کنیم به طرف جیپ میریم.

دیگه شـب شده و آسمون و زمین به‌هم پیوسـته، هاله‌ای بنفش و عنابی، کران تاکران افقو در برگرفته، و آسمون... آه خدای من، آسمون پر از خرده‌الماس، روی مخمل مشکی که نه، روی سرمه‌ای سیر. آسمون غرق جواهره.

ـ ای‌کاش میشد همین‌جا بخوابیم و تا صبح آسمونو تماشا کنیم.

ـ بابا این خانوم تو انگار نه آفتاب دیده نه آسمون و ستاره. خانوم‌جون از این به بعد همش همینه، انقده طلوع و غروب میبینی و شب پرستاره و روشن که نذاره یه خواب راحت کنی... که از هر چی طبیعته، حالت به‌هم بخوره و دلت هوای شهر و دیارت و سینما و تئاترتو بکنه،

ـ هرگز... من تو طبیعت رشد کردم... ابداً اهلی و شهری نخواهم شد.

***

در نـور بی‌رنگ چراغای جیپ، جاده‌ای دیده نمیشـه، از قرار راننده‌ی بلوچو رئیس پادگان به‌عنوان بلد فرسـتاده. تحت تأثیر صدای یکنواخت موتور، و در سـکوت غریب و عمیق شب، کم‌کم نوای خوروپیف از قسمت عقب ماشین به گوشم میخوره! داویت و فریدون هر دو خوابن. نازیک هم در کنار من سرشو به سـر امیره روی سینه‌اش آرمیده تکیه داده و چرت میزنه. راننده خیره به جلو و من، با دقتی هر چه بیش‌تر، جلوی ماشینو نیگا میکنم، کم‌تر چیزی به‌عنوان جاده میبینم! ولی خوب حتماً راننده‌ی بلوچ به چنین جاده‌های نامرئی آشنایی داره! سرمو به دستگیره‌ی آهنی در برزنتی جیپ تکیه میدم و خسرورو در آغوشم از این بازو به بازوی دیگه‌ام تکیه میدم، جالبه که هر دو بچه در تموم طول سفر بسیار راحت و آروم بودن!

سکوت، و خوابی آروم... تکون شدید... صداهایی درهم... سنگینی نفس‌گیر چندین دست و پا و بدن، به دنده‌ها و پهلوی چیم!

چشـم وا میکنم. شقیقه‌ی راستم که روی دسـتگیره‌ی آهنی بوده، به شدت تیر میکشه، نفس نمیتونم بکشم. حالا دیگه نه تنها جاده، که زمینی هم جلوی رویم نمیبینم. تاریکی‌ست و تاریکی. امیرگریه میکنه، نازیک سعی میکنه از روی من

بلند بشه. پسرم روی در جیپ ایستاده.

آیا خواب میبینم؟

به سختی به طرف چپم نیگا میکنم. تلاش میکنم نازیکو از روی خود ردکنم، شاید بتونم کمی نفس بکشم. در طرف راننده بازه و ستاره‌ها جلوه‌ای عجیب در آسمون دارن!

آسمون؟ مگه نباید بالای سرمون باشه؟ پس...؟ همهمه است و همه همدیگه‌رو صدا میکنن. آه. جیپ به طرف من چپه شده.

راننده و بعد داویت به سختی خودشونو از در طرف راننده، که حالا به‌طرف آسمونه، بالا میکشن. داویت کمک میکنه امیررو میگیره و به‌دست راننده، در بیرون میده.

من سعی میکنم خسرو را سر دست بلندکنم و به او بدم. نمیتونم. باید اول خودمو از حالت یک‌وری در بیارم.

داویت تاکمر به‌درون جیپ خم میشه، بال‌های خسرورو میگیره. پسرمون هم مثل مادرش فقط در حالت اعجابه! نه گریه، نه اعتراض، هیچ!

و بالاخره پا بر دنده و صندلی جیپ باکفشای پاشنه صناری و دامن تنگ، به کمک مجدانه‌ی داویت به بالا صعود میکنم.

به جیپ بیچاره‌که یه‌وری روی شیب تندی خوابیده، نیگا میکنم، به یاد اون جوک معروف میفتم: پرسید: دلیل باندپیچی سر و کله‌ی مبارک؟ گفت: وقتی تو جاده میروندم، جاده پیچید، من نپیچیدم.

از خنده غش میکنم. فکر میکنم برای همه باید جالب باشه. تعریف میکنم همراه با سکسکه‌ی خنده. اما بلافاصله پشتمو به نازیک میکنم‌که از تیر نگاه خشم‌آلودش در امان بمونم.

ـ فریدون...؟ فریدون...؟

ـ ای بابا، فریدون کو؟ همه با هم داد میزنیم: فریدون؟

سکوت.

ـ وای... نکنه لای اسبابا مونده باشه. فریدون؟

صدای ناله‌مانند ضعیفی از داخل جیپ... داوید تا کمر به داخل جیپ خم میشه.

ـ فریدون...؟

و بالاخره با زور و فشار، سر و شونه‌های فریدونوکه در پیت پر از پرتقال گیرکرده بود در میاره. در اینجا دیگه کنترل خنده از اراده‌ام خارجه.

***

آقایون مشغول بازرسی و بررسی اوضاع جوی، سعی میکنن باکمک هم جیپو از شیب تند بالا بیارن و روی چهار چرخش استوارکنن. شیب تنده و با هر حرکت وکوششش برای بالا بردن، بیشتر به‌طرف پایین سُر میخوره. زمان؟ به‌نظر میاد کسی ساعت همراه نداره. ماه هم امشب مارو تنها گذاشته. بنابراین حدس وگمان هم کمکی برای بدست آوردن زمان نخواهدکرد. پس از این معضل میگذریم. مکان؟ وقتی افسران محترم ساعت همراه ندارن، نقشه‌که دیگه درخواستی بسیار بیموردست.

آیا میشه مطمئن بودکه لااقل در نقطه‌ای از سیستان بلوچستانیم. با اطمینان به دانش و تجربه‌ی راننده‌ی بلوچ به‌عنوان بلد، باید باشیم. اما با نگاهی به جیپ مادرمرده، نمیشــود زیاد به این مسئله خوش‌بین بود. بعید هم نیست که مثلاً در اطراف کرمان و بم باشیم.

فریدون در حالی که سرشو به چپ و راست و بالا و پایین میچرخونه میگه:

ـ این خطِ لب مرزه، احتمال داره ما الان تو قسمت «پرگهرش» نباشیم... چه‌قدر مزه میریزه...

***

چه ســکوتی... چه سکوت سنگینی... و چه آسمونی... انگارگیتی تموم شده، یا در حال آغازیدنه. نه پرنده‌ای، نه چرنده‌ای، نه خزنده‌ای. هیچ. هیچ. یه هیچ بزرگ. به‌وسعت تموم جهان!

به پشت روی زمین دراز میکشم، خسرو روی سینه‌ام و هر دو خیره به کهکشان؛

به راه شــیری، به هفت برادران کوچک و بزرگ و به‌تموم اونایی‌که نام‌شــونو نمیدونم، اما با غمزه‌ها و چشمک‌ها‌شون در گندم‌زارها و یونجه‌زارهای دامنه‌ی البرز آشنا شده‌ام.

ـ چقدر سرده...

این نازیکه که داره شِکوه میکنه. مردان همچنون در نبرد با جیپ ارتشی هستن، که هم‌چون هم‌پالکیاش در قشون فرو رفته تو رمل‌های صحرای افریقای مارشال رومل، به پهلو خوابیده!

ـ بگردیم گَوَن پیدا کنیم و آتیش بزنیم.

ـ چی؟

ـ خار... خار بیابون... اینجا باید پر از خار باشه و میگردیم و پیدا میکنیم. و چه بسیار هم!

کفشــارو در میارم. کفشای خیابونای آسـفالته‌رو. زمین گرمه. گرم گرم. گرمای خورشیده، یا حرارت درون زمین بر پوسته‌ی نازک کویر؟

ـ کفشاتو درآر!

ـ چی؟

ـ کفشا... میگم درآر، ببین، مثل من.

ـ پای برهنه... رو زمین کثافت؟

ـ چرا کثافت؟ اینجا که از شهر تمیزتره. بکَن. ببین چه لذتی داره.

ـ نمیتونم. اگه یهو، یه جونوری بپره بهمون.

ـ ببخشین آقایون مهندسین و متخصصین، کبریت، فندک که حتماً دارین.

و آتش زبانه میکشه. وه چه زیباست... شعله‌ها از طیف قرمز و نارنجی و زرد و بنفش هست، تا آبی و نیلی و لاجوردی... به بلندای دو سه برابر قدمون... صدای ترق ترق و گرمای مطبوع و لهیب رنگارنگ آتش.

اگه در اطراف تهران بود، گروه کثیری پشــه و پروانه و شــب‌پره جلب کرده بود، اما در این نقطه از دنیا، فقط ماییم و آتش و آسمون جواهرنشون بالای سرمون!

ـ بیایین تا صبح دور آتش برقصیم. وقتی هوا روشن شد بهتر میتونین تکلیف جیپو روشن کنین... اصلاً شاید تا اون موقع ماشین دیگه‌ای هم راهشو از این طرف گم کنه و به کمک‌تون بیاد.

***

همه دور آتش نشسته‌ایم، زمزمه میکنیم و با هم آوازهایی رو که بلدیم و بلد نیستیم، میخونیم و میخندیم. به داویت تکیه داده‌ام، دستشو دور من و خسرو حلقه کرده، سرم بر روی سینه‌ی ستبرش، به صدای گرمش گوش سپردم، چه احساس امنیتی. میخونه:

ـ ای دلبر طناز با چنان روی نکو و تاب مویی... بس کن این همه ناز. لا لا لا لا لا...

با هم میخونیم:

ـ ای بی‌وفا... لا لا لا لا لا...

می‌خندیم. با هم میخونیم:

ـ ساز و ناقاره‌ی جومه‌بازار... چو منو دیله، چو منو دیله جان جان...

ـ دیلبر و سیمبر و ناز دلدار... چو منو دیله، جوم بان دیله جان جان...

من شروع میکنم:

ـ آن یار منست که میرود سربالا...

همه با هم:

ـ وای وای...

ـ دستمالو به‌دست و میزند گرما را...

همه با هم:

ـ برگرد نیگا کن...

ـ آی چشوم چشوم، چشمون مستش، وای، چشمون مستش. لای لای لا لا لای...

داویت میخونه:

ـ ای نازنین یارم...

میبوسدم. همه با هم میخونیم:

ـ گل بیخارم... لا لا لا لا. سیمینبری، گل پیکری جانا...
میخندیـم و بهخاطر اینکه رانندهی بلوچ غریب افتادهرو هم اسـتمالتی کرده
باشـیم، مشغول بیست سؤالی با او میشـیم. و او با لهجهی با نمکش، جوابای
بیربط میده و فکر میکنه ما باورکردیم. میگه:

ـ خدای شکرکه ماه باد سام نیه، وگه نه...

ـ ... وگرنه چی؟

ـ ای موتورو میبینی؟ ریسمون میندازی میاری لب جعده....

ـ کدوم جاده؟

ـ همی ایجاکه نشینی...

ـ همی ایجا؟ جعده کسی میبینه؟ به... جریان ملانصرالدین و مرکز زمینه
که گفت همین جاس.

ـ بابا صبرکنین ببینین چی میگه پروفسور.

ـ ها ها ها...

همه میخندیم.

ـ خوب بعدش؟

ـ اما صحراکه را میفته، دیگه رستم دستونم به ریسمونش نمیتونه موتور و
واکشه بالا.

صورتش تو نور قرمز آتیش چنون وحشتزده شده، انگار مار زدتش!

ـ صحرا راه میوفته چیه...؟

ـ تیفون... تیفون سـیاه. نه از ایناش باشهها... دیب تنوره میکشه وکوهور
میداره میبره.

ـ بچهگیرآوردیها. الف لیل تعریف میکنه... یه مشـت شهری از همهجا
بیخبرگیر آورده.

ـ وا خودش که از ما بیشتر وحشت کرده.

نازیـک بهنظر میادکه تنها کسـیه که حرفـای طرفو باورکـرده. خطی تو افق دور کمرنگ میشه. اونجا طبعاً باید مشرق باشه.

ـ ببینم آقایون افسران گرامی... خاش در کدوم طرف زاهدانه؟

راننده با دست طرفیو نشون میده:

ـ او وره!

فریدون میگه:

ـ جنوب.

ـ غرب.

ـ غرب زاهدان که میره وسط کویر.

ـ منظورم جنوب غربیه! آره تقریباً!

ـ یعنی زاهدان باید پشت ما باشه، ها؟ اون طرف و نیگا کنین که داره روشن میشه. یعنی مشرق اون جاست.

به یاد اولین درس جغرافی تو دبستان:

ـ اگر طوری بایسـتیم که دست راسـتمان بهطرف مشرق و دست چپمان مغرب، جنوب پشت سرمان است ـ درسته؟

ـ بله. متشکر از آموزگار محترم وگرامی.

ـ خوب دانشآموزان عزیز، حالا پس از این که نظری به جیپ انداختید، پیداکنید وضعیت جغرافیایی آنرا.

همه بر میگردن بهطرف جیپ!

ـ اهه!

ـ بله... اهه هم داره!

ـ یعنی جیپ، هم چرخیده، هم چپه شده؟

راننده میگه:

ـ چرخ چینه؟

ـ راست میگهها. چرا جیپ روش به طرف زاهدانه؟

ـ بابا ایوالله! به این میگن رانندگی! تو باید راننده‌ی کاروانا بشی!

بیچاره راننده هاج و واج نیگاشو از ما به جیپ و از جیپ دوباره به ما میندازه. یا حرفای مارو نمیفهمه، یا معمارو نمیتونه حل کنه.

ـ چطور ما تموم شب‌به طرف زاهدان روندیم بدون این که بهش برسیم؟

ـ از کجا راهوگم کردیم؟

نازیک دادش دراومده.

ـ و بالاخره کجای دنیاییم؟

و با این جمله‌ی تکمیلی، جمله‌ی اعتراضی نازیکو تموم میکنم.. تنها راهی که از شدت خنده‌ام کمی میکاهه. میگه:

ـ خوش بهحالتون، هیچ‌وقت عصبانی نمیشین؟

فریدون دور خودش میچرخه:

ـ ما باید قطب‌نما با خودمون میاوردیم.

داویت طنابی از داخل جیپ پیدا کرده و به سپر جلوی اون گره میزنه.

ـ فریدون، عثمان، بیاین از اون‌طرف فشار بدین. منم از این‌طرف طناب و میکشم تا ماشین بیاد بالا.

سیاهی شب به سورمه‌ای، افق عنابی، آه... دوباره رنگ، دوباره زمین و زمان فقط رنگ؛ و بازی نور با رنگ، و سپس نور سپید، کران تا کرانو در نقره‌ی مذاب غرق میکنه، خدای من، چه باشکوهه.

دریا، آب، چه موجای ریز و زیبایی. آه نه، نه، این همون سرابه، سرابی که تشنه‌لبان کویرو به‌سوی نیستی میکشونه.

ـ نیگا کنین چقدر قشنگه.

دیگه هیچ کدوم نه به طرف افق مشرق نیگا میکنن و نه جوابمو میدن.

***

فشارها، و زورها... و نهایتاً جیپ بر روی چرخاش می‌ایسته. اما در شیب، که هر آن خطر چپه شـــدن دوباره‌اش تهدیدشون میکنه. باید اونو بر روی سطح صاف بیارن. داویت با احتیاط‌کامل پشت رل می‌شینه، موتورو روشن میکنه، دنده‌رو چند بار عقب و جلو میکنه و فریاد موتوررو درمیاره. اما جیپ همچون یابوی لجباز سر جاش ایستاده و جم نمیخوره.

ـ بیا پایین بابا، بیا پایین.گاومون زاییده. این فریدونه که جلوی جیپ قرار گرفته و میگه:

ـ بیا پایین یه نیگا به‌این چرخای فلک‌زده بنداز، دلت کباب میشه و دیگه اینقدرگاز بیخودی نمیدی.

به‌طرف جایی‌که فریدون یه پا پایین و یه پا بالا روی شـــیب تند، ســـعی میکنه توازونشو حفظ‌کنه، میرم و به چرخا نیگا میکنم.

ـ ها... ها... ها...

نازیک با غضب نگام میکنه، قیافه‌ی جیپ عین صورت پیرمرد فرتوتیه که فقط دو تا دندون کج وکوله تو دهنشه!

ـ حیوونی... پدر ماشینو درآوردین که...ها ها ها.

چرخای جلو به‌جای این‌که موازی هم باشن و هم‌آهنگ با چرخای عقب، انگار به‌هم دیگه دهن کجی میکنن! با زور و فشار، بالاخره روی سطح صاف میارنش، حالا میخوان با زور بازو چرخارو ازکجی در بیارن. به‌دنبال سنگ، توی بیابونِ نمک و ماسه‌گشتن مضحک نیست؟ مضحکه دیگه!

ـ فریدون بیا دو نفری چرخو بگیریم. یک، دو، سه. بکش... بکش به‌طرف خودت.

چرخ کمی تغییر جهت میده. پس از چندین بار تکرار، زور، فشار و دست آخر، لگد! کمی به طرف چرخ دیگه متمایل میشه! چرخای جلو نه موازی هم، ولی نه زیاد هم به طرف هم دیگه. لااقل از حالت دهن‌کجی در اومدن!

ـ سوار شین!

داویت پشت رل میشینه.

ــ عثمان برو عقب پیش جناب سروان بشین. من میرونم.

ــ به! دست شما درد نکنه.

اعتراض فریدون.

ــ تو از پیت پرتقال غافل نشو.

این‌بار من وسط نشستم و نازیک طرف در.

ــ این چماق که پدر پامو در میاره. باید خودمو مچاله کنم تا جا برای عوض
کردن دنده باشه! لازمه اینقدر بالا پایینش کنی؟ بیچاره نازیک، بی‌خود
تموم طول راه عصبانی نبود!

هر چی گاز میده و چماقو بالا و پایین میکشه، جیپ فقط عین پاچه‌خیزک ورجه
ورجه میکنه. پیاده میشیم، به‌دنبال سنگ میگردیم. از زور و لگدکه کاری انجام
نشد!

رنگ نقره‌ی مذاب کویر، به‌طرز عجیبی صورتی، قرمز، بنفش نارنجی و بالاخره
طلایی میشه و در میون دریایی از طلای مذاب، وه... چه شکوهی و چه جلالی!
خدای من. این گردونه‌ی نور به وسعت تموم افق، خورشیده که به بالا میاد. دشت،
موجه و موج. موجی از طلای مذاب، و آسمون در افق مقابل، انقدر آبیه. به‌رنگ
عمق تموم دریاهای لاجوردی.

نسیم سحرگاهی حالا دیگه انگار از روی آتش میگذره. چه گرم، و چه گرم‌تر!
حرارت لحظه به‌لحظه زیاد میشه. نقطه‌ای سیاه و سیار در افق.

ــ یه چیزی اون ته داره حرکت میکنه. شاید ماشین باشه. علامت بدیم، شاید
بتونه بیاد کمک. هوا داره داغ میشـــه. این طشت گداخته یکی دو ساعت
دیگه همه‌مونو کباب میکنه.

همه با هم فریاد میزنیم و بالا و پایین میپریم، هر چه از داخل جیپ و چمدونامون
پیدا میکنیم، بیرون میاریم و با تموم قدرت در هوا تکون میدیم. نقطه، بزرگ‌تر
و بزرگ‌تر میشه و تبدیل به خط. و صداشو میشنویم. بعله، یه کامیون باریه. سه

بلوچ پیاده میشن.

ــ غربتی‌این؟ کدوم سو؟

و به جیپ نیگا میکنن:

ــ ها... از پادگانی؟ ای موتور سرهنگه. نه...؟

موتور سرهنگ چه مشهوره!

و با راننده‌ی بلدِ ما به‌زبون خودشون خوش‌وبش میکنن. تبر بزرگی از زیرکامیون بیرون میکشن، با چند تا ضربه‌ی کاری چرخارو ادب میکنن.

همه توی جیپ میشینیم و باکمک طناب و سیم که به‌پشت کامیون وصلمون کرده دور میزنیم به طرف خاش و پادگان. انشاالله!

تمـــوم راه نه‌چندان نزدیک‌رو خاک میخوریم. ماســه زیر دندونامون قرچ‌قرچ میکنه. عرق از تموم منافذ بدنمون داره میزنه بیرون. گرما، خفه‌کننده و بچه‌های صبورمون از تشنگی وگرماکلافه شدن.

هر چی بوق میزنیم، راننده‌ی کامیون نمیشنوه. اینقدر ماشینش پر سر و صداست که فکر نمیکنم صدای خودشونم بشنون.

بالاخره گویا خودشونم تشنه‌لب شده بودن، کنار واحه‌ای ترمز میکنن. یه درخت پر شاخ و برگ، که بعدها فهمیدیم درخت گزه، دو نخل دراز و باریک، یه اتاقک گلی، یه چادر سیاهِ صاف که بیشتر به سایبون میمونه تا چادر، کل واحه‌رو تشکیل میده!

خوب مام که نمیخوایم اینجا خیمه بزنیم. همین‌قدرکه دار و درخت داره، نوید میده‌که آبم باید داشته باشه.

داره، و باعث کلی انبساط خاطر. له‌له زنون و خیس عرق میپریم پایین.

ــ آب، آب، آب دارین؟

مَشکی از پوستِ بُز به‌کنار سایبون آویزونه، مشتاروکاسه میکنیم. اول به بچه‌های نازنین، هر دو انگار لیموترش به لبشون مالیدیم.

چشمارو تنگ میکنن و لبا را جمع؛ تکونی به‌سر و تنشون میدن. وقتی خودمون

میخوریم، بهشون حق میدیم. آب، شوره و تلخ. و معلوم میشه آب دیگه‌ای غیر از این وجود نداره. میگن:

ـ تا خاش چهار فرسخ دیگه مونده.

آیــا هرگز به اونجا میرســیم؟ دو راه داریم. یا توی همیــن کوره‌ی تفته در اوج تشنگی برونیم و نرسیده به خاش احیاناً نفله شیم. یا زیر سایه‌ی چادر یا درخت گز، تشنه‌لب انقدر بمونیم، تا شاید عصر یا غروب هُرم هوا بخوابه، و توی خنکا راه بیفتیم. البته اگه تا عصر دوام بیاریم.

تکلیف آب چی میشــه؟ با تشنگی چه بکنیم؟ پس از پرس‌وجوی فراوان از دو ســه بلوچ مقیم، کاشف به‌عمل اومد که ما بین دو تا درخت نخل، یه حلقه چاه هســت، باقی‌مونده از زمانای دور، که چشمه‌ی قناتی اینجا بالا میومده و حالا دیگه بسته شده.

ـ آب مشک از چاهه؟

ـ نه... از آبادی پاکوهه!

تا ما، با لبای داغ‌مه‌بسته، به سختی داریم اطلاعات کسب میکنیم، فریدون چاهو بازدیــد میکنه و چند تا ریگ توش میندازه، صدای برخورد ریگ و آب! و که چه موسیقی روح‌نوازی. و دل‌نوازتر آن‌که، به‌نظر نمیاد آب در عمق زیادی باشه.

ـ من میرم پایین. کاسه‌ای، لیوانی، چیزی تو دستگاه‌تون پیدا نمیشه؟ من و نازیک به هم نیگا میکنیم.

ـ شیشه‌ی شیر خسرو خالیه. بیا.

توی جیب عقب شلوارش میذاره و میره پایین. همه لب چاه دولا شدیم. منتظر... پایینو نیگا میکنیم و مسیری که فریدون داره میره.

ـ مواظب باش سُــر نخوری. چیزی میبینی؟ یه ریگ بندازیم ببینی چقدر دیگه باید بری پایین؟

ـ اهه، نه بابا، حالا این وســط سرمم بشکنین. منو باش که برا شماها چه

فداکاری‌که نمی‌کنم.

ـ سری‌که تو پیت پرتقال‌گیرکنه، همون بهترکه...

ـ به نظرم رسیدم...

سکوت، انتظار، تشنگی، گرما.

ـ چی شد؟ اِه، فریدون رفتی زیر آب؟ خفه شدی؟

ـ به. بابا یه دقیقه مهلت بدین، تو این سوراخی، باید دولا بشم آب وردارم، آب‌تنی‌که نیومدم بکنم!

باز سکوت، انتظار. و بالاخره صداش از ته چاه میاد.

ـ به به. عجب آبی... پدرسگ وسط بر بیابون، چاه زمزمه. این قنات‌وکی ساخته؟ به نظرم بایدکار امیرکبیر باشه‌ها، یا نادرشاه افشار.

ـ الان چه وقت درس تاریخ جغرافیه؟

ـ بابا بچه‌ها دارن تشنگی تلف میشن. آبش قابل خوردنه یا داری چاخان میکنی؟

ـ پیت... پیت!

پیت پرتقالو خالی میکنیم، طنابو از سپر ماشین جدا میکنیم.

ـ فریدون سرتو به‌دزد. پیت اومد! زود پرش‌کن بفرست بالا.

انقدر دهنمون خشک شده‌که کلمات به‌سختی میاد بیرون.

پیتِ پُر از آبو بالا میکشـیم و مثل دیوونه‌ها بهش هجوم میاریم، توی مشتم اول میبرم جلوی دهن خسـرو. حیوونی بچه‌ام نمیتونه دهنشـو واکنه. میریزم روی صورتش و دهنشو خیس میکنم و دست خیسمو میمالم به صورت خودم. امیر هم بدتر از خسرو. صورت و دهن اونم خیس میکنم و بهش آب میدم. نازیک بی‌رمق و از نفس افتاده، به درخت تکیه داده.

ـ نمیخوای؟ تشنه‌ات نیست؟

داویت پیتو میبره براش. و چه آبی. انگار از زیر آبشار دوقلوی توچال راهو زیرکویر اومده تا این‌جا.

ـ من که همین جا میمونم تا شب.

ـ ماشــین باری میخواد بره! جیپ با این چرخای لوچ نمیتونه خودش به تنهایی نیم متر بره جلو، چه برسه به فرسخ.

ـ نمیشه تا اینا نرفتن کمک کنن و چرخارو یه کم دیگه صاف کنن غروب که هوا یه کم خنک شـــد خودمون بتونیم بریم؟ این بچهها گناه دارن. ببین رمق ندارن گریه کنن.

میافتن بهجون چرخا، بلوچای مقیم این واحه انگار زورشون بیشتره. با دیلم و تبر اونا، چرخا از حالت لوچی کمی در میان. داویت میشینه پشت رل و امتحانش میکنه. خدارو شکر بدون ورجه ورجه، بهطرف جلو حرکت میکنه.

ـ میشه آهسته راه بردش.

با تشــکر ازکمک بلوچای کامیوندار، ما هم مقیم میشیم. البته فقط تا غروب آفتاب. و چندین پیت دیگه آب شیرین وگوارا، که هم تشنگیمونو برطرف میکنه و هم عرقمونو میگیره و خنکمون میکنه. واقعاً جون دوباره بهمون داد! سرتا پا خیس و آبچکون، تو سایهی درخت گز، بیشتر از چهار پنج دقیقه نمیکشه که خشــک میشیم چون کبریت! و خدا میدونه تا غروب که راه میفتیم، چندین بــار فریدون و پیت پرتقال، چاهو پایین میــرن و بالا میان. و تا میتونیم نه فقط این آب گوارارو مینوشیم، بلکه بر فرق سرمون میریزیم و آبتنی با لباس کامل رو تجربه میکنیم. چقدر از بابا باید تشکر کنم بابت کتلتا و سبزی خوردن و آجیل و بیسکویت. هرگز تصور میکردن کتلتا و سبزی خوردنشونو آب خنک وگوارای توچال، اونم وسط کویر برهوت نمک، همراهی خواهدکرد و عدهای رو از مرگ نجات خواهد داد؟

بلوچای مقیم، سه مرد و دو زن، یه شتر و دو بچه هستن. هر چقدر مردها دیلاق و ســرکجا پاکجا هستن و ترسناک، در مقابل، زنان، باریک و ظریف و زیبان. پوستشون سوخته از آفتاب و پوشیده از خاک یا ماسهی نرم کویر، اما به لطافت پوست هلوی رسیده. هر دو زن، مژگانی بلند و برگشته و سایهافکن بر دو چشم

سرمه‌کشیده‌ی زیتونی‌رنگ دارن.

نگاشون سرشار از مهربونی و شرم. کودکانشون هر دو خواب در آغوش مادران، سایه‌ی مژگان سیاه خاک گرفته‌شون نیمی ازگونه‌رو پوشونده.

پوست صورت! نمیدونم این چه رنگیه؟ توی هیچ تابلوی نقاشی چنین رنگی تا به‌حال ندیدم.

ـ بچه چند وقتشه؟

ـ چله!

ـ مال شما چی؟

ـ پنجا!

ـ اینجا زندگی میکنین؟

ـ نه. راوریم!

اگه قراره چهار پنج سال خاش زندگی کنم، باید این زبونو یاد بگیرم.

و مـردان ما تصمیم میگیرن قبل از غروب راه بیفتیم تا اگه باز اتفاقی افتاد، یه شب دیگه مجبور نشیم توی کویر اطراق کنیم، که دیگه نه کتلت باقی مونده و نه بیسکویت و آجیل. فریدون میگه:

ـ جام سرهنگ الانشم نیمه‌جون شده. بابا، یه پادگانه و یه جام سرهنگ فرمانده و یه جیپ. دو سه تام افسر نوزاد. هه هه هه، یه مشتم سرباز صفر. وقتی جیپشو ازش گرفتی، انگار پاگونشو از رو شونه‌اش کندی! هه هه هه هه.

***

از بلوچای مقیم، و دو زن زیباشون خداحافظی میکنیم و با سلام و صلوات. سوار جیپ میشیم. داویت میرونه و من درکنارش، چه احساسی از عشق و امنیت دارم. شاید نازیک هم که کنار من نشسته، از دوری شوهرش اینقدر ناراحت و عصبانیه. پیت پرتقال تا نیمه پر از آبِ توچاله؛ و فرمانده‌ی پادگان خبر نداره. پرتقالاش زیر پا وکف جیپ ولوست.

ـ فریدون، مواظب باش. این دفعه جیپ طوریش بشه، کله‌ات تو آب گیر

میکنه غرق میشی. اونم تو جیپ.

ـ یعنی پیت‌مرگ میشم.

ـ اون جلو کوهه؟

ـ آره. کوه تفتانه. میدونی که آتشفشانه، اما نوکش همیشه برفه.

ـ مثل کلیمانجارو.

ـ چی؟ جارو چیه؟ برفو پارو میکنن!

فریدون باز مزه‌پراکنی میکنه...

داویت میگه:

ـ توی جغرافی دبستانت نخوندی؟ وسط صحرای افریقاست، قله‌شم همیشه پوشیده از برفه!

ـ دماوندم همین‌طوره.

ـ دماوند بالاش دریاچه‌ست.

ـ از کجا میدونین؟

ـ با پدرم و تیم کوهنوردیشون رفتیم اونجا.

ـ بابا خانومت کلی ورزشکارم هست.

بطری شیر خسرو به عنوان لیوان آب، مصرفش خیلی بیشتر از وظیفه‌ی اصلیش شده.

ـ تازه داره غروب میشه. زیاد آب نخورین، داره به ته پیت میرسه.

ـ هنوزم کلی راه داریم!

ـ نه دیگه، زیاد راهی نداریم.

باز آسمون و زمین غرق در بازی نور و رنگ میشن. حتی لحظه‌ای هم رنگی ثابت نمیمونه. طشت گداخته‌ی خورشید، به آرومی در این دریای نور و رنگ غرق میشه. افق، که این طلای سرخو در آغوش میکشه، خود غرق رنگا شده! به امید وعده‌ی فریدون که هر روز و هرشب از این بازی نور و رنگ خواهم دید و لذت خواهم برد، دیگه تقاضای توقف و تماشا ندارم.

بیش‌تر کنج‌کاوم خونه‌ی خودمونو ببینم، خونه‌ی خودمـون، خونه‌ی من، او، پسرمون. میوه‌ی عشـقمون. اولین کلبه‌ای که فقط به‌ما سه نفر تعلق داره. دیگه مهمون خونه‌ی دیگرون نیستیم.

تو نامه برام نوشـته بودکه خونه‌مون یه باغچه پر از درختای انار داره که شبای مهتابی بدون استفاده از نور چراغ، نامه‌مو میخونه و برام جواب مینویسه. نوشته بود:

ـ توی ایوون که نشستی، میتونی دست درازکنی و ستاره بچینی.

نوشته بود... نوشته بود... و میدونست که طبیعت در من و من در طبیعت ذوب میشیم

سـراپا اشتیاقم، سراپا شورم و شـادی از زندگی درکنار هم و در طبیعتی چنین باشکوه!

بالاخره پس از اون همه سال دلهره و ترس و مقاومت در مقابل تموم مخالفتای سنتی و دینی و ملیتی، میریم که با هم شهد زندگی عاشقانه‌رو بچشیم. دیگه از دیده شدن با هم واهمه‌ای نداریم. دیگه مجبور نیست نامه‌هاشو با آب پیاز و یه خط در میون بر روی نامه‌ی خواهرش بنویسه! دیگه مجبور نیستم برای خوندن کلام عاشقونه‌اش، با ترس و دلهره نامه‌اشو روی شعله‌ی آتش چراغ خوراک‌پزی بگیرم، تا سپیدی ظاهری میون خطا رنگ بگیره و در نتیجه بوی پیاز داغ، اهالی خونه‌رو به شک و تردید دچار کنه!

دیگه چه ترسی از خونده شدن نامه‌هامون و شرح دلدادگیمون توسط غیر. حالا به‌راحتی میتونه من و زن عزیزم خطاب کنه.

توی خونه‌ی خودمون، در اتاق خودمون، کنار هم میتونیم بخوابیم و از آسـمون ستاره خوشه‌چین کنیم. برام نوشته بود:

ـ سقف اتاقامون مسطح نیسـت. گنبدیه و جای جای، از شیشه‌های گرد کوچک اون، نور، چه شب و چه روز بر اتاق میتابه! همانند سقف بعضی حمومای قدیمی تهران. شبای مهتابی اصلاً احتیاجی به چراغ نداری.

وقتی بیایی، می‌بینی که مهتاب برای دیدنت سر از پنجره‌های گرد سقف، به درون میکنه. می‌تونی تنتو زیر آبشار نور اون شستشو بدی و من تموم قطرات ستاره‌گون روی بدنتو دونه دونه بنوشم.

می‌تونی، می‌تونی، می‌تونیم. آره، ما دیگه به راستی می‌تونیم هرکاری که دلمون میخواد بکنیم. حالا دیگه اون افسر شده از خونه‌ی پدری بیرون اومده و من و پسرمون میریم با او، زندگی واقعیمونو آغازکنیم. زندگی پر از عشق که سالیان سال انتظارشو میکشیدیم. و برای رسیدن به‌چنین روزهایی بود که اون‌طور سرسختانه و با لجبازی هر چه تمومتر در مقابل تموم دیوارا و سدا ایستادیم.

در رویای شیرین غرق‌ام، صدای فریدون به خودم میآره.

ـ بی‌حرف پیش داریم میرسیم. آب پیت جناب سرهنگ به‌موقع تموم شد. چند چراغ سوسـو میزنه. چقدر شبیه شبای شمیرانات و دهات اطرافشه، وقتی زمان کودکی به‌همراه پدر و مادرا شبای مهتابی، گروهی از سلطنت‌آباد پیاده راه میافتادیم به طرف تجریش و امامزاده قاسم. از میون گندمزارا، و مزارع اطراف اختیاریه و دهات رستم‌آباد و دزاشیب میگذشتیم و صدای زنگوله بزها و بره‌ها و عوعوی سگای گله و بوی نون تازه‌ی تنور خونگی تو هوا موج میزد وکورسوی چراغای فانوسی از خونه‌های دهاتی راهنمامون بود.

***

در نور بی‌نور چراغای فکسنی جیپ، دیواری گلی می‌بینم وکمی جلوتر، توقف.

ـ رسیدیم.

«رسیدیم»... رسیدیم؟ هرگز نمیدونستم کلمه‌ای ساده می‌تونه چنین بار عظیمی از نشاط و شادی انتقال بده.

رسیدیم به خونه‌مون، رسیدیم به کلبه‌ی عشق‌مون، رسیدیم به آینده‌مون، به درخشـندگی آفتاب کویر، و بالاخره رسیدیم به بهشت‌مون. دستا و پاها خواب رفته. همه‌کش و قوس میآییم، یکی دو بوق، سر وکله‌ی چند نفر پیدا میشه. کفشام...! کفشامو پیدا نمیکنم. شاید تو همون واحه‌ی وسط راه جاگذاشتم. پای

برهنه میرم پایین، چند نفر سلام و علیک میکنن. این باید جهانگیر باشه. امیرو بغل میکنه و میبوسه. بوسه‌ی کوتاهی هم به موهای نازیک میده.

ـ خسته نباشی. چرا شب زاهدان موندین؟ من دیدم دیشب نیومدین، گفتم حتماً خانما خسته بودن و زاهدان هتل گرفتین.

ـ بعلللللله، هتل صحرا! چه هتل درجه یکی‌ام بود. جای سرکار خالی.

فریدون باز مزه میریزه.

ـ جواد آقا با عثمان کمک کنین اسبابارو بیارین پایین. مواظب باشـین پرتقال برای جناب سـرهنگ گرفتیم، کف ماشین ریخته، همه‌رو توی پیت بریزین، صبح ببرم بدم.

با جهانگیر سـلام و احوالپرسـی میکنم، معطل و بی‌تاب ایستادم، به دور و بر نیگا میکنم. این‌طرفی که ایستادیم، دیواری گلی وکمی بالاتر باز یه دیوار دیگه. دیوارهـا به‌نظر قطور میان. یه در چوبـی کوتاه به رنگ آبی باگل میخای آهنی خاکستری‌رنگ که به سیاهی میزنه، کوبه‌ی در چیزی شبیه کله‌ی شیره!

ـ اون چمدونارو ببرین خونه‌ی جام سروان.

و ازم میپرسه:

ـ تو غیر از این دوتا چمدون و این کیف بزرگه دیگه چی داری؟

ـ کیف وسـائل خسرو. اه، راستی کو؟ سر پله‌های طیاره نمیدونم کی، هم خسرورو از بغلم گرفت و هم اون کیف‌رو. توی راهم که هر چی لازم داشت از این کیف بزرگه ورداشتم.

ـ ورداشتم، اینهاش.

پسرمونو در آغوش گرفته وکیف وسائلشو هم. میگه:

ـ همه بریم منزل ما.

مهمون‌دوستی و رفیق‌بازی و دست و دل‌بازی از صفات بارز شوهرمه.

ـ نه بابا، توکه دو روزه نیستی، چیزی تو خونه‌ات پیدا نمیشه.

جواد آقا و عثمان بر میگردن. جوادآقا میگه:

ـ آقا، منزل براتان چاشـــت پخته. شما بفرما تو ایوون، الساعه میارم. نونم همین عصری اسادم. تازهیه.

ـ جهانگیر، میخای خانم و امیرو ببر، یه دستو صورتی صفا بدن و یه کم خستگی درکنن، بعد بیاین شام دور هم باشیم.

ـ به سرهنگ، یه خبری بده.

ـ عثمان، سوار شو برو منزل جام سرهنگ.

ـ گفتی پرتقال براش گرفتین؟ خوبه، همون جلوی عصبانیتشو میگیره. اقلاً ببینه ماشینش سالمه و رانندهاش سُر و مُر وگَنده برگشته، آروم میشه. دیشب شصت دفعه گماشتهشو فرستاده که اینا نیومدن؟ پس چی شدن؟ رسیدن؟ نرسیدن؟ پس کجان؟

وارد خونه میشیم، از در وارد یه هشتی سقفدار، دست راست دیوارکلفت خشت وگلی و دست چپ دری کوتاه به یه اتاق وا میشه. جلوش پرده آویزونه و نور از درزش روی کفشای طاق و جفت کنار در، نشون از خونوادهی درون داره.

از هشتی درکنار دیوار، راهی آجرفرش از میون باغچهی پر از درختان انار پیش میره تا میرسه به دو پله و محوطهای آجرفرش جلوی چهار اتاق با درهای کوتاه آبی، و یه چاه آب با چرخ چوبی روش، جلوی اولین اتاق.

ـ اینجا خونهی ماست.

وارد اتاق میشم. جواد آقا جلوتر یه چراغ گردسوز در یکی از تاقچهها گذاشته، با چراغ بادی در دست پشت سرمون وارد میشه.

ـ جان سروان، ای بادیهرو همی جا دم در میذارم. آبم از چاه کشیدم، دوله پره. سفرهرو تو اون اتاق دیگه پهن کنم؟

ـ بله. ولی شام حالا نیار.

و از من که با اشتیاق دور و برمرو نیگا میکنم، میپرسه:

ـ گرسنهته؟

ـ نه.

و غرق تماشای شیشه‌های گرد وسط سقف اتاق، و دیوار سفید شده با آهک و تاقچه‌های بزرگ وکوچکم و به دنبال بقیه‌ی توصیفای او در نامه‌هاش. ماه در آسمون نیست، اما دامن مخمل سیاه آسمون پر از جواهره!

اتاقمون بسیار شبیه اتاقای دهاتی، کف اون کاه‌گل و دیوارهای قطورش دستی سفید شده. چقدر جا برای قاب عکسامون وگلدون وگل و تابلوی نقاشی داریم. یه گلیم، کف اتاقو تا حدودی پوشونده، نیم بیشتر اتاقو یه تخت بسیار بزرگ چوبی ـ که تابســتونا در تهران معمولاً روی حوض میذارن ـ اشغال کرده. چار طرفش نرده‌ی کوتاه کنده‌کاری داره. روش، تشکـی به‌همون بزرگی و روتختی چلوار سفید با نقش و نگار رنگارنگ هندسی، با رومتکایی از همون جنس و دوخت و نقش و نگار.

تا به‌حال چنین نقش و نگاری ندیده بودم، معمولاً گل و بته میدوزن.

جواد آقا سینی مسی بر سر، به دنبالش یه پسر بچه‌ی ده دوازده ساله، او هم سینی بر سر داره و یه چراغ فانوسی به‌دست.

ـ برین اون اتاق، اما صبرکنین جام سروان اینا که آمدن، شام بیارین. الان سرد میشه.

ـ آی رو چشم.

ـ چن تا اتاق داریم؟

ـ چهارتا.

ـ اون یکی نهارخوریه؟

ـ دیگه بسته به میل خودته، هر جوری میخوای درستشون کن.

خسرورو شیر دادم، روی تخت میخوابونیم و به اتاق نهارخوری میریم. درو پشت سر میبنده و بغلم میکنه. همدیگه‌رو در آغوش میگیریم. چه عبث فکر میکنم، این فقط قلب منه که از ســینه‌ام داره میپره بیرون. آه چه هیجانی، همون هیجان روز عروسی‌مونه.

نه... انگار اولین‌باره که همدیگه‌رو میبینیم. اولین‌باره که بهم گفت «دوستت دارم».

وقتی مچ دستامونو با تیغ نسترن خون انداخت و اونارو روی هم گذاشت و با یه ساقه‌ی علف که از زمین کند، به هم بست. تو چشمام نیگا کرد و گفت قسم بخور به عشقمون، که فقط منو دوست داری. حس کردم جریان آب جوشی از کف پام، توی مهره‌های پشتم به طرف مغزم صعود میکنه. و چه وحشتی از کاری چنین ممنوع.

و حالا، بعد از چند ماه دوری، در آشیانه‌مون، در کلبه‌ی خودمون، بدون واهمه و ترس، همدیگه‌رو میبوسیم و میبوییم و قلبامون در حال انفجاره. و باز مهره‌های پشتم داغ شده. سبیلش گردنمو قلقلک میده. از خنده غش میکنم، اصلاً متوجه نیستم که صدامون ممکنه به گوش دیگران برسه و باعث خجالت! خجالت؟ باز هم خجالت؟ نه دیگه. سند ازدواج یعنی لوای آزادی.

روی گلیم رنگارنگ کف اتاق، جواد آقا سفره پهن کرده، چند بشقاب لعابی سورمه‌ای‌رنگ، چند تا قاشق در یک گوشه‌ای از سفره، و در گوشه‌ی دیگه، بقچه‌ای از چلوار سفید دست‌دوزی شده با همون اشکال رنگی هندسی، پر از نون. و در وسط سفره یه لیوان بسیار بزرگ بلور پر از آب.

ــ صندلی و مبل و میز و این چیزها نداریم؟

ــ نه. این بساط سفره هم همش مال جواد آقاست. تا موقعی که صندوق اسبابامون برسه باید با همینا به‌جای سرویس چینی بسازیم.

و میبوسدم و میخندیم.

ــ چه بامزه! نازیک اینا چی؟ اونام میز صندلی ندارن؟

ــ نه. به‌نظرم جهانگیر چند روز پیش دو تا صندلی لهستانی از سرهنگ قرض کرده.

چشمامو میبوسه.

ــ دو تا اتاق دیگه خالی خالیه؟

من چشماشو میبوسم.

ــ آشپزخونه، توالت، حموم؟

می خنده و میگه:

ـ یکی دیگه‌م حموم و توالت!

می‌خنده و میگه یکی، یه بوسه هم همراهشه.

ـ پس تو تا به‌حال...؟

بغلم میکنه و می‌بردم توی محوطه‌ی آجرفرش جلوی اتاق‌هاـ ایوان ـ. اتاقکی‌ روکه جلوش پرده آویزونه و درگوشه‌ی دور باغچه پشت درختای انار که یه چراغ بادی جلوش سوسو میزنه نشون میده.

ـ اونجا توالته. این طرفش برای ماست، پشتش مال صابخونه.

ـ یعنی دو تا توالت کنار همه؟

بلندم میکنه و میچرخوندم. زیرگلوموکه میبوسه از خنده غش میکنم، می‌دونه که سبیلش با این‌که خیلی نرمه، بازم قلقلکم میده.

ـ تقریباً. یه دیوار وسطه، دو تا توالت هم این طرف و اون طرف دیوار. عین دهات شـمرون. و اما حموم؟ فرداکه میرم پادگان، به جواد میگم خانمشو اجازه بده ببرتت خاش رو نشونت بده.

می بوسدم، میبوسمش.

ـ فقط باید تموم مدت دست خانم جواد رو بگیری.

ـ اوا، چرا؟!

ـ که گم نشی.

می‌چرخیم و میچرخیم و میخندیم. وه که چه لذت‌بخشه: آزادی

ـ اونا صابخونه هستن؟ یعنی اینجا مال خودشونه؟

ـ آره. خودشـون‌ روکه دیـدی. اتاقای طرف خیابون دستشونه، که هم خونه‌شـونه، هم یکی از اتاقارو به‌طرف خیابون در چوبی گذاشته و مغازه کرده. مغازه‌شم باید ببینی. فکر نمیکنم هیچ‌جای دنیا مثلش گیر بیاری. از شیر مرغ تا جون آدمیزاد توش پیدا میشه. دو تا پسر دارن، یه دختر شیرخوره. زنش خیلی مهربون و زحمتکشـه. اصولاً خونواده‌ی خوبین، به نظرم اهل

اراک و اون‌طرفا باشن. تا اسبابامون برسه، هر چی وسائل لازم داری میتونی بهشون بگی. برات فراهم میکنن. البته وسائل ابتدایی‌ها.

می‌بوسدم... و میبوسمش.

ـ پس تو تا به‌حال کجا غذا میخوردی؟

نیگاش میکنم. چقدر دلم هوا شو کرده بود.

ـ یا خونه‌ی جام سرهنگ، یا با جهانگیر یه چیزی درست میکردیم. یا فریدون یکرو درست میکرد، البته با تخم کبک اگر گیر میومد.

ـ نیمرو، نه یکرو.

داویت همیشه به نیمرو میگه یکرو.

در آغوشش، خوشحالم که این پایان جداییاست. بازگلومو میبوسه. باز قلقلکم میاد.

ـ ستاره‌ها نیگامون میکنن.

ـ بذار ببین چقدر دوستت دارم. از این به‌بعد دیگه هرگز از هم جدا نمیشیم.

چشماش، لباش، سبیلش، موهاشو به دقت نیگا میکنم.

ـ چرا این‌طوری نیگام میکنی؟

ـ تو... شوهر منی؟ که هرگز نمیخواستم شوهر کنم.

ـ و تو هم زن خوشگل من بودی و هستی و خواهی بود. چه پستی بلندیایی رو گذروندیم تا به اینجا رسیدیم.

می‌چرخوندم، میبوسمش، میبوسدم. در آغوش هم و زیر دامن پر از جواهر آسمون کویر. سکوت عمیق این دشت، چه آهنگ خوشی داره. و ما چقدر خوشبختیم.

***

یکی به در میزنه.

ـ خانوم تهرونی؟ خانوم جان.

خسرو کنارم خوابیده. یواش بلند میشم و از پنجره‌های گرد سقف آبشار نور

اتاقمونو سرشار از نشاط کرده. ربدوشامبرمو میپوشم، دم در نیمه‌باز اتاق میرم.

ـ خیر مقدم. خوش اومدی، صفا آوردی خانوم جان. گرسنگی که تلف شدی، جان. دیشو جان سروان فرمایشت کرد شوم نمیخایین. تا الان که دیگه گرسنه و تشنه از حال ـ دورا ً جون ـ رفتی که! خانوم جان اسیری که نیومدی! همین اتاق بذارم یا اتاق بغلی؟

ـ خیلی ممنون. چرا زحمت کشیدین؟

نگاهی به داخل اتاق میندازه. با هم به اتاق بغلی میریم. سفره روی زمین پهن میکنه. نون، خرما، چیزی شبیه کره، قوری چای و استکان نعلبکی و چند ظرف دیگه حاوی مایعاتی که نمیشناسم.

و بدین‌سان است که این اتاق، رسماً «اتاق نهارخوری» میشود.

خانم جواد آقا، که بیشتر به‌نظر دخترش میاد تا زنش، موادیوکه تو سفره برام ناآشناست، معرفی میکنه:

ـ خانوم تهرونی، ای شیره‌ی خرماست، ای اردهیه، ای یه‌خورده شیره‌ی پخته‌ی اناره. خودم پختمش. ای سرشیره، اینم ماست کیسه‌یه. همه‌رو خودم درست کردم. انارا امساله هنوز به درخته، درست نپخته، وگه نه، ناردونه‌ام برات میاوردم. بخور، نوش جونت بشه. به بچه‌تم بده بخوره قدکشه! برا نهارتان، جان سروان فرمون کبک داده. خجالت‌زده‌ایم، گوشت نداریم، فردا پس‌فردا اگه گاب آوردن، پدر حسن سر میبره، کباب براتان میارم.

چه‌قدر خجالت میکشم، اصلاً عادت به این‌همه پذیرایی ندارم. تشکر میکنم.

میپرسد:

ـ پستان میخوره؟

ـ کی؟

و از سوال بی‌موقع و جواب سر به‌هوای خودم خنده‌ام میگیره:

ـ ... آه پسرم...؟

باید با طرز صحبت کردن اینا هر چه زودتر آشنا بشم، تا دسته‌گلی به آب ندادم.

ـ ... گاهی شیر خودم، گاهی شیرگاو.

ـ پستان خودت بذار دهنش، هر چی بیشتر بذاری، شیرت بیش میشه. ایجا کم پیدایه، دیر به دیرگاب میآرن، اونم بیشـتر نره. زنای بلوچ که گای وقتا شیر میارن، همون دم خانه میگیرم و ماست میزنم. وگه نه تو ای گرما میبره و تلخ میشه.

ـ خانم جواد آقا، راضی به زحمت شـما نیستم. اینجا سبزیجات مثل تره جعفری پیدا میشه؟

ـ تره جعفری برا چیه؟ تو باغچه‌ها، زیر درختا گاهی، آلوزمینی، پیاز، و کمتر گوجه‌قرمــز میکاریم. اما همچی چیز درد دواکنی هم گیرمان نمیاد. زمین شوره میده، تخمارو میخوشکونه.

ـ خانم جواد آقا، فردا میشه با هم بریم یه‌خورده دور و اطراف و ببینیم؟

ـ خانم تهرونی، مارو ننه حسن صدا بزن.

و خنده‌ی محجوبانه‌ای میکنه.

ـ به شرطی که شمام اینقدر به من خانوم تهرونی نگی.

ـ وای خاک عالم تو سرم شه. چشمم کف پات، با این بر و بالا و کمالات، چی صدات کنم؟ تو خانم تهرانی هستی دیگه، همه میخوان بیان تماشات

ـ ای داد بی‌داد. همه...؟ همه کی‌ان؟

ـ همه‌ی ولایت خبر داره یه خانم تهرونی عروس جان ســروان از تهرون داره میاد.

با وحشت میپرسم:

ـ دیگه از چی خبر دارن؟

با تعجب نگاهم میکنه. حتماً نمیفهمه منظورم چیه. با خودم لحظه‌ای فکر میکنم، ازکجا میتونن چیزی راجع به فیلم بدونن؟ میپرسم:

ـ مگه تا به‌حال هیچ خانمی از تهران این جا نیومده؟

ـ به قد و قباره‌ی جوونی تو، نه. ننه‌ی ریس پادگون تهرونیه.

ـ خانومش چی؟

ـ نه... بیچاره اجاق‌کوره. عائله نداره.

ـ خانوم جناب سروان جهانگیر هم با من از تهران آمدن.

ـ یه سینی‌یم برا اون دارم میبرم.

ـ خونه‌شون نزدیکه؟

ـ ها... کنار باغ ریگی‌یه.

ـ بیا درش کن، از این معجون بهش بده...

به خسرو اشاره میکنه و توی یه بشقاب لعابی کمی ارده میریزه و روش شیره‌ی خرما. با پشت قاشق قاطی میکنه و جلوم میذاره:

ـ بفرما. پستونتو پر میکنه. بخور، نوشت باشه. اجازه میدی؟

و دم در سرپایی‌شو پا میکنه.

ـ ببخشین، آب خوردن از کجا وردارم؟

به اندازه‌ی سه چهار قدم جلوتر از اتاق خواب، روی ایوون آجر فرش، دلو سیاه کنار چرخ چاه میندازه توی چاه و چرخو میچرخونه، دلو پایین میره. میگه:

ـ گوارای وجودت. شیرین شیرینه. جیگرتو حال میده.

چرخو میگردونه، دلو سنگین بالا میاد. از آخرین اتاق ته ایوون، یه لیوان لعابی میاره، توی دلو فرو میکنه و میده. تو دلم میگم خدا نکنه به تلخی آب بلوچای وسط راه باشه. کمی لب میزنم، حق با اونه... آب بسیارگوارا و خنکه. تشکر میکنم

ـ اجازه‌ام میدی؟

و در حال رفتن میگه:

ـ کار داشتی جار بزن.

اولین صبحانه، در اولین خونه‌مون. خونه‌ی خودمون. داویت طبق معمول صبح کله‌ی سحر بدون صبحانه رفته. ای کاش این اولین روزو میموند و سه نفری مزه‌ی صرف صبحانه در کنار همو میچشیدیم.

شـــیره‌ی خرما روی اَرده، توی سینی نون نازکی بسیار شبیه لواشایی که به‌همراه کاســـه‌های ماست، در پنج شش سینی روی سرشـــون، زنای خوش‌قد و بالای کولی اطراف آبادان، با پای برهنه به‌در خونه‌ها می‌آوردند. کمی از شیره‌ی خرما روی ماســـت چکیده میریزم، با نون، همراه چای بسیار خوش‌بو و خوش‌طعم، لقمه‌ای میخورم. چقدر مزه‌ی صبحانه تـــو رود هن‌رو میده. زمانی‌که صبحای زود بـــه همراه ناصر ملک‌مطیعی، مـــرد اول فیلمای صنعت نوین فیلم ایران، و آلبرت، راننده‌ی استودیوی دیانافیلم، برای تهیه‌ی صحنه‌های اول فیلم چهارراه حوادث، به چشمه‌علی دماوند میرفتیم، رود هن، میانه‌ی راهمون بود. در باغچه‌ی قهوه‌خونه‌ی کنار جاده‌ی اون، یه طرف بره‌ی پوست‌کنده به قلاب آویزون بود و سیخای جگر و دل و قلوه‌ی تازه روی آتش منقل، که اغلب ملک‌مطیعی مشتریش بود، و در طرف دیگه، یکی دو میز و چند صندلی لهستانی، زیر درختا.

سینی چای به همراه نون خوشـــبوی داغ و تازه، و بشقابی کره‌ی تازه‌که روش عسل ریخته بودن. بوی کباب، بوی چای، بوی نون تازه و بوی صبح باغچه‌ی پر از درختان سیب وگلابی و آلبالو.

و حـــالا این‌جا، در این نقطه‌ی دور، در کویر. همون بوی خوش آشـــنا. زندگی چقدر زیباست.

برای پسرم که بیدار شده و با چشمانی کنجکاو، دور و برشو تماشا میکنه، چای توی استکان میریزم. سرانگشتمو توی اَرده و شیره‌ی خرما میکنم و دهنش میذارم. چه ملچ و ملچی میکنه، با چه لذتی زبونش و روی لبش میماله. یه سرانگشـــت دیگه! البته توی هیچ کتاب آیین بچه‌داری چنین تغذیه‌ای برای نوزاد دو سه‌ماهه تجویز نشده. مطمئنم چیزیش نخواهد شد. نیگاش میکنم و به خنده‌اش میخندم. تا به‌حال شیرش‌رو هم با این لذت نخورده. نوش جونت.

تا زمانی‌که صندوق اسبابامون برسه، هیچ نوع وسیله‌ی پخت و پز، شستشو و اتو و دوخت و دوز و خلاصه‌کارهای روزمره‌ی یه خانم خانه‌دار، در دسترس ندارم تا کدبانوییمو به نمایش بذارم. کاش لااقل وسائل نقاشیمو توی چمدون همرام

می‌آوردم.

خداکنه هر چه زودتر جواد آقاگاو بکشه تا غذای دلخواه شوهرمرو، توی خونه‌ی خودمون براش بپزم. ژیگو، تنها غذایی‌که بلدم. اونم فقط به‌خاطر این‌که خیلی دوست میداشت، یادگرفتم.

شستشوی هر روزه‌ی لباسا وکهنه‌های خسرو توی چی باید انجام بشه؟ احتیاج به کمک خانم جواد آقا دارم. گفته جار بزن. آیا از خونه‌ی نازیک اینا برگشته؟ صداش میزنم:

ـ خانم جواد آقا.

وای بد شـــد. مادر حسن آقا! اسـم خودش چیه؟ همسایه‌ی بغل‌دستی از روی دیوار سلام‌علیک میکنه و خیرمقدم میگه. یه دختر جوان، شبیه، یا بهتر بگم، به زیبایی زنان بلوچ‌که توی راه دیدیم نیست، اما چشمانی بس مهربان توی صورتی مهتابی، در میون خرمنی از موی براق خرمایی. بیشـــتر به زنان شهری‌می‌بره تا بلوچ. با صدایی رسا فریاد میزنه:

ـ ننه‌ی حسن.

و این خانم جواد آقاست که از سر از پا نشناخته، میدوه. به ایوون‌که می‌رسه، سلام میکنه. هم به من، هم به همسایه، و از او میپرسه:

ـ خانم لعل. بچه تبش افتاد؟

از قرار، همسایه بچه‌ای داره‌که بیماره.

ـ دستتون درد نکنه، همون جوشونده‌که دادین خوبش‌کرد.

ورو به من میگه:

ـ خدا نکنه بچه‌تون بیمار شـــه، ولی اگه خدای نکرده چیزیش شـــد، به دواخونه‌ی جواد آقا رجوع کنین.

ومی خنده:

ـ ماشااللهشون باشه، همه رقم‌گرد و شربت و تریاق دارن.

خانم جواد آقا با سرکج، شرمگینانه لبخند میزنه.

ـ اختیاردارشین.

ورو به من:

ـ خانوم تهرونی فرمونی داشتی؟

من که محوگفتگوی این دو هستم، به خودم میآم.

ـ آه ... بله، لگن میخواستم.

ـ برا، ـ بی‌ادبیه ـ نجاست بچه؟

ـ بله...؟ نه برا شستن لباساش.

ـ ای خاک عالم بهسـرم. تو بشوری؟ مگه من مردم دور از جون. هر چی داری بده بشورم. خشک میکنم و میارم برات. مثه دسته‌ی گل.

ـ نه. به شما نمیخوام زحمت بدم.

عادت به این نوع خدمات ندارم. رو میکند بهطرف همسایه که هنوز همون جا پشت دیوار ایستاده و فقط سر و گردنش هویداست. میگه:

ـ تورو خدا میبینی خانم لعل؟ مارو قابل نمیدونه.

و رو به من میگه:

ـ اطمینون نمیکنی بهما؟ ما اینجا خدمت تو و جان سروان میکنیم، دلمون به این خوشه.

فکر میکنم چرا بهش برخورده. نمیفهمم. نمیدونم چه طوری باید صحبت کنم. میگم:

ـ اختیـار دارین، اگه یه لگن بهم قرض بدین و بگین کجا میتونم آب گرم کنم.

تموم زمسـتونوکه مجبور بودم کهنه‌های نوزادمو توی آشپزخونه زیر آب زمهریر، دم پنجره‌ی شکسـته رو به کوهای البرز بشورم و از باد سرد توچال که از شیشه شکسته‌اش، طرف چپ بدنمو منجمد میکرد، یخ بزنم، به یاد میارم و تقاضای آب گرم توی این نقطه ازکویر میکنم. خنده‌مو میخورم.

ـ اختیاردار همه چیه ماییم، هر چی میخوای، تا فرمون بدی تا برات بیارم.

دو فیتیلهرو بیارم، با اجازهت بذارم تو اتاق آخری؟

ـ یه قابلمه یا دیگیام میخوامکه توش آب گرم کنم. میبخشین، آخه هنوزکه اسبابامون نرسیده، هیچ ظرف و ظروفی ندارم. بچه هم باید حموم کنه.

ـ خانوم تهرونی، بچهرو شب جمعه با خودمون میبریمش گرمابه.

ـ خودمون؟ کدوم حموم؟

ـ ئی دهکـــوره، یه گرمابهکه بیش نداره. یــه روز به جمعه مونده از صبح زنونهی، جمعهش مردونه.

و این خانم لعلهکه توضیح میده:

ـ گرمابه اصولاً تو هفته دو روز بیش درش واز نیست.

ـ حمام نمرهست؟

هر دو هاج و واج نگاهم میکنن. میگم:

ـ منظورم اینهکه...

به یاد حموم عمومی بلور میافتمکه خزینه داشـــت ویک جای وسیع بخارگرفته که بدنای لخت زنا و دلاکا به صورت شـــبح، در میون بخار دیده میشد و بعد از شستشـــو، در آهنیو وا میکردی و وارد سربینهی خنک میشدی و پاهارو توی پاشویهی حوض نقلی وسط میذاشتیکه دو سه تا قلیون هم کنارش روی کاشیای آبی، انتظار مشتری از بخار بیرون اومدهرو میکشید. و از اونجا روی سوزنی و حولهی سفید میرفتی و زن اوستا حولهی سفید بزرگو دورت میپیچید.

ـ ... حمام عمومیه؟ همه با هم توی یه جا سر و تن میشورن؟

ـ خودم سر تنتو مثهگل میشورم. واهمه نکن. دس گلبدن نمیدم همه چغلیشو میکنن

ناگهان به دور و برش نیگا میکنه و چادر دبیتشو دورکمرش محکم میکنه.

ـ خدا منو بکشه. خاک عالمم به سر شد. صلات ظهره. الان جان سروان شیکم خالی میرسه.

به دو میره طرف اتاقای خودشون ته باغ، نیمهی راه، باز به حالت دو برمیگرده

و دم در اتاق نهارخوری، سر پایی یاشو میکنه، سرآسیمه وارد اتاق میشه، با عجله سفره و سینی صبحانه‌رو جمع میکنه، سینی بر سر وکفشا به پا با همون عجله میره. میگم:

ــ خانم جواد آقا ...

برمیگرده.

ــ خانم تهرانی، اسم آقامونو نیار... ننه حسن صدام بزن.

ــ ننه حسن ماتازه صبحونه خوردیم.

در حال رفتن برمی‌گرده.

ــ اما به شوورت که ندادی...

به خانم لعل نیگا میکنم و هر دو میخندیم.

***

ظهره و داویت و به دنبالش ننه‌حسن سینی نهار بر سر، از ته باغ میان. درآغوش هم فراموش میکنیم کجا هستیم.

چشممو وا میکنم و از بالای شونه‌ش ننه‌ی حسنو میبینم که دستک چارقد سفیدشـــو جلوی دهنش گرفته وکنار در اتاق نهارخوری، یه وری ایستاده و مارو تماشا میکنه و دزدکی میخنده. میگم:

ــ جلوی اینا بده!

ــ آدم زنش و بغل کنه و ببوسه، کجاش بده؟ اینام باید عادت کنن!

و بدین شکل زندگی مشترک ما رسماً آغاز میشه.

***

ــ وای بچه پرت شد.

این صدای خانم لعل، همسایه‌ی دیوار به دیوار ماست که با سرعت خودشو بر سر دیوار بالا میکشه. متوجه میشه ما داریم خسرورو به طرف هم پرتاب میکنیم.

ــ وای وای. خدا مرگم ده. زهله‌شوکه آب میکنین. بچه الان پس میفته.

هر دو میخندیم، نه هر سه میخندیم. خسرو از این بازی بیشتر از ما لذت میبره. و ما به خندههای غنج‌زده‌ی اونه‌که از ته دل میخندیم.

خانم لعل، این دختر جوون زرتشتی، از هر انگشتش هنر میریزه. یک‌بار پس از سلام و احوالپرسی روزانه‌اش از سر دیوار، گفت:

ـ خانه‌ی ما قابل شمارو نداره؛ گاو و گوسپندم نداریم جلو پات بیاریم. یه جعبه‌ای، تخته‌سنگی، چیزی بذار زیر پات، نیگا کن تو حیاط ما. ببین ما خواهرا چیکار میکنیم.

تخته‌سنگ؟ اینجا برعکس شمرون سنگ بسیار کم پیداست. هر چی هست، شنه، ماسه... رمل.

ننه حسن چند تا آجر شیکسته نمیدونم ازکجا میاره وکنار دیوار رو هم میذاره. لعل، زمرد، و مروارید. سه خواهرونو میبینم؛ اطراف سفره‌ی بسیار بزرگ سفیدی نشستن، جلوی هرکدوم مشتی نخهای رنگارنگ. هر سه سراشون پایین و با دقت مشغول دوختن نقوش بسیار زیبای هندسی بر زمینه‌ی سپیدن. نقش‌ها بسیار شبیه پیش‌سینه‌ی اون دو زن بلوچ در واحه‌ی بین راهه.

ـ از روی چه نقشه‌ای میدوزین؟

خانم لعل با لبخند به سرش اشاره میکنه. این‌بار این زمرده که با اشاره به سرش میگه:

ـ از بچه‌گی دوختیم. میدونیم چی به چیه؟

و مروارید میگه:

ـ خانم تهرونی، میخوای برات یکی بدوزیم؟ یه شــولای بلوچی، تموم پیش‌سینه و دم پاتو سوزن‌دوزی میکنیم. قابل شمارو که نداره، به پای رخت و لباسای تهرونم نمیرسه! ای سفره‌رو چل روز دیگه میرسیم وسطش و کور میکنیم، بعد....

ـ لباسای تهران به‌پای این دست‌دوزی‌های قشنگ شماها نمیرسه. از دور سفره شروع میکنین، هرکدوم برا خودتون، بدون نیگا به نقشه‌ای، می‌دوزین

تا برسین به وسط سفره؟

ـ ها، بله.

چــه نوابغ و هنرمندانی که ناشــناس موندن و دنیارو از وجود دســت‌آوردهای ابتکاریشون محروم کردن.

***

خسرو چار دست و پا راه میره. روی تخت نمیتونم تنهاش بذارم. از نرده‌ی کوتاه اون میتونه بره بالا و با سر، روی گلیم کف اتاق پرت بشه.

هوا سرد شده، ننه‌ی حسن هر صبح دو منقل پر از آتیش از چوبای گز میذاره در اتاق آخرـ‌آشپزخونهـ جواد آقا که همه فن حریفه، یه قفسه‌ی چوبی برای ظروف چینی و بلور، یه میز چوبی برای پخت و پز، که روش چراغ دوفتیله و یه پریموس گذاشتیم و یه خُل کاه‌گلی، برای ذغال و هیزم درست کرده، که رسماً اتاق آخر تبدیل به آشپزخونه شده. هنوز یه اتاق خالی داریم.

دوست دارم تو آشپزخونه‌م غذا بپزم. نمیخوام ننه‌ی حسن هر روز زحمت بکشه. فقط زمانی که خسرو کنار کرسی خوابیده، فرصت برای پخت و پز دارم، وگرنه موقع بیداریش لحظه‌ای نمیتونم ازش غافل بشم.

ترجیح میدم با او بازی کنم و اغلب امیررو هم میارم که خیلی شیرینه و بانمک. نازیک میگه:

ـ چه حوصله‌ای داری؟

حوصله...؟ لذتی هم بالاتر از بازی کردن با بچه‌م؛ با میوه‌ی عشقمون، تو دنیا وجود داره؟ وقتی بچه‌ی خودتو عاشقانه دوست داری، این عشقو به بچه‌های دیگه هم سرایت میدی.

جواد آقا یه گاورو که بیشتر به گاومیش میره، تو باغچه‌ی جلوی اتاقشون به درخت بسته. خسرورو در آغوش میگیرم و به اون طرف میریم که گاوو ببینه.

ـ سلام جواد آقا.

ـ ای خانوم جان، میبخشی، ندیدمتان. سلام از بنده‌ی کوچیک شماس.

بچه‌رو رد کن، میخوام حیوونو ذبح کنم.

در یه دست چاقویی بزرگ و دست دیگه یه کاسه‌ی مسی پر از آب داره.

ـ کی؟ شـــما...؟ چه طوری؟ راستی راستی میخواین سرشو ببرین؟ همین جا...؟ خیلی بزرگه.

ـ شما رد شو، بچه‌رم ببر، دل جیگرشو جان سروان خواهونه؟

ـ بله، جیگرشو اگه خوبه برای ما بذارین.

با تعجب به گاو نیگا میکنم. چه بی‌خبر از چند دقیقه‌ی دیگه‌ش، بااعتمادکامل به قاتلش نیگا میکنه. بر میگردم طرف اتاق‌های خودمون.

گاومیش سه چهار برابر جواد آقاست. ایستاده که نمیشه سرگاوو برید! باید اونو خوابوند، خیلی دلم میخواست میتونستم تماشاش کنم. مبارزه‌ی انسانی چنین کوچک‌اندام، با حیوانی بس بزرگ، و مغلوب کردنش باید جذاب باشه. فرق میون انسان و حیوون در همینه، انسان فکر میکنه، راه پیدا میکنه، بهتره بگیم حیله به کار میبره و غالب میشه. در حالی که حیوون درکمال معصومیت، به آن کس که آبش داده اعتماد میکنه، و جونشو بر سر اعتمادش میذاره. چرا دلم برای چشمای بی‌حالت و نگاه ابلهانه‌اش میسوزه؟

***

ـ چه بوی کبابی راه انداختی جواد آقا! کی از پاکستان گاو آورده؟

داویت ازکار برگشته. سـفره روی کرسی آماده‌ست. نهارکباب جگر داریم و یه مهمون بهت‌زده.

ـ این گماشته‌رو آوردم که وقتی کار داری مواظب بچه باشه!

ـ اسمش چیه؟

ـ سنجر.

ـ سلطان؟

یه بشقاب کباب به سلطان سنجر تعارف میکنم، تا بعدکه از حالت بهت دراومد، وظیفه‌شو براش تشریح کنم.

ـ کجاییه؟

ـ نمیدونم باید مال مال همین طرفا باشه.

ـ شب میره خونهش؟

ـ اگه کار داشته باشی، میتونه بمونه، کارش نداشتی بفرستش بره پادگان.

و به دیوارها نیگا میکنه که قاب عکسها و نقاشیهامو آویزون کردم.

ـ قشنگه؟

اولین جایزهی تیراندازیم، کاپ نقره، دومین، تفنگ پنجتیر؛ هر دو از دست شاه، توی دوتا قاب مشکی؛ انگار دو تا طاقچهی روبرو ساخته شده برای همین دو تا عکس. و عکسهای عروسیمون که بابا انداختن، تکی، نشسته، نیمرخ جلوی آینه، ایستاده، دو تایی به هم نیگا میکنیم. دستهجمعی با فامیل، جلوی پردهی تور که مامی با چه سلیقهای دوختن. کنار گلدون گل.

تموم دیوارها با عکسهامون تزیین شده. دیوارهای بدون پنجره. تنها پنجرهها فقط روی سقف هستن؛ و چه زیبا نوربارونمون میکنن...

«آشیونهی دو مرغ عشق، یا خونهی خوشبختی...»

در آغوشم میگیرد.

ـ وای... جلوی سلطان سنجر؟

***

دوست دارم وقتی خسرو خوابیده به خونه و زندگیم برسم. با چرخ سینگر مامی که پس از جدایی از بابا به خونهی جدید نبرده بود، و با اشک و آه از بابا گرفتم و همراه با اسبابها در صندوق رسیده، برای اتاقها با پارچههایی که دارم پرده بدوزم، یا برای خسرو، بلوز و شلوار، و یا توی آشپزخونه، غذاهای ابتکاری بپزم. نه، بهتر بگم: من درآری. با گوشت کبک یا خرگوش. و رب انار فراوون و سبزیهای مخصوص این آب و هوا که آقا جواد توی باغچهی زیر درختای انار میکاره و تو دکونش میفروشه و ناشیگری آشپزمو لاپوشونی میکنه. گاهی اوقات واقعاً خندهم میگیره ـ خیاطی و آشپزی ـ دو درسی که توی دبیرستان

هرگز نخواستم بیاموزم. البته به اضافه‌ی زبون انگلیسی. که این آخری، هر سال تابستونمو خراب کرد.

اولین تابستونمو نه تنها خراب نکرد، بلکه خیلی هم کمک کرد که بیشتر از کنار هم بودن لذت ببریم.

کلاس هفتم که به جای نام‌نویسی در مدرسه‌ی موسیقی ـ کنسرواتوار ـ روز اول مهرماه جلوی در آهنی سیاه و مشبک دبیرستان شاهدخت، غافلگیرم کردن و مجبورم کردن که مدرسه‌ی موسیقی رو فراموش کنم، تصمیم گرفتم درس نخوونم تا رفوزه بشم؛ و والدین بفهمن که به‌درد این مدرسه نمیخورم! اما به‌جای رفوزه شدن، در تابلوی نتیجه‌ی امتحانات آخر سال سه تجدیدی از خواندن، دیکته و انشای انگلیسی داشتم!

و چه تابستانی! او قرار شده که در این سه درس کمکم کنه! و بعد که پام در بازی شبانه‌ی باغ سلطنت‌آباد شکست، هر روز از صبح تموم بچه‌های همبازی در منزل ما جمع بودن تا شب، و بازی‌های هوشی و معمایی انجام میدادیم و روزی دو ساعت اختصاص به درس خصوصی داشت!

او معلم انگلیسی بود به جای خانم راسخ، دبیر انگلیسی دبیرستان شاهدخت و بنده شاگرد.

فکر میکنم این کلاس تابستونی بسیار زیر دندونم مزه کرده بود که تجدیدی تا سال آخر که به جرم بازی در فیلم سینمایی چهارراه حوادث، بدون اخذ دیپلم از شاهدخت اخراج شدم، ادامه پیدا کرد.

و حالا تـوی خونه‌ی خودمون، برای او و برای میوه‌ی عشـقمون با چه لذتی خیاطی و آشپزی میکنم... و دیگه گور پدر زبان انگلیسی!

در دکون جواد آقا به قول معروف واقعاً از شـیر مرغ تا جون آدمیزاد پیدا میشه. ماست و نون و شیره‌ی خرما و سبزی، کنار ذغال و هیزم و ظرف و ظروف و گردها و دواهای گیاهی عجیب و غریب، تریاک و منقل همیشه پر از آتیش، روش قوری

چای و ... گوشت، اگرکشتارکرده باشه!

یک روز خانمش تکه‌هایی مثل لواشک توی بشقاب آورد وگفت:

ـ خانم تهرانی، میدونم تا حالا از ای چیزا نخوردی. یه تیکه دهنت بذار
ببین مذاقت خوش میاد؟ خودم پختم!

ـ لواشک آلوست؟

می خنده...

ـ نه، بخور ببین چینه.

تکه‌ی کوچیکی میذارم دهنم. مزه‌ی گوشت میده، چه شوره.

ـ چیه؟گوشته؟

بازمیخنده:

ـ ماشاالله هوش داری‌ها... آره،گوشته. خشک میکنیم برا زمستون. خوشت
نیومدها. به دهنت خوش نیومد؟

ـ چرا... خیلی خوشمزه‌ست، فقط خیلی شوره!

و چنین اسـت که با یکی از رسوم تغذیه‌ی متداول درکویر آشنا میشم. برام طرز
کارو چنین توضیح میده:

ـ گوشت و روی سنگ صاف میکنیم و نمک میکوبیم بهش و زیر آفتاب
میذاریم تا خشک بشه، بعد رو بند، تو انباری آویزون میکنیم. آخه زمستون،
تو باد شیطون و باد سام، دیگه کبک و خرگوشم پیدا نمیشه! وقتی صحرا راه
میوفته و میشه زمهریر، همه پرنده و چرنده‌ها زیر شن‌ها میمونن و جون میدن!
راستی خانوم تهرانی، شنیدی که دیروز باز ای پشت دیفال، یکی سر بریدن؟

ـ وا!؟ یکی چی؟

میخنده:

ـ نمیدونـم بلوچ بیده، قاچاقچی بیده، که از او طرف اومده، خبر نگرفتم.
حسن پشت دیفال بازی میکرد. دیده بود و خبر آورد.

ـ اوا...!

ناباورانه نگاهش میکنم:

ـ یعنی یه آدم، آدم مثل ما، سر بریدن؟ به پادگان خبر دادین؟

ـ نمیدونم. آقای حسن خودش میدونه چه کنه.

ـ اوا...! چه راحت حرف میزنی. انگار سرگنجشک بریدن!

سر بریدن. یعنی چی؟ چه طوری؟

ـ مگه به همین آسونی سر یه نفرو میبرن و شماهام میبینین و انگار نه انگار؟ سنجر... سنجر بدو برو پادگان به جناب سروان بگو زود بیان.

ـ نترس خانوم جان، نترس. خاک عالم تو سـرم شد، چرا بِشِت گفتم! برا چی پدر خسرو خان و صدا میزنی؟ ای جا از ای چیا زیاده... دفه اول که نی!

ـ حسن کجاست؟ خیلی ترسیده؟

بازم میخنده:

ـ از چیش بترسـه؟ ترس نداره خانوم تهرونی. از ای چیا تو ولایت شما مگه نی؟

ـ دادشاه!

نمی دونم چرا یواش میگم؟ اما انگار اسم آشنایی شنیده باشه. با خنده میگه:

ـ خانم جان، نازکَو دیدی؟

ـ نازَک؟ نه... کیه؟

ـ عقد مردهی، هموکه اسمش بردی.

ـ کی؟ دادشاه؟ مگه این جاست؟ تو خاشه؟

ـ جای خودش که پیدای همه کس نی. اما نازَک با ما شناسه. همین بعض خودت نباشه، خوشگلک و مقبوله.

و روزی که به دیدار نازَک، عقدکردهی یه قاتل خطرناک نائل شـدم، مدت ها از تعجب و تحسـین، دهنم وا مونده بود. با خـودم گفتم: کل این همه طراوت و زیبایی، متعلق به یه آدمکُشـه؟ و به این راحتی از خونه بیرون میاد؟ در حالی که برای همه اظهر من الشمسـه که شوهرش قاتله و قوای دولتی به دنبالشن، تا

دستگیرش کن و به سزای اعمالش برسونن.

و این زن، به‌زیبایی و غرور تموم روبروم ایستاده و با لبخند محوی که چشمان عسلیشوکمی تنگ کرده، و چال ملیحی درکنار لبش انداخته، نگاهم میکنه. یه لحظه آرزو میکنم ای کاش لئوناردو داوینچی زنده بود و و این همه لطف و ملاحت یه لبخند شرقی رو بر پرده‌ای جاودان میساخت.

قامت کشیده نه چندان بلند، گردن افراشته چون قو، چشمان بسیار خوش‌حالت که سیاهی سورمه بر پلک‌ها، با سفیدی مایل به آبی درون آن‌ها در جنگه.

رنگ طلایی این چشم‌ها و طرز نگاهش، هر سرداری رو میتونه به زانو درآره. چرا زن یه قاتل شده؟ شاید این قاتل، برای خود و این اهالی، سرداریست!

ـ بفرمایین تو. بفرمایین زیرکرسی، اون جا بده سرما میخورین.

و در لباس سوزن‌دوزی فوق‌العاده زیبای بلوچی میخرامه.

رو به‌روم زیرکرســـی میشینه. از مادر حسن خواهش میکنم از آشپزخونه‌مون نون خاتون پنجره که تازه از از روی کتاب آشپزی خانم ریشارد پختم، بیاره.

به نازک نیگا میکنم و تموم زیبایی صورتشو توی ذهنم ثبت میکنم، شاید روزی بتونم اندکی از این همه لطف و صنع خدادادی رو روی بومی زنده کنم. صداش، حرف زدنش، به اسمش طعنه میزنه. مژگان سیاه و بلند برگشته‌ش وقتی شرمگینانه به پایین نیگا میکنه، سایه‌ای بس فریبنده روی گونه‌های برجسته‌اش میندازه، که هم‌رنگ آخرین لحظه‌های غروب کویر قبل از تاریکی شـــبه. حرکاتش همراه با صداش هم‌چون ملودی زیباترین موسیقی، ملودی والس‌های اشتراوس، یا باخ، یا امواج ریز دریایی آروم، یا تابش اشـــعه‌ی نقره‌فــام آفتاب در حال طلوع، بر شاخه‌های درهم درختان جنگلی خفته در مه صبحگاهی.

نه. به هیچ کدوم نمیمونه. این زن، موجودیست تک و استثنایی.

به خسروکه درکنارم خوابیده نیگا میکنه:

ـ پسره؟

ـ بله.

ـ خواهون زیاد داره! خوشا به‌حالت!

باز منظورو نمی‌فهمم. به خانم جواد آقا نگاهی پرسشگر می‌کنم. میگه:

ـ پسر اینجا خیلی اجر و قرب داره. پسر طلاس، دختر خاکستر!

و می‌خنده. گوشه‌ی لب نازَک، کمی به طرف بالا متمایل میشه، اما در عوض چشم‌های طلاییش به وضوح می‌خندن.

ـ شما بچه داری؟

گوشه‌های لب به پایین متمایل میشه و سایه‌ی مژگان برگونه‌های برجسته، طرحی از غمی ژرف، بر روی صورت لطیف و سوخته از آفتابش می‌پاشه.

از سؤالم خجل میشم. به خانم جواد آقا نگاهی از سر درموندگی میندازم. لبشو می‌گزه. به نازَک نیگا می‌کنم. سایه‌ی مژگان ازگونه‌ها به آهستگی برداشته میشه. دو چشم طلایی در پس پرده‌ای اشک! وه.... که چه طلوعی! این آفتابه که از دریا طلوع می‌کنه.

با چنان حزنی نگاهم می‌کنه و به نرمی صدای نی چوپانی درکوهستان. میگه:

ـ اجاقم کوره، بختم قفله، بستنم!

و دونه‌های مروارید اشگ برگونه‌هاش می‌غلطه. فقط او نیست که می‌گریه. هر سه اشگ می‌ریزیم.

ـ ازکجا می‌دونی؟ به نظر نمی‌آد حتی بیست سال هم داشته باشی.

ـ هیجده.

ـ هیجده ساله و از این‌که بچه نداری نگرانی؟ اجاقم کوره یعنی چی؟ حالا حالاها وقت داری.

باز سایه‌ی مژگان برگونه‌ها میفته. شرمگینانه به سرانگشتای حنابسته‌ش نیگا می‌کنه. ننه‌ی حسن میگه:

ـ آخه پدر عبود نمی‌آد پیشش.

و وقتی حالت استفهامی منو می‌بینه، نگاهی به نازَک می‌کنه، پرسش گرانه، و میگه:

ـ همون‌که شما اول اسمش بردی، دیگه پیش خانم نازَک نمی‌آد. خانه‌ی

ننه‌ی عبود میره، یعنی اگه پیداشون بشه، اوجا میره. از ننه‌ی عبود، خوب سه تا پسر داره، هم همچی قباره‌ی خودش.

تازه میفهمم دادشــاه زن دیگه‌ای هم داره. با در نظر گرفتن سن کم نازَک، اون دیگری باید زن اولش باشه.

به دادشاه حق میدم که در برابر نازَک دل ازکف داده باشه. اما نازَک چرا قبول کرده زن اون بشه؟

ـ دوسش داری؟

صورتشو با دستاش میپوشــونه و خجالت‌زده و شیطنت‌آمیز از میون انگشتاش نیگام میکنه و میخنده. باز مادر حســن لبشوگاز میگیره و در مقابل تعجب من میگه:

ـ خانم تهرانی... این چه چیزه که میگی؟ خوبیت نداره!

ـ کدوم چیزا؟ مگه حرف بدی زدم؟ میخوام ببینم چرا زن مرد زن و بچه‌دار شده؟!

ـ خانوم جان، پدر عبود، اشــاره به هر دختری کنه، دختر، نه که نتانه بگه! همه حسرتش دارن.

ـ چرا؟

ـ خوب تو تازه تو ئی ولایت اومدی، شــناس نیستی، تموم صحرا وکوه و هامون، میبینی زیر پاشه، رستم که شنیدی؟ نشنیدی؟

ـ چرا.

ـ خوب پدر عبود، میگن نواده‌ی رستمه! تا حالا تیر خطا نزده.

با خودم میگم، تموم شرح و تفاصیل هم باعث نمیشه این الهه‌ی زیبا زنش بشه.

ـ کِی عروسی کردین؟

مادر حسن میگه:

ـ ای ناف بریده‌یه!

باز در مقابل بهت و حیرت من میگه:

ـ ننه‌ی نازک خانم پا به ما که بید، پدر عبودکه خویششون بی، اشرفی و پیل طلا میده، بچه‌رو میخره.

ـ که وقتی بچه به دنیا اومد و بزرگ شد، زنش بشه؟

هر دو میخندن. بازگویا اشتباهی فهمیدم. و نازک، زیباترین لب و دندون دنیارو داره.

ـ بچه‌ی تودلی که فقط خدا، او بالا خبر داره که چیزه. اینا که خبر نداشتن.

ـ آخه مگه بچه‌ی توی شکم خریدینه؟

ـ خو، آره! ای‌جا رسمه دیگه. بچه‌رو میخرن که پسر بی، مال خودشان بشه.

ـ یعنی چی؟

خداوندا، اینجا کجاست؟ و اینا چی میگن؟ با خنده به خسرو اشاره میکنه:

ـ ای پسر طلاس، ای‌جا خیلی قیمت داره!

ـ شما حسنو فروختی؟

از خنده ریسه میره:

ـ نه، ما ای رسم و رسومات، تو مان نی!

ـ شما مال اینجا نیستی؟

ـ نه. ای رسم بلوچاست.

ـ سـیرکن خانوم جان. مرداشـان، صحرا مرن، دریا مرن، یه ماه دو ماه بر نمیگردن. زن که همراشان نی، پسر بچه عقد میکنن میبرن.

ناگهان حس میکنم چیزی در درونم آشوب میشه.

ـ شما که پسر نبودی.

به نازک میگم که ساکت نگاهم میکنه. و این مادر حسنه که میگه:

ـ بچه‌ی تو دلی‌رو به شانس و اقبال میخرن. پولشو میدن. دنیا که پاگذاش، نافشو به اسم خودشون میبرن و عقدش میکنن. دیگه خوبی بدیش، مرگ و میرش، پسر دختریش، پای خودشونه.

و این الهه‌ی ناز، که فقط باید ستایشش کرد، در معابد عبادتش کرد، پرستیدش...

محکوم به زندگی در کنار یه غول بیابونی، یه قاتل، یه جانیه! که اونو فروختن! که این رسمه! که بچه‌رو توی شکم مادر می‌خرن! که چون سفر این غول‌تشن‌ها توی صحرا و دریا، مدتی طول می‌کشه و زن نمی‌تونن همراه ببرن، پسر بچه می‌برن. خدای من! چه وحشتناکه!

عصرکه شوهرم میاد، مسئله‌رو باهاش در میون میذارم! یا بهتره بگم در جوابش که چرا انقدر خسته و ناراحتی؟ منفجر شدم:

ـ هیچ می‌دونی اینا بچه خرید و فروش می‌کنن؟ عین بره تودلی! عین گندم سر مزرعه، یا قالی سر دار.

در آغوشم می‌گیره، لرزش بدنمو حس می‌کنه. می‌گه:

ـ چرا انقدر عصبانی هستی؟ خوب این رسمشونه.

پسرمون از دیدن پدرش خوشحال، خودشو چار دست و پا به او می‌رسونه و پاشو بغل می‌کنه. بلندش می‌کنیم، هر سه در آغوش هم،که نه، هر دو در آغوش امن او. از این همه خوشبختی به‌خود می‌لرزم، یا از وحشت این‌که اگر در این خطه زاده شده بودم چه سرنوشتی داشتم؟

***

می‌گوید:

ـ ببین ماه چندمه که اینجا خدمت می‌کنم، هنوز پرونده‌ی پرسنلیم از تهران نیومده. درسته‌که اینجا خرج اون چنونی مثل تهران نداریم، ولی اجاره‌رو هنوز به جواد ندادم. به قاچاقچیم پول سیگار وینستون بدهکارم.

هر سه روی تخت دراز کشیدیم.

ـ شاید اینجا جزو استان‌های فراموش شده‌ست.

ـ این‌طورکه شایعه، شاه قراره بیاد این جا.

می‌خندم.

ـ چرا می‌خندی؟

ـ شـاه اینجا چی‌کار داره؟ شکار کبک میاد یا خرگوش؟ نکنه شخصاً به

دنبال دادشاه میاد؟

ـ جدی. امروز تو پادگان میگفتن، باید یه مقداری وسائل سفارش بدن از زاهدان بیارن.

ـ چه وسائلی؟

سرم روی سینه‌ش، ستاره‌هارو از پنجره‌های سقف تماشا میکنم.

ـ لباس، پوتین، تفنگ، فشنگ، پتو، فانوسقه و رنگ.

ـ رنگ؟ کیو قراره رنگ کنن؟

می بوسدم. میگه:

ـ در و دیوار پادگان و، شـایـد با رنگ کـردن از این وضع گدایی در بیاد.

سرهنگ سعیدی میگفت برای استقبال خانوماتونو بسیج کنین. خودش با مادرش زندگی میکنه، که خیلی پیره.

همیشه در این حالت دوست دارم با موهای سینه‌ش بازی کنم.

ـ چند تا خونواده‌ی دیگه مثل ما اینجا هستن؟

ـ فریــدون، که زن و بچه نداره، به نظرم فقط جهانگیر و خونوادش، ما هستیم. ریگی اینام گاهی میان این طرف‌ها.

با هر اسمی که میبره، یه بوسه هم به همراه داره.

ـ ریگی مگه وکیل سیستان و بلوچستان نیست؟ پس باید تهران باشه که؟

ـ هنوز تشریف‌فرمایی به‌طور جدی نیست. اگه جدی شد خودت و آماده کن برای استقبال. باهاتم که حرف زد، بگو حقوق به شوهرم ندادن.

از خنده غش میکنم.

ـ همینم مونده. بی‌خود از این حرفا نزن، استقبالم خجالت میکشم برم، چه برسه به حرف زدن.

خودمو از آغوشش بیرن میکشم، خسرو هم کنارم میغلطه.

ـ دفعه‌های قبل که ازش جایزه گرفتی مگه باهات حرف نزد؟

ـ دفعه‌ی اول، من تقاضای ملاقات خصوصی کردم.

دستشو دور کمرم حلقه میکنه و میبوسدم.

ـ خوب اونم که بعد از مراسم پخش جوایز قهرماناى تیراندازى کشور، توى دفترکارش تورو خواست و باهات حرف زد.

باز با بوسه‌هاش میخواد راضیم‌کنه، خواسته‌ش‌رو انجام بدم.

ـ هیچ وقت نگفتى، راجع به چى با شاه حرف زدى؟

ـ اولین سـؤالش این بود که «دوچرخه‌سـوارى‌رو کنارگذاشـتى، حالا تیراندازى میکنى؟ اونم با تفنگ برنـو؟» که من مُردم از خجالت این که یادش بود. توى جاده‌ى خاکى سلطنت‌آباد، جلوى ماشین اون و ثریا ویراژ میدادم و نمیذاشتم رد بشن. الانم خجالت میکشم چشمم تو چشمش بیافته.

اگه بگه تو مگه بورس میخواستى برى ایتالیا، اپرا یاد بگیرى؟ چى بگم؟

هنوز از دفعه‌ى آخرى که تفنگ ازش جایزه گرفتم، چند ماه بیشتر نگذشته.

ـ مگه ازت پرسید چرا نرفتى؟

جواب بوسه‌شو نمیدم، به حالت قهر میخوام پشتمو بهش بکنم.

ـ نه...

بازوان پر قدرتش اجازه‌ى کوچک‌ترین حرکتى بهم نمیده.

ـ خوب پس یادش نیست.

ـ به... حرفایى میزنى‌ها... شاه؟ آدمى‌رو که قبلاً دیده دوباره ببینه، یادش رفته باشه؟ مگه ممکنه؟ من خجالت میکشم. اگه بپرسه اینجا چیکار میکنى، چى بگم؟

یک بوسـه‌ى طولانى، و بالاخره طبق معمول همیشـگى، این اوست برنده‌ى مسابقه.

ـ بـه... این که دیگـه ایده‌آله. جوابش همونه که اول گفتم، بگو شـوهرم مأموریت اومده این‌جا. چندین ماهم هست که حقوق بهش ندادن.

با بوسه لبمو قفل میکنه. خوب میدونه چطورى مجابم‌کنه.

ـ شاه نمیگه چقدر نُنُرى؟

توی چشماش نیگا میکنم و میخندیم.

***

اعلیحضرت و هیأت دولت مشغول بازدید استان‌های شرقی و جنوبین. قرار شده به زاهدان که رسیدن، بی‌سیم بزنن که کی میرسن به خاش و برنامه چیه.

ـ اعلیحضرت کبک دوست دارن یا خرگوش؟

و از خنده میمیرم.

ـ فکر نمیکنم نهار یا شام اینجا بمونن. این همه آدم. تو پادگان وسـائل پذیرایی نداریم.

ـ به جای تیر و تفنگ و فانوسـقه، بهتر بود سـفارش بشقاب و قاشق و چنگال میدادین. مگه میشه توی بیابون، گرسنه و تشنه بمونن؟

و از فکری که ناگهان به مغزم اومده، نمیتونم خنده‌مو کنترل کنم.

ـ چی شد؟ به چی میخندی؟

ـ دست‌شویی! اگه احتیاج به دست‌شویی داشتن؟

وقتی بچه بودم همیشـه فکر میکردم دست‌شویی شاه از طلاست! ویک دست طلا هم اونو تمیز میکنه. و حالا هر دو نمیتونیم خنده‌مونو کنترل کنیم.

ـ راست میگی‌ها. صبح به سرهنگ میگم. واقعاً باید فکری بکنن. مستراح صحرایی!

خنده‌مون، خسرورو از خواب میپرونه، نمیتونم از تصاویری که تو مغزم مثل فیلم سینمایی میگذره و هیأت دولتو پشت خارهای بیابون، در حال تخلیه نشون میده، خلاص بشم و خنده‌مرو کنترل کنم. بریده‌بریده و در حال سکسکه‌ی خنده میگم:

ـ الان خانم لعل میاد سر دیوار، ببینه این طرف چه خبره!

فقط با بوسه‌هاش تونست سکوتو برقرار کنه.

نازیک میگه:

ـ تو به زن جواد اعتماد داری؟ که بچه‌هامونو پیشش بذاریم و بریم. معلوم که نیست چن ساعت استقباله.

ـ آره بابا، زن نازنینیه. خسرو هم با بچه‌هاش خیلی جوره و دوسشون داره. نترس. چند ساعت که بیشتر نیست. زود بر میگردیم.

ـ حالا چرا ماها باید بریم استقبال؟ مگه ما چی کاره‌ایم؟ ما که مال این بیابون نیستیم. ما اهل تهرونیم.

ـ نازیک جون. اینقدر غُر نزن، دلت نمیخواد شاهو از نزدیک ببینی؟

ـ اگه ملکه ثریا هنوز بود، چرا. همیشــه آرزو داشتم ثریارو از جلو ببینم، خوشگل، شــیک، خوش‌هیکل، خانم، باشخصیت. هیچ ملکه‌ای به پاش نمیرسه.

ـ آخ، آره. چقدر حیف شد، مثل ماه بود.

ـ از نزدیک دیده بودیش؟ شـاهو میدونم دیدیش، ولی تو عکس‌هات با شاه، ثریا نیست.

ـ اغلب تفریحشون اسب‌سواری یا ماشین‌سواری توی جاده‌ی سلطنت‌آباد و نیاورون بود. منم که میدونی بچه‌ی اونجام. با دوچرخه جلوشــون ویراژ میدادم، یا ســربالایی‌رو رکاب میزدم، از وسط اسب‌هاشون رد میشدم و جلوترکنار جاده وامی‌ستادم به تماشا، و براشون دست میزدم؛ دوتایی نیگام میکردن و میخندیدن. کلاس یازده‌که بودم، بابا مأمور آبادان شدن و رفتیم آبادان. تازه خلعید شده بود و انگلیس‌ها رفته بودن، شاه و ثریا، برای بازدید خوزستان میومدن. یه شب توی باشگاه مرکزی شرکت نفت، که حالا دیگه شرکت ملی نفت ایران شده بود، نه PB بریتیش پترولیوم، یا اونطورکه سر ملت مارو میخواستن شیره بمالن، شایع کرده بودن که این ـ ب.پ. ـ یعنی بنزین پارس!

خلاصه، شب‌نشــینی مفصلی بود. قرار بود شاه و ثریا پس از صرف شام

در منزل شماره‌ی یک، متعلق به رئیس ایرانی شرکت ملی نفت ایران، دکتر فلاح، به باشگاه نزول اجلال اجلال‌کن. جات خالی که ببینی خانوم‌ای مهندسین، چه خودکشــی کرده بودن برای تهیه‌ی لباس از اروپا. درست مثل الان ما. ها ها ها. کاش اقلاً لباس بلوچی داشتیم و می‌پوشیدیم. نه؟ خوب میشد ها! خلاصه... مامی برای من و خودشــون لباس‌ای بسیار شیک مد روز، دامن ژوپون‌دار بلند، کمرچسبون دوخته بودن، و خلاصه، اون‌شب، با دل راحت در حدود دو ساعت تموم، به فاصله‌ی یه متری، زل زده بودیم بهشون. سیر نمیشدیم، نه تنها ما، همه‌ی مهمونا یه دیوارگوشتی دور این دو نفرکه روی مبل نشسته بودن، درست کرده بودن.

ثریا، یه لباس دکولته‌ی گل‌بهی خیلی روشن سنگ‌دوزی پوشیده بود. فقط هم یـــه ماتیک کم‌رنگ مالیده بود. خدا میدونه گردن و شــونه‌هاش عین مجسمه‌های مرمر یونانی، چشماش، وای نازیک، چشماش عین دو تا زمرد سبز و براق.

ـ خیلی خوشگل بود. اصلاً آفریده شده بود برا ملکه شدن. نه؟

ـ آره، خیلی بهش میومد. از نیگاهائیم که به‌هم میکردن، معلوم بود عاشق همن!

ـ دلت نسوخت وقتی اعلامیه دادن که چون نتونسته ولیعهد به ملت تقدیم کنه از هم جدا شدن؟

ـ وای... خیلی. کاش زن دادشاه هم میتونست ازش جدا بشه!

ـ کدوم شاه؟ شاه کجا؟

می‌زنم زیر خنده، با تعجب نگام میکنه.

ـ این یکی فقط اسمش شاه داره. مثلاً مثل شاه‌فنر. شاه جایی نیست که، یا شایدم... به‌نظر میادکه هست. شاه این ولایته.

و میگم:

ـ اون آدم‌کشه که چارتا امریکایی‌رو تو بلوچستان سر بریده‌ها.

ـ وای... تورو خدا از این حرف‌ها نزن.

ـ زنشو باید ببینی.

ـ حاضر شدی؟ الان جیپ میاد دنبال‌مون.

یک‌بار دیگه برای هم آینه میشیم.

ـ خوبه؟ پشتم چی؟

ـ آره... خوبه. پشتتم خوبه. من چی؟ پشت دامنم چروک نداره؟

ـ نه... سرمونم همینه که هست دیگه.

هر دوکت و دامن چسبون، مد روز تهران پوشیدیم.

ـ فقط با این کفش‌های پاشنه‌صناری، میریم فرو توی ماسه‌ها.

ـ مراسم استقبال کجاست؟

ـ حتماً باغ ریگی باید باشه دیگه!

***

نزدیک شب ژانویه‌ست.

ـ چی کار کنیم؟ اینجا نه درخت کاج هست و نه غاز و بوقلمون. نه زرق و برق آویزونی برای تزیین درخت! سرهنگ هم چسبیده که تو شب ژانویه باید سور ارمنی بدی. منم در عوض، شب عید نوروز، سور ایرونی میدم. زیر آبشاری از نور شیری‌رنگ مهتاب، که از پنجره‌های گرد سقف جاریه، کنار هم دراز کشیدیم. خسرو در خواب ناز. و ما در فکر برپایی شبی فراموش‌نشدنی، در میون کویر.

خدایا... این خوشبختی همیشگی یه؟ می‌پرسم:

ـ شب ژانویه کِی هست؟ دو هفته‌ی دیگه تولد خودته. چطوره شب جمعه‌ی دیگه دعوتشون کنیم؟

ـ خوبه.

اولین سالیه‌که میتونم براش جشن تولد بگیرم. و به خاطر احترام به رسم و رسوم اون. میخوام درختی هم برای کریسمس و ژانویه تزئین کنم. آخ... که دلم میخواد تموم دنیارو دعوت کنم به خونه‌ی خودمون.

ـ کیا میان؟

ـ سرهنگ و... اگه مادرش هم بیاد، که بعید میدونم. آخه این طورکه شنیدم، غیر ازگماشته و راننده‌ی جیپ، هیشکی تا حالا مادرشو ندیده. جهانگیر و نازیک و فریدون و خودمون.

ـ صابخونه‌مون چی؟ جواد آقا اینا، سه خواهرون همسایه‌ی بغلی؟

ـ نمیدونم. باید از سرهنگ بپرسم. آخه اینا زیاد با محلی‌ها قاطی نمیشن. ممکنه خوشش نیاد.

ـ ماکه خوشمون میاد. خوب اون خونه‌ی خودش دعوتشون نکنه.

ـ ما تازه اومدیم. به رسم و رسوم اینجا آشنا نیستیم. اون چند ساله این جاست، حتماً یه چیزی میدونه

ـ چه لوس!

می‌بوسدم.

ـ غذا چی درست کنیم؟

ـ اگه جواد آقا تا اون روزگاوکُشت، مغز رونشو یه ژیگوی پدرمادردار برات درست میکنم! اگرم که نه، خرگوش به‌جای بوقلمون یا غاز، چطوره؟

ـ اسمشم جلوی سرهنگ نمیتونی بیاری. چه برسه که بپزی و جلوش بذاری.

ـ وا... چرا؟ چه بی‌مزه. شاید از بس اینجا خرگوش خورده یا به خوردش دادن!

ـ خیلی بدش میاد.

ـ راست راستی یا ادا در میآره؟ مثل ایناکه مثلاً ازگوجه‌فرنگی بدشون میاد.

تا اسمشو جلوشون میآری، دنبالت میکنن!

ـ از خرگوش بگذر.

ـ آخه کبک‌ها خیلی کوچولوئن. چند تا کبک باید درست کنم؟ دست کم برای هر نفر دو یا ســه‌تا، به اضافه‌ی مخلفات دورش، که فقط سیب‌زمینی و پیاز داریم و انار. تازه توکدوم آشپزخونه‌ی حضرتی؟ هه هه هه! همش یه پریموس داریم و یه دوفتیله. روی منقل هم که من بلد نیستم غذا بپزم! چطوره از خانم جواد آقا خواهش کنم خودش غذای محلی برامون درست کنه؟

می خنده. میدونه که دوست دارم خودم همه‌ی کارهارو بکنم.

ـ ابـــداً... بابا میخوای فرمانده‌مونو فراری بدی؟ اون از هر چی مربوط به این‌جاست بدش میاد.

ـ خیلی باید بی‌ذوق باشه. پس چرا این‌همه سال اینجا مونده؟

ـ دست خودش که نیســـت. دستور ارتشه. این‌طور که تو همین چند ماهه دستگیرم شده، مثل این که سرهنگ، خطایی چیزی کرده و اینجا تبعیدش کردن!

ـ بیچاره... بالاخره چی درست کنم که هم آسون باشه هم به قول معروف مجلسی! تبعیدی‌ها غذای مخصوصی دارن؟

دوتایی بلند میخندیم، خسرورو بیدار میکنیم.

ـ هر چی احتیاج داری به جواد بگو. راســـتی میدونی توی خاش پر شده که ما فامیل شاهیم؟

ـ چی؟ چرا...؟ چی چیمون به فامیل شاه میخوره؟

با صدای بلند میخندیم. بچه بلند میشه، ساکت میشیم. دوباره سرشو میذاره روی بالش و میخوابه. ما هم صورتامونو روی بالش فشار میدیم و می خندیم که بچه‌رو بیخواب نکنیم.

از اون روز استقبال، جواد تا چشمش به من میفته، تا کمر خم میشه. هر دفعه هم

میگه جناب سروان تا پولت از مرکز برسه، نوکرت نمرده. هر چی بخوای اَ مال و جون در اختیارته!

ـ مگه هنوز وضع پرونده‌ات درست نشده؟

با تعجب نگاهش میکنم.

ـ نه. من همش دارم قرض میکنم!

ـ اوا. این‌طوری که نمیشه. خوب سرهنگ چرا تلگرافی، بی‌سیمی، چیزی نمیزنه؟

ـ زده بیچاره. خودشم میگه تعجبه. معمولاً تازه افسرا قبل از این که از مرکز حرکت کنن، پرونده‌ی پرسنلی‌شون به‌محل خدمت میرسه.

ـ خوب پس مال تو چرا نیومده؟ مگه با چی میفرستن؟ پست؟ یا آدم میاره؟ پست که الحمدالله یه ماه طول میکشـه، آدم هم... نکنه به پیک امریکایی دادن بیاره و دادشاه خدمتش رسیده.

ـ همین روزا دیگه باید برسه. عوضش یه پول قلمبه دستمون میاد.

ـ خوب همه‌شو باید بدی به قرضات.

ـ نه همه‌شو. راستی جواد میگفت زعفرون اعلا از قائن براش آوردن، برای شب ژانویه، هر چی میخوای از الان بهش بگو هر جور شده تهیه میکنه.

در آغوشم میگیره.

و این مهتابه، تنها شاهد شوخ شبونه‌ی خانواده‌ی خوشبخت.

***

خانم جواد آقا یه سبد پُر سیب‌زمینی و پیاز و چیزی شبیه شلغم برام آورده.

ـ خانم جان، پوستشان کنَم؟

ـ بله. سیب‌زمینیارو فقط.

منوی شب ژانویه
۱۹۵۶ میلادی
خاش

اردوور

سالاد سبزیجات
سالاد سیب زمینی

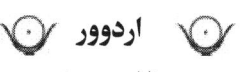

غذای اصلی اول

خرگوش بریان در کنار چیپس سیب‌زمینی
چغندر پخته ـ یا لبو
پیاز سرخ شده

غذای اصلی دوم

کبک کبابی یا سرخ شده
در کنار
پیاز و سیب‌زمینی و شلغم سرخ شده

دسر

انار دون شده ـ ناردانه، با خامه
ماست، سرشیر، شکر چغندر

Happy New Year

تموم اوراق کتاب طباخی خانم نشاط‌الدوله مؤدب ریشارد ـ کتاب درسی دبیرستان ـ برای اولین‌بار با دقت نیگا میکنم و میخونم، شاید خوراکی مطابق مواد غذایی اولیه‌ای که در دسترس دارم پیدا کنم.

انگشت روی هر چه میذارم، دستورش شامل موادی‌ست که در این جا حکم کیمیاست!

بنابراین سعی می کنم همه چیز، من درآری، اما به‌یاری رب و تمبر هندی و ادویه‌ی هندی، که در دکون جواد آقا به وفور یافت میشه، خوش‌مزه بشه و از همه مهم‌تر، خرگوش باید طوری آماده بشه که هیچ شباهتی به اون حیوون نداشته باشه.

ـ خانم تهرانی، پدر حسن، دو تا خرگوش و چن تا کبک براتان گرفته. فقط باید امر بدی که سر ببره.

ـ گاو چی؟ پیدا نکرده؟

ـ نه... حالا بازم تا پس‌فردا که میخوای خرج بدی، شاید براش آوردن. خانوم جان، رییس کل پادگونم گفتیشون؟

ـ کی؟ جناب سرهنگ؟ بله. قرار شده عید نوروزم اون مهمونی بده و همه‌رم دعوت کنه!

باز از اون خنده‌های زیرجلکی میکنه. میگه:

ـ جسارته... خانوم جان، اما این همه سال این جایه، هیچ تنابنده‌ای در خونه‌شو واز ندیده. نه مثه تو نه که ماشاالله هر روز مهمون داری.

ـ خوب. امسال میخواد طلسم و بشکنه و در خونه‌شو واکنه.

برای دور خرگوش ـ بوقلمون ـ بریون، میخوام سیب‌زمینی سرخ کرده بذارم، اما نازُک و پولکی.

ـ مادر حسن، شما چاقوی خیلی تیز دارین؟

ـ پدر حسن باش حیوون سر میبره. برا چیته؟

براش توضیح میدم که سیب‌زمینی‌هارو خیلی نازک میخوام ورقه کنم.

ـ الان بیارم؟

ـ نه، همون پس‌فردا.

ـ خودم برات خُرد میکنم. کاردش خیلی تیزه، میزنی دست و بالت ناقص میکنی. شما عادت نداری.

ـ خُرد نمیخوام. ورقه ورقه، نازک.

ـ اِه... خانوم جان، گوش گرفتم، دونستم. میکنم برات دیگه.

ـ اگه چاقوتونو یک‌روز قرض بدین خیلی ممنون میشم.

ـ خانوم تهرانی، به ما اطمینون نمیکنی؟

ـ ای بابا، اطمینان چیه؟ آخه فقط سیب‌زمینی خالی که نیست، چیزهای دیگه هم هست که چاقوی تیز لازم داره.

ـ الان میارم نیگاش کنی.

***

آه... ای خانم نشاط‌الدوله مؤدب ریشارد، چه قدر باید از شما تشکرکنم. به خاطر دستور بریان کردن خرگوش، و خوراک کبک و تیهو و قرقاول. ای‌کاش یک‌سری هم به استان‌های مختلف زده بودی و میدیدی که مواد مصرفی اولیه‌ی دستورات شما، بیشتر در خارجه پیدا میشه، یا فوقش در تهران. که دومی‌رو هم شک دارم. نه درکناره‌ی کویر لوت.

و من ناشی، اگر در تموم زنگای خانه‌داری، به جای خوشه‌چینی ازکتاب سرکار و خانه‌داری خانم بدرالملوک بامداد، فقط به فکر اذیت و آزار دبیر مربوطه نبودم، الان ناچار نمیشدم و یا بهتره بگم قادر نبودم غذاهای من درآری بپزم. بی‌جهت نیست که میگن احتیاج، مادر اختراعه.

از صبح زود صبحونه‌ی خسرورو دادم و لباسشو عوض کردم و یه پاشو با ریسمون به پایه‌ی کرسی بستم که تازه راه افتاده و یه لحظه آروم و قرار نداره، مواظبم که یه وقت به ایوون و نزدیک چاه نیاد.

ـ سنجر. اینجا بشین و مواظب باش بچه از اتاق بیرون نیاد.

قرار شده از منزل سرهنگ صندلی و میز بیاریم و اتاق مجاور آشپزخونه‌رو که

تقریباً به‌صورت انبار استفاده میکردیم، برای شب ژانویه آماده و تزئین کنیم.حسن برام یه بته‌ی خار بزرگ پیدا کرده، یا از بیابون کنده و آورده، که به‌جای کاج تزیین کنم. الان تهران، به‌خصوص پشت سفارت انگلیس، چه خبره از درخت کاجِ بریده و آماده برای فروش.

صندوقرو میگردم و هرچی پارچه‌ی براق و روبان رنگ ووارنگ پیدا میکنم در میارم و روی صندوق انبار میکنم. دیگه چی؟ گوله‌های براق بلوری از کجا بیارم؟ ریسه‌های ابریشمی یا اکلیلی هم که ندارم. میرم از خانم لعل بپرسم اونها پولکی، چیزی دارن برای تزیین، و توی ایوون، درجا خشک میشم.

ـ سنجر! بچه!

به سرعت خودمو به خسرو میرسونم و اوروکه روی چاه خم شده، بغل میزنم، طنابو از پاش وا میکنم، متوجه کرسی میشم که توی درگاه به درگیر کرده.

ـ مگه من به تو نسپرده بودم از اتاق بیرون نیاد؟ نشستی داری تماشا میکنی؟ اونم دولا شده توی چاه؟

ـ چه واهمه کردی! پاش به ریسمونه!

ـ یه نیگا کن، کرسی و آورده تا دم در. تو فقط تماشا کردی؟

از صدای فریادم، خواهران زرتشتی بر لب دیوار، و مادر حسن بچه به بغل، دوان به طرفم میاد:

ـ خدا مرگم ده، خاک عالم تو سرم شد. چی شده؟ چیزیش شده؟ مار زده؟ زبونم لال، عقرب؟ خانم جان بگو چی دیدی ترسیدی؟ بچه‌رو گزیده؟ مدانم، ئی جا عقرب فراوونه! روغن عقرب دارم، بیارم؟

ـ نه... به‌خیر گذشت. خوب شد پاشو بسته بودم. مردگنده، نشسته داره تماشا میکنه! پاشو... پاشو برو خونه‌ی جام سرهنگ، صندلی‌ها و میزشونو بیار. حاضر و آماده گذاشتن. خونه‌رو که بلدی؟

سرشو تکون میده. شاید همون طور که من زبون اونو نمیفهمم، اونم نمیفهمه من چی میگم.

ـ فهمیدی چی گفتم؟

ـ ...

ـ چی گفتم؟

ـ چارپا میخوای!

ـ خانم جواد آقا، تو زبونشو بهتر میفهمی، بیزحمت بهش بگو، حالی کن!

و با صدای بلند و شمرده میگم:

ـ قرار شده از خونهی سرهنگ، صندلیها و میزشونو بیاریم برای امشب. مادر جناب سرهنگ میدونن و همهرو حاضر و آماده گذاشتن تا ما یکیو بفرستیم بیاره.

چرا داد میزنم؟ با مادر حسن بیچاره چرا اینطوری حرف میزنم؟ خسرورو به اتاق تزئینات میبرم، حسن هم کنار در وایستاده.

ـ حسن جون بیا تو. بیا با خسرو بازی کن، من یهسر به آشپزخونه بزنم. توی ایوون نیاینها. بعدکه برگشتم، هر سه تامون، این بتهی قشنگیرو که آوردی تزئین میکنیم. باشه؟ تزئین میدونی چیه؟ تو چشماش برق شادی میبینم. اما کل صورتش یه علامت سؤال بزرگه.

روبانی ور میدارم و به بتهی خار آویزون میکنم و روبان میزنم و میگم:

ـ تزئین.

دندونای سفیدش با لبخندی درشت نمایون میشه. میگه:

ـ رو چِشم!

***

تو آشپزخونه، مادر حسن، یه پیت خالی بنزینیرو پر آب آورده ویک سبد بزرگ هم پر سیب زمینیهای پوست کنده و ورقه شده.

ـ باریکلا. اینارو با چی این طور نازک و یهدست ورقه کردی؟

ـ آقامون درست کرده.

ـ پدر حسن؟ ای وای... خیلی باید ببخشینها. چرا اسباب زحمتش شدی؟

ـ حرفــــا میزنیها، خانم جـــان، زحمت؟ ما منتظر فرمون شـــماییم که خدمتتون کنیم. شما نباید دســت به سیاه و سفید بزنی. فقط فرمون بده! خانم تهرانی، انگار کن ما اشرافیم. میترکه چشمای حسودشون.

با تعجب نیگاش می‌کنم و نمیفهمم چه ارتباطی حرف‌هاش به هم داره. ادامه میده:

ـ آخه، همه‌ی ولایت خبر شده. شما خانه‌ی ما نشستی.

تعجبم بیشتر میشه. میگم:

ـ چرا؟ اولاً چرا همه‌ی ولایت باید خبر داشته باشه ما کجاییم. در ثانی، چه ربطی به حسادت و این حرف‌ها داره؟

می‌گه:

ـ به...! خانم تهرانی، حرفا میزنی‌ها... ای بلوچا باورشون نمیشه که تو با ما هم کلوم میشی. باورشون نمیشه ما خدمتت میکنیم.

ـ مادر حسن، قربونت، نمیدونم راجع به چی حرف میزنی! اصلاً نمیفهمم. روغن آوردی برام؟ ببین، من یه ظرف یا دیگ بزرگ میخوام که بتونم توش خیلی روغن بریزم برای سرخ کردن سیب زمینی‌ها.

ـ یه پیت مث این خوبته؟

ـ روی پریموس بذاریم خراب نمیشه؟ وا نمیره؟

می خنده و میگه:

ـ اوا... خاک تو سرم، مگه خمیره؟

و به ایوون میره و فریاد میزنه:

ـ حسن... حسنو...

ـ حسن اینجا توی اتاقه. کاریش نداشته باش. گفتم با بچه بازی کنه .

و متوجه میشم جواد آقا با یه سینی ـ مجمعه ـ مسی بزرگ روی سرش، از ته باغ میاد.

ـ خانم جان... حسینمون از صب نشسته برات انار دونه میکنه.

ـ چرا حسین هیچ‌وقت این طرف نمی‌آد.

می‌گه:

ـ بچه‌مون خجالتیه. روش نمیشه. مثه ای یکی پُررو نی.

ـ جواد آقا دست شما درد نکنه...

توی سینی زیر یه تنظیف سفید، دو تا خرگوش پوست کنده‌ی بلوری، انگار هم الان از حموم اومدن بیرون! هفت هشت تام کبک پرکنده، هرکدوم یه لقمه‌ی چیده شده. میگم:

ـ جواد آقا، اینا کمه!

فکر می‌کنم ژیگوی مغز رون گاو کجا، چار تا دونه گنجشک کجا؟

از نگاه مستأصل و ناامیدم، ناراحت میشه. میگه:

ـ چند تا دیگه کارتو را میندازه؟ همالان حاضر میکنم. تا شما به این لاشا برسی، بقیه‌شم میارم. خانوم جان. ما اقبالمون گفته که خدمت تو و جان سروان باشیم. ما رونق این دهنه‌ی دکونمونو از صدقه‌ی سر شما داریم. هر کی میاد جنس بخره التماس میکنه بیاد تو باغ و نیگا بهت کنه.

وحشت سراپام و میلرزونه. ای وای... چرا؟ فکر میکنم... یعنی اینا شناختم؟ اینجا نه سینما داره نه روزنامه و مجله. جواد آقا ادامه میده:

ـ خانوم جان. از روزی که اعلیحضرت، قَدَن قُدرت، با اون‌همه وزرا و اعیان، تشیف آوردن به ای ولایت دیدن شما.

ـ چی؟ دیدن ما...؟

با لبخندی حاکی از مچ گیری میگه:

ـ خانم جان، زنای خیریه‌ی ثریا که کنار شما بودن، به چشم خودشون دیدن، به گوش خودشونم شنیدن. اعلیحضرت با شما گفتگو کردن و چاق سلومتی! دیگه قسم ننه‌ی حسن باورشون شده.

ـ قسم ننه‌ی حسن؟

ظرف لازم دارم برای سیب‌زمینی‌ها، جواد آقا ول کن نیست. میگه:

ـ ننه‌ی حسن قسم خورده که به‌چشم خودش عسک شمارو با اعلیحضرت تو اتاق‌تون دیده.

به... که اینا چه قدر فضولن. خیالم لااقل از لحاظ فیلم و سینما راحت شد. خنده‌مو از این‌همه سوءتفاهمات نمیتونم کنترل کنم. هر دو خندان، اما با تعجب نیگام میکنن.

ـ اشتباه میکنین، ما فامیل، یا حتی دوست خونواده‌ی سلطنتی هم نیستیم. و در دل از سـادگی و زودباوریشون تعجب میکنم. نمیدونن که ما حتی یه آشنا یا دوست قدرتمند هم تو دستگاه دولتی نداریم که لااقل بتونه پرونده‌ی پرسنلی شوهرمو از تهران به خاش بفرسته، که ما انقدر نسیه زندگی نکنیم.

روز تشریف‌فرمایی، خانم‌ها فقط هفت نفر بودیم که من سعی کردم آخر صف و پشـت نازیک پنهان بشم تا شاید شاه نبینتم. ولی بالاخره شد اونچه که ازش واهمه داشتم. انگار کنجکاویش بیشتر تحریک شد و اومد ته صف، صاف جلوم، تا چشمش بهم افتاد که سرم هم پایین بود، با یه لبخند و تعجب از این‌که چرا این جا هستم، به جای ایتالیا، گفت:

ـ اِ... تو اینجا چه کار میکنی؟

ـ شوهرم افسر و مأمور این جاست.

با حالتی ناباورانه نیگام میکنه:

ـ این جا چه‌طوره؟ راحتی؟

لبخندش به استهزا بیشتر میره.

ـ بله. خیلی قشنگه!

تنها جمله‌ای که میتونم بگم بدون این که نگاه پرسشگرشو بتونم تحمل کنم، به زمین خیره میشم.

خدارو شکر، آقای علی خادم دسترسی به ما نداره تا عکس‌های طاق و جفتی‌رو که اون‌روز درکنار شاه و هیأت دولت ازم گرفت برامون بفرسته. اون وقت دیگه واویلا... حتماً میشدیم یه پا خود خانواده‌ی سلطنتی.

ـ جواد آقا روغن خوب دارین که...؟ هم برای سـیب‌زمینیا میخوام و هم
برای خرگوشا وکبکا، زیاد میخوام.

ـ یه پیت در بسته کرمونشایی بَسته؟

ـ بعله. زیادم هست.

سنجر با گردن کج، توی ایوون روبروی آشپزخونه وایساده!

ـ رفتی منزل جام سرهنگ؟ صندلی‌هارو آوردی؟

ـ خرابه...!

ـ خرابه...؟ چی؟

جلوی در اتاق کفش‌هاشـو در میاره و وارد میشه. به دنبالش میرم. دو صندلی
لهستانی روی هم. یکی بر عکس دیگری. با تعجب نیگاش میکنم.

ـ چی خرابه...؟

صندلی رویی‌رو بلند میکنه و به همون حالت برعکس که پایه‌ها بالاست میذاره
زمین، صندلی کج میشه. دوباره بلندش میکنه و به همون ترتیب میذاره زمین و با
پیروزی نیگام میکنه:

ـ شیکسته‌ی!

از اتاق بیرون میآم. نمیتونم جلوی خنده‌مو بگیرم.

ـ عیب نداره، برو بقیه‌شم بیار. میزم همین‌طور.

خدای من. اینا ابتدایی‌ترین وسائل زندگی معمولی رو هم نمیشناسن.

جواد آقا یه حلب بزرگ روغن کرمونشـاهی آورده با میخ و چکش، مشغول وا
کردن در اونه.

ـ خانوم جان، یه خرگوش و ده تا جوجه بَسته؟

ـ جوجه...؟

ـ آره. جوجه‌ی کبک، که خودت میگی.

ـ کبک چیه که جوجه‌ش باشه؟

ـ مه... مثه همی‌ای که داری؟

ـ بله. خوبه... جواد آقا اینجا مدرسه هست؟

ـ ســواتآموزی؟ دو روز تو هفت روز هفته. غروبا که گرما میفته، بچهها میرن خونهی یکی از محلیا. خوندن حساب و سیاق یاد میگیرن. گاهی وقتا قرآنم تلاوت میکنن.

ـ خانومای خیریهی ثریا که گفتی مال کجان؟

ـ او روز دیدیشان که... مال همین ولایتن. بلوچن.

ـ سواد دارن؟

ـ نپرسیدیشان؟

ـ نه. آخه نمیشناختمشون. من فقط اینجا زن دادشاهو دیدم و میشناسم.

ـ اینجا رسم ندارن زنا سوات بگیرن. عیب میدونن.

ـ خانوم شما چی؟

به مادر حسن نیگا میکنم.

ـ ننهی حسن لازمش نی! کار نداری مرخصم کن پی جوجه!

و قبل از این که جواب بدم، میره! حتماً بهش برخورد. از خانمش میپرسم:

ـ شما تقریباً همهی اهالی اینجارو میشناسی؟

با ملاقهی دستهدار بلند و سنگین مسی، روغن توی دیگ مسی بزرگ که روی یکی از پریموسهاست، میریزم. عجب بویی! چقدر هوس میکنم بهیاد کودکی و منزل مادربزرگ، که روغن کرمونشاهی در خیک سیاه به یه گیرهی فلزی از دیوار زیرزمین آویزون بود و کلفتمون از اون یواشــکی روی سنگک داغ میمالید و میداد دستم. روغن داخل پیتو بچشم. اما جلوی خانم جواد آقا، به خصوص حالا که دیگه جزو اشراف هم شدم، خیلی زشته.

اما بوی روغن داغ کرمونشــاهی واقعاً مست کنندهست. مقداری از پولکهای سیبزمینی در اون میریزم.

ـ مادر حســن، لطفاً با اون کفگیر، گاهی اینارو هم بزن که به هم نچسبن. بعد هم که رنگش یه کم برمیگرده رو به قرمزی، با کفگیر درآر. تکون بده،

بریز توی اون سبد.

جواد آقا برمی‌گردد، سینی بر سر.

ـ سلام...

و سینی‌رو میذاره روی میزی که خودش برای آشپزخونه درست کرده. پارچه‌ی سفیدو از روش ور میدارم، یه خرگوش و چند تا کبک دیگه. میخواد بره، صداش میکنم:

ـ جواد آقا... دلتون نمیخواد بچه‌هاتون سواددار بشن؟

با اکراه جواب میده:

ـ قدی که لازم‌شونه، میشن.

بر میگرده بره.

ـ چه طوری...؟

روی پریموس دیگه، یه دیگ مسی میذارم، یه ملاقه روغن توش، فکر نمیکنم احتیاج به پیت داشته باشم.

ـ گفتی پهلوی کی حساب یاد میگیرن؟

ـ محمود. نمیشناسی. محمود سوات داره.

هر سه تا خرگوشو میذارم داخل دیگ، چه جلز و ولزی میکنه.

ـ خانم جواد آقا... شومام دلت نمیخواد سواددار بشی؟

با دستک چارقدش روی صورتشو و خنده‌ی شرمگینانه‌شو میپوشونه. زیر لبی میگه:

ـ برا چیمه...؟

با ترس به جواد آقا نیگا میکنه و ادامه میده:

ـ خانوم تهرانی... نیگاش میکنم.

با چشم و ابرو شوهرشو نشون میده! که یعنی جلوی اون، از این حرفا نزنم. سنجر باز باهمون قیافه‌ی قبلی جلوی در وایساده.

ـ آوردی؟

با سرکج و نگاهی گناهکارانه میگه:

ـ شیکسه دادن! موگُنا ندارُم.

ـ میزو چی...؟ آوردی؟

آلانه که اشکش سرازیر شه.

ـ عیب نداره. برو میزو بیار، درست میکنیم.

خانم جواد آقا، انگار صد ساله چیپس سیب‌زمینی درست میکنه.

ـ خیلی ممنون، به به، عالیه. حظ کردم!

ـ خوبته؟

ـ از خوبمم خوبتره! دست شما درد نکنه.

می‌گه:

ـ حیوونارم میتونم تو روغن بندازم. تو برو به اتاقت برس. به خسرو خان

برس.

ـ منتظرم میزم بیاره، شما گفتی دو تا صندلی داری؟

ـ داریم. میگم حسن بیاره. در دوکونم جواد آقامون دو تا کوتاه بی‌تکیه داره.

میخوای اونارم؟

حالا این منم که نمیفهمم راجع به چی حرف میزنه. میگم:

ـ نه مرسی، فقط صندلیارو میخوام.

صدا میزنه:

ـ حسن.

ـ نه، نه، نه. از حسن جون خواهش کردم با خسرو بازی کنه که تو ایوون

نیاد.

خودش به دو میره طرف خونه‌شون. واقعاً که! همسایه‌ها یاری کنین، تا من

شوورداری کنم! مامان‌جون یادتون به خیر! چه کلمات قصاری داشتین.

ـ مادر حسن، واقعاً دلت نمیخواد سواددار بشی؟ بتونی کتاب بخونی،

روزنامه بخونی، از دنیا باخبر بشی؟

ـ آخه خانوم جان واســه چیمه؟ کو روزنومه؟ کوکتاب؟ دیدی که آقامون خوشش نمیآد. اطاعت شوهر واجبه! روزگار ما همینه که میبینی. یکی میزاد، یکی میمیره، یکی ســر میبرن! یکی کاســبی میکنه، یکی دوخت و دوز! بالاخره همه ســرمون به کارمون گرمه، که به درد خودمون میخوره! اینا که شما میگی مال شهریا مثه خودتونه. ما سواد واسهی کجامونه؟

خرگوشا تقریباً سرخ شدن، یک کم دیگه سس انار، من درآری!

خانم نشاطالدوله مؤدب ریشارد، چشمتونو دور دیدم! این به جای سس بِشامل شما!

ـ خانم جواد آقا... ببین، شما مسلمونی دیگه... نه؟ یا زرتشتی؟

ـ خانم جان ما به ای سن و سال، نماز و روزهمان ترک نشده!

ـ شیعه یا سنی؟

ـ دیگه مسلمونیم... شیعه سنی نداریم. ما سر به آستان شاه ماهانیم.

ـ به حضرت علی پس اعتقاد دارین دیگه؟

ـ حضرت قربونش برم، مددکارمونه.

ـ میدونی که حضرت علی فرمودن: بچههاتونو مطابق زمان تربیت کنین؟ همین طور خداوند اولین آیهای رو که بر پیغمبر نازل کرده، میدونی چیه؟

ـ خانم جان ماشالله تو همه چی دونی. ما تو ای ولایت همی قده طاعتاشو بهجا میاریم. اگه به درگاهش قبول بشه، اون دنیا جوابگو نیسیم!

ـ به پیغمبر گفت: بخون.

بسیار غریبونه و ناباورونه، نیگام میکنه! میگه:

ـ چی ته؟

ـ خدا به پیغمبرش امر کرد که بخون. و پیغمبر که مثل شماها سواد نداشت، گفت: نمیتونم. سواد ندارم!

یک کم زردچوبه و زعفرون ساییدهی قائن تو آب خیس میکنم و روی خرگوشا

میریزم.

ـ خدا به پیغمبر دوباره امرکرد: بخون!

خرگوشارو توی دیگ میغلطونم وکاسه‌ی پر از آب انار، مخلوط با نمک و فلفل و ادویه‌ی هندی، و عصاره‌ی تمبر هندی وکمی شـکر، میریزم روی خرگوشای سرخ شده.

ـ خانوم جان، تو مکتب رفتی؟

ـ من مدرسه رفتم، مکتب دیگه ورافتاده!

ـ پس همه‌ی علمت از مدرسته؟

ـ بله. شمام سواددار بشی، همه‌ی اینارو یاد میگیری! دلت نمیخواد؟

نیگاش میکنم. باز از اون خنده‌های مخصوص میکنه و میگه:

ـ میخوام ملا بشم؟

جواد آقا آمده که:

ـ ای غربتی، صندلیارو همی طوری وارو، لنگ تو هوا، گذاشته وسط اتاق!

می‌خندم:

ـ همونو میگه شیکسـته دادن دیگه! عقلش نمیرسـه، صندلی رویی‌رو برگردونــه و روی پایه‌هاش بذاره کنار اون یکی! ببین جواد آقا، همه‌اش از بی‌سوادیه!

ـ خانوم جان... آخه ای غربتی بدبخت ازکدوم ملا درس بگیره؟

ـ از من...! ملا کیه؟ من درسش میدم. من باید خوندن و نوشتن به سنجر یاد بدم!

چنون هر دو با دهن واز نیگام میکنن، که برای فرار از نیگاشــون و مهلت برای هضم مسئله، چشم به خرگوشا، توی دیگ میندازم و میگم:

ـ مادر حسن، لطفاً دوفیتیله‌رو روشن کن. جواد آقا ممکنه این دیگو بذاری روی دوفیتیله؟

به اتاق تزئینات میرم! حسن و خسرو، با پارچه‌ها و روبانای رنگ و وارنگ عشقی

میکنن! از توی صندوق یه پارچه‌ی ململ سفید در میارم و چارتا میکنم، میبرم آشپزخونه روی سبد سیب‌زمینی‌ها میکشم. دیگ خرگوشا روی دو فیتیله‌ست که ریزجوش تا شب بپزه. جواد آقا میگه:

ـ پریموسو خفه کنم؟

ـ نه نه. کبک‌هارو هنوز سرخ نکردم.

اینجا اصطلاحات معمولی و روزمره هم، از مشــتقات فعل کشتن و خفه کردن میاد. در صورت هیچ کدوم هنوز علامت تعجب از بین نرفته!

ـ خانم جان. اگه خودت میخوای جوجه‌هارو توی دیگ بندازی، اجازه‌مو بده برم بچه‌مو شیر دم و تندی تنگ دست واگردم. پسره‌رم یه تشر بزنم، از صبح داره نار دونه میکنه!

خانوم جان فرمایش کردی، برا جوجه‌ها پیت بیارم؟ ببینم اگه یه دیگ پیدا کردم که میارم. اگه نه، پیت داریم، میخوای؟

ـ نه. قربونت، پیت نمیخوام. توی پیت که نمیشه جوجه سرخ کرد! دیگ سیب‌زمینی‌رو روغنشو خالی کن، یه کم تهش بمونه، بذار روی پریموس توی اون سرخ کنم.

ـ روغنشو نمیتونم دور بریزم. گناه داره! برکت خداس.

ـ نه... نگفتم دور بریز! توی یه کاسه‌ای، چیزی بریز... برو، برو، بچه تو شیر بده، خودم میکنم.

ولی دست‌بردار نیست. روغن‌هارو توی کاسه‌ی لعابی میریزه و میگه:

ـ خانوم جان، بذارم رو پریموس؟

ـ عزیزم، برو. برو بچه تلف شد. برو، مرسی.

دیگو از دستش میگیرم و روی پریموس میذارم. شروع میکنه تلمبه زدن وکبریت میکشه. پریموس نمیگیره و دود میکنه، بوی نفت خام میپیچه توی آشپزخونه. دوباره تلمبه میزنه. میگم:

ـ خانم جواد آقا... مواظب باش، اون پریموس هنوز داغه. هی تلمبه میزنی،

ممکنه بترکه. ولش کن عزیزم. ولش کن شــما برو به بچهات برس. خودم میدونم چه‌کارش کنم. برو خانوم... اوا...!

بالاخره میره. سنجر باز باگردن‌کج توی ایوون وایساده!

زن جواد آقا دوباره از وسط باغ برمی‌گرده و میگه:

ـ خانوم تهرانی، دم‌پخت مارو نچشــیدی، خــوردی؟ میخوای برات بار بذارم؟ برنج سر سفره‌ت نداری. خوبیت نداره! همین پوکه‌ی آلوزمینی که نمیشه شام.

می‌دونم‌که حریفش نمیشم. میگم:

ـ اگه خوشمزه‌ست، بذار. خیلی هم دوست دارم مزه‌ی غذاهای شمارو بچشم! با این‌همه ادویه‌که دارین، حتماً غذاهاتون خوشمزه‌ست، بابا، بچه چی شــد؟! باز نرفته برنگرد! برو بچه‌رو شــیر بده عزیزم، باهات دیگه‌کار ندارم، برو. خیلی هم ممنونم. واقعاً زحمت‌کشیدی. از جواد آقام تشکرکن.

می‌رم روی ایوون، و همین طورکه داره میره. می‌پرسم:

ـ ماست برام چقدر زدی؟

می‌گه:

ـ یه لاوه!

ـ شیرینه یا ترشه؟ ترش نمیخوام‌ها!

بی‌خود پرسیدم.برمیگرده و میگه:

ـ نه خانوم جان شیرینه. خامه‌شه دیشو از سرش گرفتم. شیرگاومیش خامه زیاد میده. از آتیشم‌که ورش داشتم، سرشو جمع کردم برا صبنه‌تون. پس‌ش مایه زدم بهش و خوابوندم زیر جُل! دیگه چیزی اضافه میخوای یه‌باره بگو، بیارم!

ـ شکرسفید. تورو خدا قاطی نداشته باشه، چرا شیکرهای شما به نظرکثیف میاد؟

ـ حرفا میزنی خانوم جان، خوب نباس هم چیزی مارو پسندکنی! قربونت

بشم، مال ما ملاسش داخلشه. رنگش اوجوره! توکارخونه‌که نمیسازنش! رنگ چغندر بهش میمونه. خودت نگفتی رو ناردونه میریزی؟ خوب چیزیش نمیشه‌که! از ناردونه‌م که رنگ میستونه!

ـ نه. باید سفید سفید باشـه‌که روی یاقوت قرمز ناردونه‌ها نمودکنه! تو کتاب گفته، خامه و شکر خوب باید زده بشه‌که پف‌کنه!

ـ الان میخوای بیارم؟

ـ نه... دیرتر... بذار اول غذاها آماده بشه، اتاقو درست کنم، میزو بچینم.

ـ جوجه‌هارو چه طوری میپزی؟

من همین‌طور از ایوون و او از وسط باغ!

ـ راسـتی... تمبر هندی بازم خیس‌کن برام، بازم لازم دارم، روی کبک‌ها فقط سس تمبر هندی میدم.

بازبا تعجب نگاهم میکنه!

ـ ای داد بی‌داد! بچه‌ی بیچاره تلف شـد ازگرسـنگی، برو خانم، برو به بچه‌ات برس، الان دیگه هیچی نمیخوام. اونوکه شیر دادی و خوابوندیش بیاکه پیازی پوست بکنی و حلقه حلقه‌ی نازک ببری. اشگ‌هات‌که نمیریزه؟

من هر پیازی که پوست کنم به اندازه‌ی یه مصیبت کربلا اشک میریزم.

ـ رو چشم، همه‌رو برات مثه آلو زمینی‌ها نازک میکنم.

و بالاخره چادرشو دور کمرش محکم میکنه و میره.

جواد آقا با یه دیگ مسی بزرگ آمده، میگه:

ـ خانوم جان سروان، دیگ شله‌پزی برات آوردم. کجا بذارم؟ توش روغن میخوای، یا بدم دست سنجر؟

ـ خیلـی ممنون. دیگه لازم نـدارم. تو همون دیگ که روی پریموسـه، کبک‌هارو گذاشتم.

ـ شـما فرمون بده... دیگه دیگ بزرگ نداشـتیم، از عبدل زابلی قرض گرفتم. اگه نخواستی پس ببرم پسش دم؟

ـ نه ممنون. زحمت کشیدین، ببخشین. لازم ندارم.

ـ خانوم جان سروان... ما لایق این حرفا نیسیم! شـما مثه بالاییا با ما اختلاط میکنی. ما کوچیک و زیر پای شماییم!

ـ جواد آقا، خواهش میکنم از این حرف‌ها نزن. شما خونوادگی واقعاً به ما لطف میکنین. ما هرگز مهربونی‌های شمارو فراموش نمیکنیم.

می خوام دیگو از روی پریموس خاموش بلندکنم و روشنش کنم. از دستم میگیره. میگه:

ـ آتیش کنم؟

ـ بله لطفاً.

چند تا تلمبه میزنه، از جیب بغلش کبریت درمیاره، هر چی میزنه، پریموس روشن نمیشه و دود میکنه و بوی نفت سوخته بلند میشه. این‌بار از همون جیبش، یک قوطی فلزی در میاره و درشـو وا میکنه. یه تکه حلبی که به سـرش چیزی شبیه سوزن کوتاه چسـبیده در میاره. سوزنو توی سوراخ بسیار ریز سر پریموس، فرو میکنه و با خودش حرف میزنه:

ـ نفت که نی، هزار تا آشغال توش قاطیه، هی باید سوزنش بزنی! حلبـی‌رو رو زمین میذاره. دو تا تلمبه‌ی دیگه میزنه. این بار به محض کبریت زدن، با شعله‌ی آبی شروع به سوختن میکنه.

ـ دیگ و روش میخوای؟ روغنش بریزم؟ چه قدر میخوای؟

ـ یه کم فقط روغن بریز. بوی عطر روغن کرمونشاهی، اثر بوی نفتو از بین میبره.

در حالی که کبک‌هارو، دونه دونه توی دیگ میذارم، به جواد آقا که کنار آشپزخونه وایساده و دساشو جلوش روی هم قرار داده و نیگام میکنه، میگم:

ـ جواد آقا...

ـ فرمایش کن. خانوم جان سروان، امری داری؟

ـ میخوای به حسن و حسین هم خوندن و نوشتن یاد بدم؟

ـ خانوم جان. شما ماشاالله بالاتر از اینی که باکور وکچل‌های ما سر وکله بزنی! اینا هیچی بارشـــون نی! هر چی میبریم در دکون، یادش میدیم، این حسن، بزرگه‌رو، دم ترازو وامی‌سونم دم منقل چای، هیچی به‌هیچی! چار روز دیگه باید پسه‌ی مادر و خوار و برارشو جم کنه. همی ای‌روزا، خلاف ادبه، تکلیفشه! دوراً جون! به شترگفته بودم، ملا شده بود! که ای ولدالزنا

ـ با اجازه‌ـ قذ یه خر سرش نمیشه!

ـ ببین جواد آقا... اولاً که اینا پسرای نازنین شمان، نه کور وکل وکودن! یه روز دیدی همین بچه‌ها برات کتاب میخونن و کیف میکنی.

همه‌ی کبک‌هارو توی روغن داغ ته دیگ میذارم. بوی خوش این روغن، واقعاً کورترین اشتهارو وا میکنه! پرنده‌ها با جلز و ولز فراوون سرخ میشن.

ـ خانم جان سروان، فرمونی نداری مرخصم کن برات ادویه و تمر خیس‌شده بیارم. فرمودی ماست و خامه حالا نمیخوای؟ تو اتاقت چی کسریه؟

با هم به اتاق تزئینات میریم! خسرو و حسن مثل دو برادر با هم بازی میکنن. حسن سلام میکنه.

ـ بچه وخی!

ـ چی کارش داری جواد آقا... با هم دیگه خیلی خوب دارن بازی میکنن.

ـ نه خانم جان، اربابی گفتن، نوکری!

و رو به حسن که نیمه خیزه:

ـ نگفتم وخی...؟

ـ از این حرف‌ها نزن تورو خدا... خواهش میکنم سـر صندوق و بگیرین بذاریم کنار اون دیوار، روبه‌روی بته‌ی خار. اینو جای میز اردور و مشـــروب استفاده میکنم.

ـ خانوم جان، جان سروان به حامد فرمون سیگار و بطر و بعضی چیزا داده که از اوطرف بیاره.

ـ اون طرف...؟

با تعجب نیگاش میکنم.

ـ آره... حامـد هر چی جنس قاچاق بخوای، از او ور، یا بندر میسـونه و میآره!

ـ اون طرف...؟ یعنی کجا...؟

ـ همی هند و پاکستان و چین و ماچین، گاجـرات. ما همهی ادویهمان از گاجراته! غیر زعفرون قائن. گاو و گاومیشـم، بلهنسبت، از او ور میآرن، خودمون نداریم. ما خانوم جان حیوون کم داریم! بلانسـبت، بلانسبت، خودمون هسیم دیگه!

و میخنده! با خودم فکر میکنم انسان هم کم دارین! این طبیعت زیبا، چه طور نه کسی تا به حال به فکر آبادانیش افتاده، نه به فکر اهالیش و تهیهی وسائل اولیه و ابتدایی زندگی براشون! چرا همه چیز باید در تهران متمرکز بشه؟

ـ مگه اون طرف هم بلوچستان نیست؟

ـ ها والله... چرا، هس!

ـ پس چرا میگین اون طرف؟

ـ خانوم جان شـما که از من بیسوات بیشتر سرت میشه. ای وسط خط کشیدن! بلوچستان یه تیکه که نی! آره یه ولایته، اما دو تیکه! یه تیکه مال ای دولته، یه تیکه او مال او دولت! رو خط وسطش شرطه و عسس داره! فقط قاچاقچی میتانه رد شه! ما نمیتانیم، با تیر میزننمان!

ـ قاچاقچیها چه طوری رد میشن؟

ـ اونا خوب دست دارن! با خطدارا یکیان. مالارو قسمت میکنن.

یه رومیزی قشـنگ که جزو هدایای عروسیمه، از صندوق در میارم، برای روی میزی که با کمک جواد آقا وسـط اتاق میذارم؛ یه پارچهی تافتهی خوشرنگ هم درمیارم برای روی صندوق. سـری به آشپزخونه میزنم. کبکها سرخ شدن، پریموسو خاموش میکنم. باید رب تمبر هندی بهشون بزنم و روی اون یکی دو فتیلـه بذارم تا ریزجوش بزنم. کبکها با این که کوچیک و نحیف جثهن، ولی

گوشت ناپزی دارن.

مادر حســـن برگشته، ســـلام میکنه. با هم به اتاق میریم، جواد آقا از روی گلیم، خُرده‌های خاررو جمع میکنه، بلند میشـــه، ســـلام میکنه. اینم از اون رسومات عجیب این جاست. یه غیبت دوسه دقیقه‌ای هم در برگشت، سلام داره!

ـ مادر حسن... روی این صندوق، همه‌ی لیوانای کوچیک و بزرگو میذارم، با تنگ بلوره...

میره آشپزخونه که بیاره، دستمال‌های سفره‌رو هم از صندوق در میارم. دیگه فکر نمیکنم چیز به درد بخوری برای جشن شب ژانویه، توی صندوق پیدا کنم.

چند نفریم؟ به نظرم، بدون خونواده‌ی جواد آقا، خانم لعل و خواهراش، شـــش نفری باشیم. اگه سرهنگ قبول میکرد که اینام باشن خیلی خوب میشد. اونوقت غذاکم میاومد.

با این حالت بندگی که این‌ها دارن، فکر نمیکنم سرهنگ قبول کنه باهاشون سر یه میز بشینه!

لیوانارو روی صندوق میچینیم. بچه ها، روبانارو دور بته پیچیدن!

ـ حسن جون مواظب باش خُرد نشه...

ای کاش چندتا از اون گلوله‌های شیشه‌ای رنگی و آویزهای بلورکاج کریسمس خونه‌ی مادر شوهرو میتونستم بیارم!

قاب عکس‌هارو به این اتاق میارم. نمیدونم کار خوبیه برای تزئین دیوارای خالی یا حمل بر خودنمایی خواهد شد.

عکس‌ها همه یادگار لحظه‌های خیلی نادر و خوش هستن. چرا دوستا نبینن. فقط نازیـــک اینارو دیده، روزها که امیرو میاورد پهلوی من. نمیدونم چرا حوصله‌ی بچه‌شو نداره! امیر خوشگل و بانمک که تازه زبون واکرده و نیمی فارسی، نیمی ارمنی بلغور میکنه!

چون روزها خســـرو معمولاً خوابه، من دوست دارم با امیر بازی کنم. بنفشه‌ی جواد آقا که دیگه از خســـرو هم کوچیک‌تره. تنها بچه‌ی شیرین و بانمک، فقط

امیره با اون شیرین زبونیش، و نازیک با شوق و شعف فراوون هر روز میاردش خونـــه‌ی ما، و خودش میره. نمیدونم تنها توی منزل چه میکنه! ما هنوز خونه‌ی اونارو ندیدیم. گاهی اوقات که جواد آقا گاو یاگاومیش میکشـه، علاوه بر مغز رونش برای ژیگو، استخون‌های قلمشم میخوام برای بُرش و خورشت، برام خُرد میکنه و میاره.

یک روز تکه‌ای قلم از خورشـــت در آوردم و مغزشو توی بشقاب امیر تکوندم. خورد. و چه خوردن پر لذتی. و استخونوگرفت و شـــروع کرد به لیسیدن. خدا میدونه که چه قدر از حرکات با نمکش خندیدم. تموم سـر و صورت و دسـتا، از سس تمبر هندی برق میزد. ناگهان، دو دستشوگذاشت روی سرش و موهای لَخت سـیاش چرب و رنگی شد! با خنده گفتم بمال به سرت موهات پریشت میشه. از خنده‌ی من تشویق شد. و چند بار دیگه تکرارکرد که از ترس نازیک، فوری لختش کردم و توی طشت کنار چاه شستمش و خشکش کردم. البته اونم بیشتر آب بازی بود و همراه غش‌غش خنده‌ش!

هم امیر، هم خسرو، عاشق آب‌بازین. هر وقت خودشون‌وکثیف یا چرب و چیلی میکنن، میشونمشون توی طشت مسی و ضمن آب‌بازی سر و تنشونو میشورم ـ نازیک بفهمه، سکته میکنه!

هیچ تهرانی باور میکنه؟ چله‌ی زمستون، با کرسی توی اتاق، دو تا بچه‌رو توی هوای آزاد تو طشت رخت میشه شست!

کویره و اختلاف حرارت روز و شـب بسـیار. به محض غروب کردن آفتاب، سرمایی سوزنده به کُنه استخون آدم نفوذ میکنه!

روزی نازیک شکایت از این میکرد که امیر دستشو توی غذا میکنه و به سرش میماله. با قهقهه گفتم:

ـ کتکم نزنی‌ها... من یادش دادم!

و از خنده ریسه رفتم. دیگه نمیخواست بچه‌رو بیاره پیشم.

***

برای گرم کردن اتاق چی کار کنم؟

ـ مادر حسن... مادر حسن...

صداش میکنم. از حیاط همسایه، صدای فریاد یکی از خواهرا بلند میشه:

ـ ننه‌ی حسن... کجایی...؟ ننه‌ی حسن هوووووووو!

دوان‌دوان میاد. گویا اینا صداش هم دیگه‌رو بهتر میشنون!

ـ ببینم، شما علاالدین دارین...؟ ندارین...؟ بعد از غروب که هوا زمهریر میشه، چطوری اتاق و گرم کنیم؟

ـ خانوم تهرانی... پس چرا جان سروان به حامد نسپرده که از او ور، یه والور بستونه؟ خانوم جان والور مال فرنگه. از بندر میارن، هم خوب گرم میکنه، هم خوشگل میسوزه! مال فرنگه دیگه، مثه منقل ما، نی که چوبش ته کشه و یخ بزنه!

ـ نمیدونم... شاید، چون کرسی داریم، دیگه به فکر بخاری اصلاً نبودیم!

ناگهان، انگار کشف مهمی کرده، میگه:

ـ خانوم جان، منقل دراز بریونی داریمشون، برات هیزم گز، پر میکنم. الان میارم، بذار اتاق هوا بگیره برا شب.

و دوان‌دوان میره. به سنجرکه فقط عین نگهبانا گوشه‌ی ایوون، مجسمه شده، میگه:

ـ برو منقل و از اون طرف بیار!

نگاهم میکنه... خدایا با چه زبونی باید با این سلطان سنجر بی‌تاج و تخت حرف زد؟

با اشاره و با کلمات تک‌تک، بالاخره به دنبال زن جواد آقا میره. و تو همین حین زن جواد آقا داره بر میگرده. میگه:

ـ سلام... خانوم جان پدر حسن رفته میرجاوه، جنسا که جان سروان فرمونش داده بیاره.

ـ سیگار...؟

ـ هم سیگار!

ـ هم سیگار چیه؟

با خندهی شرمگینانهاش میگه:

ـ هم چیزی دیگـه از او طرف! خانوم تهرانی، آخه اوطرف... نه که لب خطــه؟! ارزونتره ایطرفه! تا قاچاقچی دندونگرده بیاره دم دکون. قیمت میده خون باباش.

حتماً داویت کلی مشروب خواسته. میپرسم:

ـ با جیپ رفته؟

باز میخنده و دهنشو با دست میپوشونه!

ـ چرا میخندی؟

ـ جیب فرمایش کردی...؟ خوب جیبش کجا بی...؟ با جماز رفته.

ـ کی برمیگرده؟

ـ دیگه تا لب آفتو، پیداشونه! تو سرمای شب تو جاده نمیمونهشون.

ـ مادر حسن... سنجرم ببرکمک کنه منقل و هیزم بیاره...

به سنجر اشاره میکنه. چادرش و دور کمرش محکم میکنه و به ته باغ میره. تو آشپزخونه، کبکها در یه دیگ و خرگوشها در دیگی دیگه، یکی روی خوراکپز دو فتیله، یکی روی اجاق زغالیـ ساخت جواد آقاـ ریزجوش میزنن! امتحانشون میکنم. از صبح زود که روی بارن، نگفتن آخ. برای خسرو از دیروز کمی سیبزمینی پخته داریم، بهصورت پوره درمیارم و روی در دیگ میذارم گرم بشه. کمکم نزدیک ظهره و داویتم برای نهار پیداش میشه.

ـ حسن جون، بلدی روبانارو اینطوری پروانه درست کنی؟

با دقت به دسـتام نیگا میکنه، یکی دو بارگره اشتباه میزنه، و بعد یکی پس از دیگری، فکل و پروانه درست میکنه.

خسرو بعد از نهارش خوابید، همین جا توی اتاق تزئین. پتویی روش میندازم.

ـ باریکلا، آفرین. خیلی قشنگ درست کردی. بیا حالا آویزون کنیم به بتهی

خار قشنگی که تو آوردی. همین‌طور که آویزون میکنیم، میپرسم:

ـ نقاشی بلدی حسن جون؟

با شرم سرشو بالا میندازه و چشم از دستای من ورنمیداره. چه ذهن بکر و آماده‌ای داره برای یادگیری. و با چه سرعتی میآموزه. چیز دیگه‌ای برای آویزون کردن به درخت سال نو ندارم.

ـ حسن جون، چطوره؟

با تحسین به بوته‌ی خار نیگا میکنه، که دیگه فقط بته‌ی خار تنها نیست، بلکه، با ذوق و سلیقه‌ی خودش به موجودی سراپا زیبایی تبدیل شده. نیگا میکنه و چشم‌های لبریز از شوقش برق میزنن. تموم صورت معصومش که نه، بلکه تموم وجودش خنده‌ست. پر از شور و دلدادگیه، انگار دریچه‌ای به فردوس برین جلوی روش واز شده.

این شاهکار اوست، دست‌های کوچیک حسن، که فقط با خاک و خاشاک و ماسه، آشنایی داشت، و جر صحرای داغ و چند درخت گز، ندیده بود، با روبانای اطلس نرم و رنگارنگ، یه بته‌ی خاررو چنین تزیین کرده.

حسن کم کم و ذره‌ذره به کشف و شهودی عجیب میرسید. او هر قدر بیشتر به شاهکارش نیگا میکرد، انگار قد میکشید، بزرگ میشد، از حالت بچگی درمیومد، به بلوغ میرسید. میدیدکه میتونه بیافرینه و از تماشای آفرینشش لذت ببره.

آیا میکل آنژ هم وقتی اولین مجسمه‌شو از درون تخته‌سنگ سخت بیرون کشید، همین حالو پیداکرد؟ و این منم. کاشف و شاهد یه آفریننده.

ـ حسن جون، این جعبه‌ی مداد رنگیو بگیر، این هم کتابچه، اگه یه عکس قشنگ از هر چی که دوست داری بکشی و برام بیاری، فردای مهمونی، این بته‌روکه درست کردی، به خودت میدم.

دستای کوچیکش تاب این‌همه شوق و شادی ناگهانی‌رو نمیاره. جعبه میفته و مدادا پخش زمین میشن. وحشت‌زده چشمای درشتش پر از اشگ میشه. با

احساس گناه نیگام میکنه.

ـ عیب نداره. جمع کن دوباره بذار تو جعبهش و ببر خونهتون.

نیگام میکنه، نگاهی لبریز از تشکر، تقدیر، امتنان، عشق.

سنجر و مادر حسن، منقل و هیزمارو توی ایوون میذارن.

ـ خانوم تهرانی، این هیزما، زود الو میگیرهشون و ذغال میشه. میخوای الان جاشو بگو آتیش کنم بذارم اتاقت هوا بگیره. دیگه تا مغرب چیزی نمونده. پادگون تعطیل بشه مهمانا میرسن؟

ـ فکر کنم.

ـ کجا بذارم؟ ای گوشهی لب پادری خوبه؟ میخوای کنار صندوقت بذارم.

ـ کنار صندوق بهتره. شما که میگی زود ذغال میشه. بعدش چی کار کنیم؟

ـ تا دیدی ذغال داره میشه، ای غربتیرو فرمـون بده هیزم بذاره روش. ناردونههاتم تموم کرده. میخوای بیارم؟ فرمون دادی خامه و شـیکر بیارم ای جا. یا خانه درست کنم؟

ـ وای... من دیگه باید لباس عوض کنم و حاضر بشم. شما ماست و خامه و شیکرو بیار. لطفاً یه کاسهی مسی تمیزم اگه داری، بیار، خامهرو آماده کنم. دیگه کاری تو آشپزخونه ندارم و میرم میرسم به سر و وضعم.

ـ خانم جان، دستورش بدی، دُرُس میکنم. تو به کار دیگهت برس.

و می ره...

توی کتاب خانم ریشارد، سفیدهی تخم مرغو این قدر میزنیم با شکر، تا پُف کرده و سفت بشـه و از قاشق نریزه و به سفیدی برف هم بشه! تخم مرغ...؟ مرغش باید باشـه که دستور بدم برام تخم کنه. بهجاش ماست و خامه و شکرو میزنیم، شاید پُف کرد، شایدم سفت شد، و شاید هم سفید مثل برف شد! اگرم نشد...؟ نشد که نشد.

ننهی حسن، با سـینی روی سرش میاد، با هم میریم آشپزخونه. ماستو میچشم.

خدا رو شکر، اصلاً ترش نیست. خیلی هم خوشمزه‌ست، و چه خامه‌ای. به به. می‌ریزیم توکاسه‌ی مسی.

ـ مادر حسن، اینو بگیر با این چنگال، همین‌طور که شیکر میریزم، شما با چنگال تند تند هم بزن. ببین، این‌طوری. بعد هم ماستوکم کم بریز و هم بزن. متوجه شدی؟ سرشو تکون میده.

ـ آره خانوم جون.

ـ سنجر... بیا جلو. ببین اون کاسه‌ی ماست و وردار.

می‌دم دستش:

ـ ببین، همین‌طور که من دارم شیکر میریزم، بعداً، تو یواش‌یواش ماستو بریز توی این کاسه که مادر حسن داره هم میزنه. فهمیدی چی میگم؟ اینم، سرشو تکون میده.

ـ مادر حسن، لطفاً حالیش کن چی‌کار باید بکنه. من برم لباس عوض کنم.

درگوشش یواشی میگم:

ـ اینارو همراه سنجر ببر طرف خونه‌ی خودتون، من یه آبی تنم بریزم، بوی غذا میدم.

درگوشه‌ی آشپزخونه روی یه چارپایه‌ی ساخت جواد آقا، یه بشگه‌ی بزرگ گذاشتیم، سوراخی در قسمت پایین داره که وقتی توپی اونو درمیاریم، از آبش میتونیم استفاده کنیم.

بشکه با این که از آب خنک چاه جلوی اتاقمون پُر میشه، ولی به‌دلیل حساب نجومی... جواد آقا بشگه‌رو طوری قرار داده که آفتاب، تقریباً تموم روز از سوراخ‌های گرد سقف میتابه و آب، با استفاده از این سوخت طبیعی، پیوسته گرمه. روی زمینم زیر سوراخ بشگه، گودالی درست کرده به اندازه‌ی سطلی بزرگ، و جوبی باریک از گودال تا زیر چارچوب در به ایوون. آب اضافی به ایوون و به باغچه میره.

منبع آبمون یه فرق با منابع هم‌شکل خود در تهران برای مصرف نفت بخاری و

خوراک‌پزیا داره. این بشگه شیر نداره، البته میتونست داشته باشه. اما، شیر باید به بشگه جوش داده بشه و جوشکار باید از زاهدان بیاد. بنابراین باز با ابتکار جواد آقا، سوراخ پایین بشکه با یه تکه چوب کوتاه‌که سرش پارچه‌ای عمامه‌پیچ شده، باز و بسته میشه. و چون با برداشتن توپی، کنترل آب جاری، سخته، پیوسته در سطل زیرین، آب برای شستشوی خودمون، یا ظرف‌ها و لباس آماده‌ست. این سیستم آب‌رسانی، از همون روزهای اولی که با خانم جواد آقا به ـ تور ـ! آبادی خاش رفته بودم، با دیدن‌گرمابه‌ی عجیب و غریب زیرزمینی اون پایه‌گذاری شد. تنهاگرمابه‌ی خاش، که فقط دو روز در هفته مورد استفاده قرار میگیره، بسیار زیاد به آثار تاریخی و زیر خاکی‌که تازه‌کشف شده باشه شبیهه! درگودالی بسیار بزرگ، گنبدی خشتی که در قسمت وسط اون هم‌گنبدی کوچک‌تر، با شیشه‌های رنگی دایره‌ای بالا اومده. لبه‌ی گودال بزرگ، خشت‌های گلی چیده شده‌که از دور، به نظر شبیه آجرچین دور باغچه‌ای خشک میاد و تا نزدیک نشیم، متوجه گنبد درون اون نمیشیم، و پله‌ی مارپیچی‌که از روی زمین، به دورگنبد و چسبیده به اون، به داخل گودال میره پایین، تا در ورودی گرمابه.

بیش‌تر از سیستم وکارآیی این‌گرمابه، سیستم مهندسی و ساختمون و قدمتش منو مجذوب کرده بود. در جوابم که اینوکی ساخته وِکِی؟ جواب خانم جواد آقا حیرونم‌کرد.

ـ خانوم تهرانی، ای از زیر رمل دراومده. کسی که خبر نداره، صحرا،‌کی رو ای گرمابه تل ساخته بوده. هیچ‌کیم نمیدونه‌کی دوباره تپه‌رو برده جای دیگه. اوساش میگه: شبا داخلش صدا میاد. جن و پری توش پُرن. کنارش نیگاکن، خزینه‌ش از آب گرم همیشه پُره. هیچ‌کی نمیدونه او زیر آب از کجاش! گرما از کجاش.

گنبدکناری چندون بزرگ نیست. مثل تپه‌ای کوتاه وگرد، یک‌کم از زمین بالاتر. گوشه‌های خشت‌ها، و درخشش جسمی شیشه‌مانند، از زیر شن‌ها و خاک روی گنبد نظرمو جلب میکنه. با دست ماسه‌هارو کنار میزنم، باید شیشه باشه، شیشه‌ی

رنگی. این گنبد خشت و گلی، مثل سقف اتاقای خونه با شیشه‌های گرد رنگی پوشیده شده، و مطمئناً انباری بسیار بزرگ‌تر از اونچه دیده میشه، زیر ماسه‌ها مدفونه.

هیشکی به‌خودش زحمت پس زدن و کشف احیاناً یه اثر باستانیو نمیده. همین‌قدر که هفته‌ای دو روز از آب گرم استفاده میکنن، کافیه؟ به یاد دعای مادر بزرگم پس از هر نماز میافتم. «خدایا به داده‌هات شکر و به نداده‌هاتم شکر.» چرا به اونچه داریم قانعیم؟ و اونچه ـ دادن و ندادن‌ـ فقط به شکرکردن بسنده‌ایم؟

صدای خانم جواد آقا رشته‌ی افکارمو پاره میکنه:

ـ خانوم تهرانی، بالای گرمابه، دیوار خرابه داشته، از خشتاش برا بردن برا خانه‌هاشان. آخه خشتای محکمیه، از باد و باران باکیش نیس.

ـ میشه بریم پایین؟

ـ میخوای سر تن بشوری؟ امروکه وا نی! شب جمعه‌ای میتانی بیای.

ـ شب وازه؟

ـ نه... وای... شبا مال جن و پریه! روز پیش جمعه، از پیش آفتو تا آفتو مِره. زنانه‌یه، جمعه‌ای مردانه!

ـ الان نمیشه بریم توشو ببینیم؟

خانم جواد آقا دولا میشه داخل گودال، فریاد میزنه:

ـ اوس بهرام... اوس بهرام... هوووووووووووووو!

ـ اوس بهرام اون زیر زندگی میکنه؟

ـ آره خانوم جان.

ـ با زن و بچه؟

ـ نه... ندارشون، ای‌جا کسی‌رو ندارشون، میگن: کرمون دستگا سلطونی داشته. جد و اجدادش کلیددار قلعه‌ی بم بودن. راست و دروغش با خودشونه. آیی یی یی ی، اوس بهرام هو و و و و و و و

ـ بعله... بعله. آمدم. ننه‌ی حسن خبری آوردی؟ خِیره...؟ کمک خواستی؟

مادر حسن صداشو پایین میاره. میگه:

ـ اگه زحمتت نی، یه تُک پا بریم پایین. کسی که اوجا نی؟

ـ چه‌کارته؟ چیزی جاگذاشتی؟ چیزی ای‌جاگم وگورکردی؟

ـ نه... ای‌خانوم تهرانی ارباب مانه، عقدی جان سروانه، میخواد یه توک پا بیاد پایین!

و رو به‌من دستشو روی دهنش حائل میکنه، میگه:

ـ یه خورده‌ای خل و چله! او زیر، تو تاریکی با جن و پری اختلاط میکنه. آخه گبره! آتیش‌پرسته! ای‌جارم میبینی، میگن آتیش خونه‌شون بوده. با اجازه‌ی بهرام آقا، از پله‌های خشتی میرم پایین.

ـ خانوم تهرانی، چشاتو واکن، دور و ورتو بپا.

زن جواد آقا همون بالا مونده و تاکمر خم شده، از لبه‌ی‌گودال با ترس و وحشت نیگام میکنه! پایین جلوی یه در چوبی بسیارکهنه وکوتاه، که روش چیزی شبیه یه درخت سرو، کنده‌کاری شده، آقا بهرام در لباس بلند سفید وایساده. میگه:

ـ روزتان به‌خیر!

ـ روز شما به‌خیر.

روی یه خشــت کمی برآمده‌ی بالای در، علامت فروَهر به‌طور محوی به‌چشم میخوره، که قسمت بال‌های گسترده‌دش جای جای، کاشیهای کوچیک آبی پُررنگ دیده میشه.

ـ خانم، خدمتی از بنده میخواهید؟ یه روز به آخر هفته تشیف بیارید، گرمابه برای بانوان دایره.

ـ میتونم داخلو ببینم؟

ـ بله... البته. همان روز، داخل که میشید، همه جارو میبینید.

ـ الان نمیشه؟

ـ خیر!

ـ چرا...؟

با دهن بسـته و چشم‌های بی‌انـدازه باز، نگاهم میکنه. بدون هیچ دلیل خاصی احسـاس ترس می کنم. برمی‌گردم. با تشکـر از آقا بهرام خداحافظی میکنم، پله‌هارو که بالا میام، تصمیم بسـیار جدی برای سـاختن یه حمام خونگی، هر چقدر ابتدایی، میگیرم. یک بشگه‌ی بزرگ خالی، از پادگان، چارپایه‌ی زیرش، از دکان جواد آقا در گوشه‌ی آشپزخونه میشود حمام ما.

یکی از خواص این خطه، اینه که آب، فقط تو سـرمای شبای زمستون به صفر میرسـه، وگرنه طی روزگرم و مطبوعه و برای شستشـوی کودکمون، احتیاج به آب گرمکن اختراعی پدرم در سال‌های کودکیم نداریم.

با موهای خیس به اتاق خواب میرم. پرده‌ی قلمکار اصفهانو که جلوی یکی از تاقچه‌های بلند آویزون کردیم، پس میزنم، با میخ‌های دراز و کوتاه که به دیوارش کوبیدیم، عملاً شده کمد لباسامون.

پس از کمی شک و تردید، بالاخره دامن مشکی کلوشموکه روش خطوط حامل و نت‌های موسیقی داره و جفت‌هایی در حال رقص «راک‌اندرول» رو میپوشم با بلوز سفید تا برای شب ژانویه، اگه گرامافون و موزیک و رقص نداریم، لااقل عکسایی از اونا داشته باشیم.

موهامو با حوله خشک میکنم، به اتاق تزئین‌شده میرم. حسن، هم‌چون بودایی‌ها در معبد، مقابل بته‌ی خار، دو زانو نشسته و در سکوت به اون خیره شده.

در گرمـای مطبوع اتاق و عطر دلپذیر چوب گز، سـکوت... که فقط گاهی با جرقه‌های خفیف آتش همراه میشه. جعبه مداد رنگی و کتابچه‌رو دو دستی روی سینه‌اش نگه داشته. ای کاش دوربینی داشتم و حالت‌های بکر این بچه‌رو عکس میگرفتم. به خصوص چشمان درشتش‌رو. حسن به جای استفاده از لب و دهن و حنجره، دو چشم سیاه درشت بسیار سخنگو داره.

تا خسرو خوابه، غذاهارو میکشـم و آماده در اتاق نهارخوری، ـ معبد حسن ـ می‌چینم. مادر حسن، یه کاسـه‌ی بزرگ، ماست و خامه و شکر، درست کرده.

میچشم. وه، چه عالیه!

یک مجمعه ناردونه، این‌همه یاقوت یمانی حیفه خورده بشه. تماشای درخشش این رنگ آتشین، لذت‌بخش‌تره.

گرمای روز همراه خورشید به مغرب رفته، خامه توی آشپزخونه، انگار تو یخچاله. آخرین نگاه. خرگوش‌ها اصلاً شباهتی به خودشون ندارن. خدارو شکر. همه چیز آماده‌ست برای جشن سال نوی مسیحی ۱۹۵۶ در حاشیه‌ی کویر لوت.

***

منقل آتش سرخ، کنار اتاق خواب و یکی هم زیرکرسی توی اتاق نشیمن، واقعاً میچسبه. از پاییز، دیگه فقط توی آفتاب، گرما مطبوعه، وگرنه تو سایه، ناگهان حدود ده پانزده درجه، دما میاد پایین. شب‌ها، بسیار سرده و سرما سوزنده. جواد آقا گاومیش کشته، کلی گوشت و استخون پُرمغزقلم آورده که از صبح سحر تو دیگ بزرگه روی پریموس در حال پخته. اگه کلم پیدا میکردیم، بُرش فرد اعلایی میتونستم بپزم، ولی با همین چغندر و شلغم شبیه کلم، میشه غذای مطبوعی درست کرد.

ظهر، طبق معمول، داویت با یه مهمون وارد میشه، بلوچی که برای ورود به اتاق مجبوره کاملاً خم بشه. رستم هم به همین تنومندی و بلندی بوده...؟ حتماً.

ـ قادرشاه. دعوتش کردم بیاد دست‌پخت تورو بخوره تا هر چی میخوای از پارچه‌ی ساری، کفش، کیف مونجوق‌دوزی، چای، ادویه. خلاصه همه جور چیز از اون طرف بیاره.

ـ بفرمایین زیرکرسی. نهار الان حاضر میشه.

گیوه‌هاشـــوکه هرکدم اندازه‌ی یه قایقه، جلوی در، در میاره و میشـینه. دو لنگه گیوه‌اش تموم درگاه اتاقو سـدکرده. مطمئنم طرف مقابلش کسی نمیتونه زیر کرسـی بشینه. کرسـی ما جای کافی برای این دو پا نداره. تعارفش میکنم در قسمت بالای کرسی بشینه که طرف مقابلش خالیه و پاها میتونن به‌راحتی تا دم در، دراز بشن. بُرش من درآری‌رو باکمک جواد آقا و خانمش تو یه بادیه‌ی

بزرگ میریزم، مغزهای قلم روی اون به زیبایی شناورن و بخار خوش‌بوی اون محرک ذائقه. گوشتا هم توی دیس همراه نون ساج، دست‌پخت جواد آقا، روی کرسی قرار میگیره.

قادرشاه نیمی ازگوشت‌هارو توی بشقاب گود، جلوش خالی میکنه و بدون استفاده از هیچ ابزار تمدنی، گوشت‌هارو با دست‌های بزرگ‌تر از پاش، لای نون میخوابونه و به صورت لوله‌ای کلفت از میون سبیل و ریش فراوون، به داخل غاری به نام دهن، پیچان فرو میکنه.

فقط سر و صورت، ریش و سبیل ـ و چه پر پشت ـ، و عمامه‌ی تاج‌مانندش به اندازه‌ی تموم پشتی و بالش‌ها و متکای پشتشه.

فکرکنم دلیل این که همه‌ی بلوچ‌ها، کلمه‌ی شاهو به دنبال اسمشون یدک میکشن، شاید همین عمامه‌ی تاج‌مانندی‌یه که روی کله‌ی گنده‌شون میذارن.

میون دو لقمه‌ی گنده، چشمش به خسرو که کنار کرسی خوابیده میفته.

ـ پسره؟

ـ بله.

ـ میرفوشیش...؟

هر سه میخندیم. دندونای درشتش از زیر سبیل پر پشت آویزون روی لب، سبعانه برق میزنه. همه طلاست، یا فلزی به همون زردی و براقی.

ـ صد تا نقد میدم!

شوهرم با خنده‌ی ناباورانه میگه:

ـ هنوز شیر میخوره، به مادر احتیاج داره.

ـ خوب. مادرش هم به دنبالشه!

همینم مونده بود! برای یه لحظه، در خیالم کویر لوت، آفتاب سوزان، یه شترکه این ـ بقول خانجونم ـ غول بیابونی غولتش روش سواره، و خودم بچه به‌بغل، پیاده، با پاهای برهنه و زخم و زیل و آبله‌زده توی شنای داغ روون دیدم.

به‌سرعت بلند شدم به طرف آشپزخونه و دل‌پیچه‌امرو با یه کاسه‌ی آب یخ التیام

بخشیدم. پس از کمی تأمل و مسلط شدن بر اعصابم، برگشتم، همون دم درگفتم:

ـ خیلی ممنون. من چیزی از اون طرف مرز لازم ندارم. بفرمایین!

و انقدر همون دم در وایسادم، تا غول بیابونی حالیش شده که باید بره. خودمو کنار کشیدم تا رد شه.

باز هم در حال پوشیدن قایق ها، مبلغ رو تکرار کرد و این بار، هزارم به آخرش اضافه کرد. وقتی اخم و قیافه ی ترش کردمو دید، پنجاه هزار تومن دیگه اضافه کرد. که دیگه هر دو جوش آوردیم. داویت هم بلند شد:

ـ آقا مگه بچه فروشیه؟ خجالت داره. بفرمایین تشریف ببرین، دیگه هم این طرف ها پیداتون نشه.

ـ زنت جوشیه ها!

و در حال رفتن میگه:

ـ بازم میزای! ای قیمت به کسی ندادم.

ســرزنش آمیز داویتو نیگا میکنم. عادت مهمون آوردن شوهرم مثل سیگار کشیدنشه که نمیتونم ترکش بدم.

***

ـ از مرکز بی سیم زدن. من محل خدمتم تهرانه نه خاش! باید هر چه زودتر خودمو معرفی کنم.

ـ وا...؟ مگه ممکنه؟ یعنی این همه مدت تو باید تهران میبودی، نه این جا؟ یا تازه تصمیم گرفتن که برگردی؟

تو دلم آرزو میکنم درست نباشه.

ـ نمیدونم، فقط میدونم که هر چی زودتر باید بریم تهران.

ـ پس حقوق این مدتی که اینجا بودی رو دادن؟

ـ نه!

ـ وا...! این دیگه چه نوعشه؟ باز باید اسباب کشی کنیم؟ بدهی به جواد آقا چی میشه؟ پول طیاره و ماشین چی؟

ناباورانه و وحشت‌زده نیگاش میکنم. درآغوشم میگیره:

ـ با طیاره نمیریم. با ماشین میریم زاهدان، از اونجا با اتوبوس میریم مشهد زیارت امام رضا، از اون جام با ترن میریم تهران.

با خودم میگم سفری برای امتحان انواع وسائل نقلیه‌ی رایج مملکت.

ـ مگه میشه این همه اسبابو هی این‌طرف و اون‌طرف کشید؟

ـ اسبابارو همون‌طور که آوردیم...

ـ آوردم...

می بوسدم.

ـ همون‌طور که آوردی. خوب شد؟ تو صندوق میذاریم میدیم از راه کرمان که مطمئن‌تره ببــرن تهران. خودمون فقط با یه مقدار لــوازم ضروری، به اندازه‌ی دو سه روز، از راه مشهد میریم.

خودمو از آغوشش بیرون میکشم.

ـ دلم میخواد امام رضارو زیارت کنم!

شوهر ارمنی من و اعتقاداتش!

***

با کمک خانم آقا جواد ســرویس غذاخوری و بلورآلاتو لای پارچه‌ها و لباسا میپیچیم و توی صندوق جاسازی میکنیم. خانم لعل یه ظرف پر از شیرینی یزدی آورده، مروارید و زمرد هرکدوم شیشه‌ی مربا و رب انار آوردن.

قاب‌های عکس و نقاشی‌هارو از روی دیوارا ورمی‌دارم و میپیچم. آلبوم عروسی، آلبوم مدرســـه‌م، کیف بزرگ حاوی عکس‌های قبل از به دنیا آمدنم تا عروسیم که بابا با دوربین زایس یادگار دوران تحصیل در اروپاشــون، انداختن و از بس زیاده نمیتونم همه‌رو توی آلبوم‌ها جا بدم، طوری توی صندوق میذارم که تا، یا خراب نشن.

ـ خانم جان، ای همه ماشاالله عسک داری؟

ـ دو سه هزار تایی میشه.

ـ نموندی نشانمان بدی؟ برا ما یادگار عسکت نمیذاری؟ دلمان میگیره. نیومده داری میری؟ تازه بهت اُخت شـده بودیم. بچه‌ام، حسن مادرمرده، انقده غصه‌دار شده. همی همچه مرغ کُرچ گوشهی اتاق غمبرک زده! چه‌قدر دلم میخواست میتونستیم حسن‌رو با خودمون میبردیم. اونجا میذاشتمش مدرسه تا درس بخونه و چیز یاد بگیره. این بچه با این‌همه استعداد، حیفه توی این گوشهی کویر هدر بره.

ـ سـنجر، دو تا ظرف جناب سرهنگ این‌جاست. ببر بهشون بده. بعدکه برگشتی، میزشونم ببر.

جواد آقا میگه:

ـ میزو میبرم. ظرفاکدومشونه؟

خانمش میره آشپزخونه و یه قابلمه و یه دیسو میده دست سنجر.

ـ خانوم تهرانی، وقت نشد یه بلوچی برات سوزن‌دوزی کنیم، یادگار از ما سه خواهر ببری!

زمرد با چشمای پر از اشک، حرف خواهرشو تصدیق میکنه.

ـ دلمون برات میگیره. یه عکس خوشگلتو یادگار برامان بذار، نامه برامان میدی؟ به پادگان برفست، سفارش ماروکن! برا ما برفسی گم وگور میشه.

ـ باشـه، باشه. حتماً. من هرگز مهربونیای شماهارو فراموش نمیکنم. اگر نامه‌ای بهتون نرسید، فکر نکنین که یادم رفته. خدارو چی دیدین. یه وقت ممکنه دوباره مأموریت بدن برگردیم پیشتون. من دلم میخواست اقلاً چار پنج سالی اینجا میموندیم، ولی خوب ارتشه دیگه، وقتی حکم میکنه، نمیشه گفت نه!

***

ـ چه قدر تو راهیم؟

ـ از اینجا تا زاهدان، اگه صبح زود راه بیافتیم، غروب، یا دیگه فوقش اول شب رسیدیم.

ـ باز با جیپ قراضه‌ی سرهنگ؟

ـ چیز دیگه‌ای نیست! میخوای با جمّاز بریم؟ ها ها ها؟

آدمی که اصلاً اهل جوک و طنز نیست و خیلی به‌ندرت نمک میریزه! میدونه اصلاً خوشحال نیستم میخواد یه جوری دلمو بدست بیاره. میگه:

ـ باید منتظر کاراوان بشیم. ها ها ها...

و بغلم میکنه، میبوسدم.

ـ جدی میگم. بازم با همون راننده که چپه‌مون کرد؟

ـ نه. این‌جارو شانس آوردی!

لبامو با بوسه میبنده. میگه:

ـ اون به‌نظرم وظیفه‌ش تموم شده و رفته، یکی دیگه‌س.

ـ این یکی رانندگی بلده؟ توکویر سر به نیستمون نکنه! خوب بعد از اونجا چی؟

ـ زاهدان اتوبوس میگیریم. دو تا صندلی پشت راننده‌رو میگیرم که راحت باشی.

ـ از زاهدان تا مشهد چقدر طول میکشه؟

به یاد سفرهای مارکوپولو میفتم.

ـ این‌طور که همه میگن، خیلی تو شهرای وسط راه نیگر داره، یه روز و یا دو روز. یکی دو شب تو راهیم، شبا حرکت نمیکنه، توی مسافرخونه‌های شهرها میخوابیم.

ـ راه چه‌طوریه؟ اسفالته، خاکیه، چه جوریه؟ میدونی؟

ـ از اینجا به میرجاوه‌رو که میدونی چه جوریه. خودت دیدی!

ـ بعععععععععله، اوکه هِچ! ها، هه، هه، از اون جا به زاهدانم که فبها! از اونجا که اتوبوس سوار میشیم اوضاع چه‌طوریه؟ فکر میکنم چه ماجراهایی خواهیم داشت. مثل این که راحتی و بی‌خیالی به ما نیومده! زیادم بدم نمیاد.

ـ به‌نظرم جاده اسفالته باشه، اگرم نه، شوسه‌ی خوب و پهنیه. نقشه که

نداریم. از بلدها که پرسیدم گفتن چون زمستونه ممکنه وسط راه بارندگی و سیل باشه، که به جاده و اتوبوس کاری نداره، بالای بیرجندم، سرگردنه، برفه و یه کم سرعت کم میشه. بعدش دیگه به تربت حیدریه میرسیم، سنگ‌بس و مشهد.

ـ به‌به، رسیدیم! میخوام ببینم برای توی راه چی بپوشیم. چی ورداریم. برای خسرو که لباس پشمی و کهنه‌هاشو شلوار لاستیکی و بطری شیر و این‌هارو، توی چمدونش میذارم که تو اتوبوس پهلوی خودمون باشه. تو لباس خدمت میپوشی؟

ـ نه... شلوار خدمتمو با کت چرمی «شاهن» که گرم‌تر از فرنچ افسریه، تنم میکنم

ـ به نظرم شاهن چشمش بدجوری دنبال کت چرمیش بوده‌ها! خواسته تا قبل از رفتن به ارمنستان، هر طور شده اونو پس بگیره!

می‌خندیم، بغلم میکنه، چرخم میده. زیرگلومو میبوسه و غلغلکم میاد. هر دو سرمون برای ماجرا درد میکنه.

توی پارتی‌های خونوادگی در تهران، همیشه با شاهن، دوست پسر «می‌می» خواهر داویت، بحثمون بالا میگرفت. با این که پسر خوش‌تیپ و خوش‌برخوردی بود، کار تخصصی خودشو میکرد و پول حسابی میگرفت.

دائم دم از حقوق خلق‌ها و زحمت‌کشان جهان که توی کارخونه‌های خارج از کشورهای کمونیستی، کار میکنن و نادیده‌گرفته میشن، دم میزد و قاپ میمی‌رو حسابی دزدیده بود که با هم ازدواج کنن و به ارمنستان شوروی برن و آزاد زندگی کنن!

گره کار این دو، از من و داویت هم پیچیده‌تر بود. میمی با داشتن پدری، رهبر ارامنه و حزب داشناک، دشمن سرسخت بلشویک‌ها ـ تصمیم داشت با یه کمونیست دوآتشه، نه تنها ازدواج کنه، بلکه به‌اتفاق اون به ارمنستان، میون دشمنای سرسخت پدرش ـ لونه‌ی زنبور ـ بره و زندگی کنه!

***

جواد آقا، سینی محتوی قرآن وکاسه‌ی آب به‌دست، کنارش خانمش بنفشه به‌بغل، حسن و حسین باگردنای کج و قیافه‌های درهم و مغموم، جلوی در، کنار مغازه‌شون به صف وایسادن، طرف دیگه، سه خواهر زرتشتی، همسایه‌های نازنین و مهربون، که فرصت نشدشاهکار سوزن‌دوزیشون روبرام حاضرکنن!

چمدون کوچیک لوازم خسرورو تو ماشین میذاریم. یه چمدون دیگه هم فرنچ و کلاه وکفش و جوراب داویت، یه بلوز پشـمی و دامن و جوراب و شال گردن من، که اگه به تهران رسیدیم و اسبابا هنوز نرسیده بود، موقتاً بتونیم استفاده کنیم و ضمناً در اتوبوس هم بشه جلوی پامون بذاریم، نه روی سقف!

کل اسباب‌ها، که بیشتر هدیه‌های عروسیمون و لباسا و از همه مهم‌تر تموم عکسا و نقاشیامه ـ تموم زندگیمون ـ رو درون صندوقِ محکم، با دقت جاسازی کردیم و هفته‌ی گذشتـه از زاهدان به سلامتی روونه‌ی تهران کردیم. فکرکنم زودتر از خودمون برسه.

با دوستان پادگانی، دیشب خداحافظی کردیم. جواد آقا یه ترموس بزرگ پر از آب خنک وگوارای چاه، عقب جیپ گذاشته، به اضافه‌ی پاکتی خرما، بقچه‌ای پر از نون ساج، دست‌پخت خانمش.

من، با یه بلوز بافتنی و دامن مخمل کبریتی و پالتوی گشادی با آستینای وگلام، که هرگز نپوشـیده بودم و بالاخره به کارم آمد. اونم توی کویر. و دستمال‌گردن ابریشمی بزرگ با نقش شکوفه‌های گیلاس، که سالای آخر دبیرستان بسیار مد شده بود و بابا به قیمت بالایی برام خریده بودن، روی دوشم.

بنفشه و حسن و حسینو میبوسـم. خانم جواد آقارو در آغوش میگیرم. میخواد دستمو ببوسه، نمیذارم! صورت خیس از اشکشو میبوسم، به‌هم نیگا میکنیم از پس پرده‌ی اشک. چه رابطه‌ی پرمهری در همین زمان کوتاه بین ما ایجاد شده.

ـ خانوم تهرانی، ای‌چه اومدنی بود، چه رفتنی! همه‌رو هوایی کردی!

با دسـتک چارقدش، اشکاشو پاک میکنه، میبوسمش، توی قلبم تیر میکشه!

خودش و بنفشه‌ی تو بغلشو تو بغلم فشار میدم و میبوسمشون، خواهران زرتشتی‌رو هم میبوسم.

ـ حسن جونم، هر وقت دلت برامون تنگ شد، به اون عکسی که از خودمو خسرو بهت دادم و به بته‌ی خارت وصل کردی نیگا کن، منم همیشه به یاد تو هستم. چی میخوای از تهران برات بفرستم؟

قلبش تو بغلم، مثل قلب گنجشک میزنه. با دست دیگه‌ام حسین‌رو هم که با حسرت نگاهمون میکنه، پیش میکشم. حالا هر دورو تو بغلم گرفتم و میبوسمشون و اشکاشونو از صورتشون لیس میزنم و هر سه میخندیم.

جواد آقا از جیبش بسته‌ای روزنامه‌پیچ در میاره و به داویت میده. خم میشه دستشو ببوسه، داویت نمیذاره و کلی ازش تشکر میکنه و میبوسدش... همین طور حسن و حسین رو.

سه بار از زیر قران رد میشیم و اونو میبوسیم و سوار میشیم. من و خسرو جلو کنار راننده و داویت در صندلی عقب. در میون اشک و آه بدرقه‌کنندگان، با سلام و صلوات راه میافتیم. و آخرین سفارش:

ـ خانوم جان گیساتو بپوشان. خاک و شن صحرا میشینه لای گیسای بلندت.

***

ـ جاده‌رو بلدی؟

ـ بله قربان!

چنون دست راستشو بالا برد و سلام نظامی داد که از جا پریدم! تک و توک دیواری گلی کوتاه، یکی دو سه تا نخل، چند درخت پر شاخ و برگ گز، و بالاخره راه افتادیم توی بیابون برهوت. جلومون فقط دشته و کویر نمک! و در دوردست، نمای محوی از کوه تفتان.

نزدیک ظهر، از نون و خرما کمی به خسرو میدم. لقمه‌ای هم به آقایون. جاده، اگه واقعاً بشه اسمشو جاده گذاشت، به‌سختی قابل تشخیص از دشته! آفتاب

اول زمستون اونچنون سوزان نیست. خدارو شکر، اونقدرها تشنگی چیره نشده. جلوی رومون، آسمون و زمین یکرنگه و بههم چسبیده. جیپ قراضهی سرهنگ تکونای شدیدی میخوره! میرسیم به جایی که دیگه چیز مشخصی روبرو دیده نمیشه.

ـ برو پایین شیشهرو پاک کن!

ـ بله قربان!

باز با همون حرکات و سلام نظامی. و این باده که زوزه میکشه و مارو میبره! بهمحض تکون دادن گیرهی در، انگار از جاکنده میشه. باد، همراه با ماسهای نرم راهگلومونو میبنده!

داویت از صندلی پشت، خودشو بیرون میکشه، خسرورو محکم در آغوشم میگیرم، روسریمو میکنم و سر و صورتمونو توش قایم میکنم. وای... بچه نه میتونه درست نفس بکشه، نه چشماشو واکنه. خودم بدتر از او، محکم به سینهم میچسبونمش. روسریرو باد با قدرت میکشه، سعی میکنم تا اونجاکه ممکنه جلوی دهنامونو ببندم که ماسه توش کمتر بره. دارم خفه میشم، در باکمک مردان بالاخره بسته میشه، وما درون جیپ سرشار از ماسهای به نرمی قائوت، زندانی! جیپ چون قایق بادبانی بر روی سطح مواج آب ـ ماسه ـ بههر طرف که باد میبردش، روونه! پای سرباز بیچاره با فشار هر چه تمومتر روی ترمز قرارگرفته! اما انگار توی این توفان شن و ماسه، اونچه که بهحساب ناید، همانا ترمز جیپ قراضهی پر از درز و سوراخ جناب سرهنگ سعیدی، فرماندهی پادگان خاش است.

ـ یکی ازکهنههای خسرورو با آب ترموس خیس کن و بده.

دور دهنشو پاک میکنم و چشماشو؛ توی دهنشو چه کارکنم؟ ماسه زیر دندونام قرچقرچ میکنه! توی موهام پر از ماسه شده و سنگین. روسریرو محکمتر به سر و صورتم میبندم وکهنهی نمدارو هم به سر و کله و دهن خسرو.

ـ ما الان کجاییم؟

می‌دونم سؤال بی‌جاییه. وسط ناکجاآباد!

ـ باید نزدیک میرجاوه باشیم.

خنده‌ام میگیره! چه مطمئن! یاد چه شـدنمون میافتم. همین ابوطیاره، هم چه شده بود و هم سر و ته! اون‌وقت اینجاکه داره باد میچرخونتمون! خداکنه‌کامیونی، نفت‌کشی چیزی پیدا بشه.

ـ ما اصلاً تو جاده‌ایم یا وسط بیابون؟

باز سـؤال بی‌ربطی کردم. به سـختی میتونیم حرف بزنیم. توی این‌همه شن و ماسه‌ی شناورکه چیزی دیده نمیشه.

ـ اقلاً بوق بزنین!

سرفه راه‌گلومو میبنده. یه کهنه‌ی دیگه خیس میکنیم و توی دهنمو پاک میکنم. اگه بشه اسمشو‌گذاشت پاک کردن. ماسه، مثل ساروج چسبیده به زبون و سق و گلو.

ـ بوق بزن... بزن... بزن. ول نکن! شاید ماشینی، شترسواری بشنوه بیاد به دادمون برسه.

بیچاره سرباز راننده. پاش روی ترمزه و دستش رو بوق. خدا میدونه چندین بار دسـتمال خیسو توی حلقومّمون میکنیم. فکر میکنم روی تخم چشمام یه ورقه خورده‌شیشه نشسته. نمیذارم بچه چشماشو واکنه. کهنه‌ی خیسو میذارم روشون. هی صورت و دهنشو پاک میکنم. داره خفه میشه. داریم خفه میشیم، همگی. صدای زوزه‌ی بادگوشامونو کرکرده، کاش ماسه راه شنیدن‌مونو سد میکرد. درد شدیدی در ناحیه‌ی ریه‌هام احساس میکنم. سرم انقدر سنگین شده که نمیتونم برگردم ببینم داویت در چه حاله. انگار به‌جای مو، چدن روی سرمه! خدایا، نفسم داره بند میاد، مواظب دماغ و دهن خسرو هستم و هی ماسه‌هارو پاک میکنم. خدایا، بچه‌م خفه نشه. چشمامو نمیتونم بازکنم. باکهنه‌ی خیس هی پاکشون میکنم. بدتر درد میگیره و میسوزه. انگار براده‌ی آهن توشه. ناگهان ماشین به چیزی برخورد میکنه از لای چشمم نوری قرمز جلوی ماشین

میبینم، خیلی محو، کم و زیاد میشه. خدایا این بار به چی خوردیم؟

ـ پاتو وردار... پاتو از روی ترمز وردار... بچسبون بهش... جلوت ماشینه! بچسبون بهش و برو... چراغای عقب نفتکش باید باشه.

کسی رو که در آینه‌ی راننده روی صندلی عقب با چشمای سوزانم میبینم، نمیتونم تشخیص بدم.

با تعجب از این که داویت هم چشمش نفتکش جلو رو دید و هم میتونه حرف بزنه، دوباره با دقت بیشتر در آینه نیگا میکنم. فقط گوشه‌ی لب و سبیلش از لای کهنه‌ی خیسی که سر و کله‌رو بسته، پیداست! نمیتونم بخندم. توی دهنم ساروجه! راننده‌ی بیچاره هم با این که چندین بار کهنه‌ی خیس بهش دادم، و سر و صورتشو پاک کرده! با این حال، چشم و دهن و دماغ، و خلاصه اعضای صورتش، همه یک دسته، و در جواب داویت، حتی در چنین موقعیتی، بله قربان و سلام نظامی رو با شدت و حدت هر چه تمومتر، انجام میده!

دهنم از شدت شن و ماسه‌ای که روی صورتم خوابیده، برای خنده وا نمیشه. مطمئنم قیافه‌ی خودم، دست کمی از این دو نفر نداره، اما در میون خفقان و سوزش چشم و دماغ و گلو، حرکات راننده، چارلی چاپلین رو هم به جمعمون میاره.

جیپ صداهای عجیب و غریب میکنه. برخورد مداوم جلوش با عقب نفتکش، یا هر آنچه که جلومون راهنما شده، نشون از لطمه‌ی بسیار به اون داره. بیچاره سرهنگ!

یکی دو بار برخوردها قطع میشه، که نگران گم کردن نفتکش، بوق به صدا در میاریم. کم کم میتونیم از در برزنتی و شیشه‌ی طلقی بغل دست و با چشمای کتم و کوری، کمی بیرون رو تشخیص بدیم.

از قرار توفان از سرمون گذشته و بالاخره با توقف نفتکش، راننده‌ش در حال مبارزه با باد، با فشار خودشو به در راننده‌ی ما میرسونه. لای درو وا میکنه. صداش همراه زوزه‌ی باد به گوش گرفته‌مون میرسه.

ـ کجا راهی هستین؟

شن و ماسه هجوم میاره تو. با فریاد جواب میدیم:

- زاهدان.

فریاد میزنه:

- باید از جعده میرجاوه برین. چراکویر نمک میرین؟

داویت با نگاهی سرزنش‌بار از لای کهنه‌پیچ سر وکله به راننده فلک‌زده، میپرسه:

- الان ماکجاییم؟

- میتانی بپیچی؟ دنبالم بیا.

راننده‌ی سـرهنگ به سختی خودشو از لای در میکشه بیرون، کلاهشو محکم چسـبیده که باد نبره. با یه بازدید سرسـری از جلوی جیپ، با قیافه‌ای دژم بر میگرده. بیچاره، حتماً باید خودشو برای فریاد‌ای سرهنگ فرمانده، آماده کنه و بازوشو قوی‌تر برای بله قربان‌ای فراوون.

***

در قهوه‌خونه‌ی میرجاوه که شـباهتی به‌هیچ جایی در ایران نداره، سر و صورت کودک نازنینمو درکاسه‌ای آب میشورم ـ آبی که حکم کیمیا و قیمت طلا داره، با این‌که لب ورچیده و آماده‌ی گریه‌ست، اما با لذت، چارتا دندون ریزشو به هم میسابه و از صدای قرچ قرچ ماسه‌ها، میخنده. خودمو در آینه‌ی شکسته‌ی پشت صندوق‌دار نمیتونم به جا بیارم.

سـرم، زیر روسری بزرگم به اندازه‌ی یه بالش و به سنگینی بوم‌غلطونه. چندین برابر موهام، شن و ماسه لابه‌لاشون خوابیده. گردنم و پشتم به‌شدت دردگرفته. پشت میز چوبی روی صندلی حصیری میشینم.

- خیلـی خدا رحمتـون آورده، لب پرتـگا بودین. من تـو زوزه‌ی کویر، خیال ورم داشت که صدای جیغ میشـنفتم. ترس گرفتم. آخه کویر بدتر از دریـا میمونه؛ خیال میندازه تو سـرت، صداها به‌گوشـت میاد، هیکلا میبینی، شـیطان دیگه، راه‌تو گم میکنی و زیر ماسه خفه‌ات میکنه. دماغم گرفتم، سـه چار تا فوت قایم کردم، دیدم نه، ای‌بـار خیالُم نیافتاده... ای

جیغ ماشـینه! جیغ ماشینه که گیر شیطان افتاده. پیچیدُم به راه تون، دیدم بد جایی میکشـدتون. زدم جلو موتورت، پَست زدُم، ورنه کله کرده بودین قعر گودال و روتانو شـیطانو صحرا گرفته بی. کویر ظالمه، چَنی کاروان و آدم و حیوون زیر همین رمله! فقط اوکه او بالاس خبرش داره! خود خدای کویر!

ـ زاهدان خانه داری؟

ـ نه. مسافریم.

ـ کدام سی؟

ـ مشهد.

ـ همو آقا نیگردارتون بی ها! چرا سر سیاه زمستونی، جعده که جعده نی! یا سیل زدش یا برف بستش!

ـ مجبوریم، باید هر چه زودتر بریم تهران.

با نگاهی به جیپ دم در میگه:

ـ مأمور قشونی؟

ـ بله.

یکوری میخنده. میگه:

ـ ها... این موتور فرمانده خاشه؟ ها، ها.

چه خنده‌ی مهیبی داره، با اون ردیف دندونای طلا. میگه:

ـ به این ننه مرده چرا یه چارچرخه‌ی حسابی نمیدن؟ ها، ها، هیچ کیم نمیدونه چه خطا کاری تو قشون کرده که انداختنش تو ای صحرا!

ـ همی جا اطراق میکنی؟

ـ نه یه راست میریم زاهدان!

ـ ای قهوه خونه مشتیه. جنس خوب میده، یه لقمه بزنیم، میافتم جلوتون.

غذایی رو که راننده‌ی نفتکش برامون سـفارش داده با اشک و آه فراوان تناول میکنیم. معلوم نیسـت چقدر از این فلفلای قرمزی که به نخ کشـیدن و از در و دیوار آویزونه، تو غذاشون استفاده کردن. آب ترموس و شیرینی یزدی خواهران

زرتشتی، کمی از سوزش دستگاه گوارشمون کم میکنه.

و اشک، اجباراً ماسه‌های چشما و دماغو میشوره.

راننده‌ی سرهنگ، معلوم نیست با چه وسیله‌ای طلق جلوی ماشینو پاک کرده که میشه جلورو دید. راننده‌ی نفتکش میگه:

– ای طرف باد کم‌تره! جـــاده‌م چون رای قاچاقچیانه، تا زاهدان، بد نی. اسفالت که بگی نداره، اما خرابیم زیاد نداره. منِ دنبال کن!

و سوار میشه، و سوار میشیم.

خسرورو در آغوش میگیرم. خدارو شکر میتونه نفس بکشه، کمی برنج بهش دادم و دوتام خرماکه خیلی دوست داره و زیرشو عوض کردم، راحت شد. سرمو به پشــتی صندلی تکیه میدم. واقعاً نیگر داشتن چنین بارگرانی، بر روی گردن، کاری‌ست شاق!

نمی‌دونم چه‌طوری میتونم ماسـه‌هارو از موهام جداکنم، وکجا میتونم این کارو انجام بدم.

خستگی راه و تناول فلفل تند و تیز هندی، آفتاب بعدازظهر و حرکت یکنواخت ماشیــن، چشامو که هنوز از ماسه میسوزه، میبنده. ولی از ترس این‌که مبادا این راننده‌م درکنار منو و از صدای خُرخُر داویت خوابش ببره و چپه شــیم، سـعی میکنم تا اونجاکه میتونم وازشــون نیگر دارم. و خیره بشم به جاده‌ی روبه‌رو، و چراغای پشت نفتکش.

شب که وارد زاهدان میشیم، نفتکش یک‌راست میره توی یه کاروانسرای بزرگ، مام به دنبالش.

پاهام به‌کلی خواب رفته، و چشامو واقعاً نمیتونم واکنم. نمیدونم چه مدتی بین خواب و بیداری هستم، داویت کودکمو از آغوشم میگیره، میگه:

– بیا پایین، اتاق گرفتم، صبح ساعت شش یه اتوبوس به‌طرف مشهد میره.

پول چار نفرو بهشـون دادم تا راضـی شدن صندلی پشت راننده‌رو بهمون بـدن. گفتم بار زیاد نداریم و بچه‌ی کوچیـک داریم، فقط دو تا چمدون کوچیک و یه ترموس که جلوی پامون میذاریم. بار برای روی سقف نداریم. آخه روی سـقفش تا آسمون اثاث پرکرده بود و باربندهارو همه بسته بود.

وقتی شوفره دید بار نداریم که مجبور بشه بار بندارو واکنه، قبول کرد!

ـ پول از کجا آوردی؟ چارتا صندلی؟

با تعجب نیگاش میکنم. ناراحته که نمیتونه مثل همیشـه در آغوشم بگیره و از نگرانی درم بیاره:

ـ جواد بهم قرض داده که از تهران براش بفرستم.

بغل مسافرخونه یه مغازه بود که جنسای قاچاق خارجی داشت. پتوهای مرینوس انگلیسی خوبی داشت. راننده‌ی نفتکش گفت:

ـ راه تون تو سرماست و بچه دارین، از اینا بخرین و تو اتوبوس به‌خودتون بپیچین. دو تا خریدم.

تو دلم از جواد آقا چه قدر تشکر میکنم. اگه کمک اون نبود، ما چه میکردیم؟

ـ عبود تو هم شب همین جا بخواب، صبح برگرد پادگان. برات اتاق گرفتم.

ـ بله قربان...

همراه با ادای کامل احترامات فائقه!

به قهوه‌خونه‌ی کنار مسافرخونه میریم.

ـ بپرس ببین شیر دارن برا بچه؟ نون و پنیرم اگه دارن بگیر برای تو راه. کودکم، نازنین خوش‌اخلاقم، امشب تو اتاق مسافرخونه شیر خودمو میخوری.

ـ این جا مرکز گاومیشه، شیرگاومیش باید داشته باشن. عیب نداره؟

ـ نه... چه عیبی داره؟ چه فرقی میکنه؟ شیر شیره دیگه! فرقی نداره. داره؟

برای خسرو که میدونم هیچ فرقی نداره.

ـ شام هم گوشت گاومیش با سیب‌زمینی دارن.

ـ نخواستن حسرت راگوهای دبیرستان نظامو بیشتر از این بکشی. هه، هه،

هه. خداکنه فقط به تندی غذاهای میرجاوه نباشه!

آب ترموسـوخالی میکنیم، و از شیر جوشیده‌ی گاومیش پُر میکنیم، آذوقه‌ی راه بچه آماده‌ست. بقچه‌ی جواد آقا هم پر از نونه و لای نون، پنیر. اینم آذوقه‌ی راه خودمون، تا مسافرخونه‌ی بعدی. و بعد هم مشهد، زیادمونم هست.

هنوز هوا تاریکه که با فریاد «زوّار ضامن آهو سووار شن» از خواب میپریم. لباس پوشـیده و نپوشیده، کهنه‌ی خیس خسرورو به‌سرعت عوض میکنم و لباس گرم تنش میکنم، فرصت برای شستن کهنه‌ی خیسش نیست. نه پاکتی، نه روزنامه‌ای، که توش بپیچم و توی چمدون بذارم، شـاید بتونم تو مسـافرخونه‌ی وسط راه بشـورم و خشکش کنم. تو یکی از شـلوار لاستیکیاش میپیچم و به سرعت به محوطه‌ی کاروانسرا میریم.

خسرورو توی پتوش پیچیده و در آغوش دارم. خوشبختانه کودکم تا الان نه دچار اسهال شده، نه یبوسـت. اما خودم...! حتی نتونستم طرف آبریزگاه قهوه‌خونه که عبارت بود از یه چاردیواری خشت وگلی با یه پرده‌ی پاره از گونی، دور از قهوه‌خونه برم. بوی گندش، حتی تو قهوه‌خونه هم آزاردهنده بود. چشامو به‌زور واز نگه میدارم. هوا خیلی سرده.

اتوبوس، بسیارکهنه و درب و داغونه. روی سقفش، به ارتفاع خودش بار زدن و با طناب و ریسمون و سیم بستن. به عقب اتوبوس چند آفتابه‌ی حلبی با ریسمونی به‌هم متصل از نردبونی که به سقف میره، آویزونه!

سوار میشیم. دو پتوی انگلیسیوچندلا، روی صندلی پهن میکنیم. من کنار پنجره میشینم، خسرو در بغلم و شوهرم درکنارم. خواستار چه چیز دیگه‌ای هستم؟ هیچ. این‌طورکه به‌نظر میاد، غیر از شوهر من، مشتاقان زیادی، برای زیارت امام رضا حاضرن سر سیاه زمستون، سختی راه‌وتحمل کنن و به پابوس امام هشتم برن.

‌ـ سرازیری قبر، علی به فریادت برسه، صلوات بلند ختم کن.

‌ـ اللهم صلی علی محمد و آل محمد.

‌ـ لال از دنیا نری، صلوات بلندتر ختم کن.

ـ اللهم صلی علی محمد و آل محمد.

و این گونه ست که اتوبوس، زوّار امام رضا روحرکت میده.

پاهام یخ کرده. یکی از پتوهارو از زیر مون به رومون انتقال میدیم، و ضمن صاف و صوف کردن جامون، در آینه ی راننده، متوجه دو چشـم درشت مورّب میشم. انگار پلنگی نگاهم میکنه! با این که چشمام هنوز از سوزش نیمه بازه، ولی سعی میکنم با دقت بیش تری نیگا کنم! نه... اشـــتباه نمیکنم. دو چشم کنجکاو، زیر دو ابروی نیم دایره، با یه خالکوبی آبی در وسطشـون، بر روی دو گونه ی بسیار برجسته ی سوخته از آفتاب.

به داویت میگم:

ـ تو آینه ی راننده نیگا کن.

می کنه.

ـ چی میبینی؟

ـ پیشونی راننده!

ـ اِه... جدی میگم. درست نیگا کن.

کمی یکوری میشم و اونم به طرف خودم میکشم تا جای دید من قرار بگیره.

ـ دیدی...؟ یه زن کولیه یا بلوچه. نمیدونم. چشماشو نیگا کن.

ـ شکل کولیاس.

ـ خوشگله... نه؟ ببین چه نیگاه عجیبی داره! عین پلنگ میمونه!

اتوبوس پس از کج و کوله شدن، توقف میکنه.

ـ اوا جاده کو...؟

جلومون رودخونه ایه پهن و روون. از قرار اتوبوس باید از میونش رد شه. شـاگرد راننده که تموم راه، روی چهارپایه ی کوچیکی کنار راننده نشسته، پایین میره، پاچه های شلوارشوتا جایی که براش امکان داره لوله میکنه بالا، پای برهنه یواش یواش توی رودخونه، جلو میره. گاهی به چپ، گاهی به راست، و سعی میکنه جاهای گودتر و به راننده که اتوبوسو به آهستگی به دنبال او میرونه، نشون

بده که از رفتن به اون طرفا خودداری کنه.

رودخونه، پهن‌تر و کم‌عمق‌تر از اونه که رودخونه نامیده بشه.

ـ اسم این رودخونه چیه؟ هیرمنده؟

راننده تو آیینه‌ی بالا سرش نیگامون میکنه: عاقل اندر سفیه.

ـ ای سیله! ای‌جا رودخونش کجا بود؟ سیل جاده‌رو شسته و برده!

اتوبوس به‌چپ و راست یله میره، و ترق و توروقش آدمو به‌شک میندازه. نکنه از هم وابره. گاهی توگودی میفته، گیر میکنه و تکون نمیخوره، که با صدای لال از دنیا نری و صلوات همگانی، از چاله در میاد و لاک‌پشت‌وار به دنبال قدمای لرزون شاگردراننده، جلو میره!

به‌نظر میاد اون بیچاره، از این به‌بعد هر دو سـه کیلومتر، همین راه‌پیماییو میون سیلاب باید انجام بده.

طرف چپ بدنم حتی زیر پتوی پشم مرینوس انگلیسی، از سوز سرمایی که از لای شیشه‌ی پنجره به داخل نفوذ میکنه، یخ میزنه.

شـاگرد راننده‌ی بیچاره با پاهای لخت، تو آب یخ که تا بالای زانوش میرسه، گاهی هم بالاتر، تاتی‌تاتی جلو میره و اتوبوس هم نالان و پر سر و صدا به‌دنبالش. به‌خصوص وقتی رو تخته‌سنگ و صخره بالا پایین میشه! چندمین باره که شاگرد راننده پاچه‌هارو بالا میزنه و توی این سـرما، به آب میزنه و اتوبوسو راهنمایی میکنه؟

این بار چندمه که سیل جاده‌رو شسته و برده؟ دیگه شمارشش از دستم در رفته. اگه با قایق آمده بودیم، الان رسیده بودیم! ترس و نگرانی هم از شکستن و از هم وارفتن نداشتیم.

خوب شـد نون و پنیر از زاهدان گرفتیم. کمی شـیر از ترموس در بطری خسرو میریزم و با یه تیکه‌ی کوچیک نون و پنیر، شامشـو میدم. هنوز نه به‌هیچ آبادی رسـیدیم و نه طلیعه‌ی واحه‌ای در افق رو به‌رو به چشـم میخوره، که روزمون به شـب رسیده. قرار بود شبو تو یکی از شهرهای سـر راه بخوابیم. توی این

جاده حتی خرابه‌ی کاروانسرایی هم دیده نمیشه. انگاری شاه‌عباس، فقط دور و ور شهر اصفهان کاروانسرا برای مسافرین واسب و الاغ و استرو شتر ساخته! محمود افغان هم که مطمئناً همون حدود باید وارد ایران شده باشه، به‌دلیل این که دلشون خیلی برای شاه سلطان‌حسین تنگ شده بود، به تاخت خودشونو به پشت دروازه‌های اصفهان رسوندن، گویا فصل خوبی هم حمله کردن، که در بارون و سیل گرفتار نیومدن!

این بارون نیست که میاد. انگار، زیرآب استخرو زدن. از لابلای حرکات یه در میون برف پاک کن شیشه‌ی جلوی اتوبوس، غیر از آب، آب و بازم آب، چیزی در نور کم‌رنگ چراغاش نمیشه دید.

ـ اگه از راه کرمون رفته بودیم، الان رسیده بودیم.

ـ از کجا معلوم که اون راه بهتر از اینه؟

نیگام میکنه. میگم:

ـ چشمات قرمز شده. چقدر دیگه داریم تا به یه آبادی برسیم؟ چشمای منم قرمز شده؟

چشمای خشمگین راننده‌رو توی آینه میبینم که با صدای کلفت و خسته‌ش میگه:

ـ اگه روز بود، خدمت‌تون عرض میکردم. اما هم شبه و هم تو آبیم. خیلی میکشید، دوازده ساعته باید میرسیدیم «نه بندان». نه بندان، صبح که را بیفتی، جخ زیاد زیادش بکشه، دیگه غروب نه‌بندانی! الانشم زیاد نمونده، باید برسیم، لا مصب آب نمیذاره که!

رو میکنه به شاگردش:

ـ اَ شیشه‌ی بغل دست یه دید بزن، نوری، سوی چراغی چیزی نمیبینی؟

به شاگردش نیگا میکنم. لرزم میگیره! خیس خمیره! دماغش قرمز و آب‌چکون. دستاش هم رنگ لبو، توی پالتوی گشاد و خیسش میلرزه! دستاشو جلوی دهنش گرفته و توشون ها میکنه و بر میگرده ازروی اپل کلفت پالتوش نگاهی سرسری به بیرون میاندازه. کله‌شو بالا میبره و میگه:

‫- نچ چ چ چ!

داویت میپرسه:

‫- اینجا اصولاً منطقهی سیل‌گیره؟

‫- زِمسون آره! هر چی زِمسون، آب همه‌جارو میگیره، عوضش تابسوون، یه چیکه‌شم کیمیاس!

با دقت در آینه نیگامون میکنه. میپرسه:

‫- شوما ای‌طرفا نبودی؟

‫- نه... محل مأموریتم خاش بود!

‫- حالا روونه‌ت کردن مشد؟

‫- نه... تهران!

راننده از جیبش یه مشت تخمه‌کدو در میاره و تعارف میکنه.

‫- بفرما... از آب گذشته... ها، ها، ها.

دندوناش تو تاریکی اتوبوس برق میزنه. خنده‌ش آدم و میترسونه.

‫- مرسی!

‫- یه کم دیگه شیر بریز تو شیشه‌ی خسرو. یه کمم نون و پنیر بده.

تکه‌ی کوچیکی نون میکنم. کمی پنیر با انگشت روش میمالم و دهن بچه میذارم. بــا دندونای ریز تاق و جفتش، با ملچ ملچ میجــوه. راحت و بی‌خیال از آب و سیل و صدای چرق چرق هیکل اتوبوس که دیگه واقعاً ترسناک شده و احتمال داغون شدنش بیش‌تر، درآغوش گرم و نرم مادرلم داده؛ با این که خودشو خیس کرده و از شلوار لاستیکیش هم زده بیرون. چه طور میتونم عوضش کنم؟ اگه به جایی نرسیم که بتونم کهنه‌هاشو بشورم و خشک کنم، به زودی همه‌ی سی‌تای اونا خیس و غیرقابل استفاده میشه.

خاش هواگرم بود و هر بار فقط یه کهنه، زیر شلوار لاستیکی بهش میبستم. اما توی سرما، هر بار دو یا حتی سه تا کهنه مصرف میکنم.

‫- ببخشین... ده بندان مسـافرخونه‌ی خوب داره، که بتونم وسائل بچه‌رو

بشورم و خشک کنم؟

وای... نگاه پرتمسخرشو توی آینه میبینم.

ـ شوما، اول اجازه بده برسیم! خیلی عجله نکن! ها، ها، ها!

کجاش خنده داره؟

ـ بدمصب، هر چی رودخونه بوده، ول دادن این طرف.

ـ راه بهتری نیست؟

در جواب داویت، این بار فقط دو دندون طلاشـو از زیر سبیل آویزونش، نشون میده. و باز نگاه عاقل اندر سـفیه. نمیخوام نیگاش کنم. سـرمو روی شونهی داویت میذارم و چشممو میبندم که قیافه ی مهیب راننده و هیکل لرزون شاگردشو نبینم. سرمو میبوسه و اونم سرشو به سرم تکیه میده.

صدایی از ته اتوبوس:

ـ آهای... آی شـوفور، بابا نوکرتیم، یه جا واسا، دس به آب برسونیم! نوماز قضاکمرمون بزنیم! آخه بَبَم، تونم مسلمونی نه!

آخ... آخ، صدای دورگه ی راننده مثل بمب، توی سکوت اتوبوس منفجر میشه! با خستگی و عصبانیت میگه:

ـ هم ای جاکه نشسی، لا شیشهی بغل تو واکن، دستو به آب برسون!

و داد میزنه:

ـ نوکر باباتم، تو ای سیل و رگبار واسم، آب ببرتم؟

صداشو میاره پایین و با لحن مسخره میگه:

ـ داداش، خودتو خراب نکنی! یه کم بالا بکش تا به آبادی برسیم.

چقدر مزخرف میگه. همون صدا از ته اتوبوس، ادامه میده:

ـ ظُرکه وانِیسادی، عصرکه وانِیسادی، نُماز مغرب عِشامونم که قِضا کردی. پس کِی میخوای واسی... بَبَم؟

از لای سبیلش میغره:

ـ وخته گل نی... اِ، ول نمیکنه ها، اِ، عامو، بقیه م عین تو، چطو هیشکی ناله

سر نمیده؟ داداش، چش داری میبینی. دِ همش آبه نوکر باباتم. میفتی غرق میشی،خونت میوفته گردنم! ای فلک‌زده تو سرما هی زده تو سیل، را نشون داده‌که سیل نبرتمون تا به یه خراب‌شده برسیم.

به شـاگردش، بغل دست اشاره میکنه که یه بند دما غ خیسشو که همچو لبوی تنوری سرخ و براق شده، با آستین خیس‌ترش پاک میکنه و از روی چارپایه‌ش بلند میشه، رو به مسافرها میکنه، با فین فین میگه:

ـ الانه میرسیم، چیزی نمونده. ای دریا آخرری، ردکردیم و «نه بِندوون»یم. محمدیاش صلوات بلند ختم‌کنن!

ـ اللهم صل علا محمد و آل محمد.

به به... مژده ای دل‌که مسیحا نفسی میآید. سکوت. شلوار لاستیکی بچه و شلوار روش کاملاً خیسه. میترسم پرو پاش بسوزه. ناآرومی میکنه. حق داره بچه، بطری شـیرش‌روکه‌کمی تهش شیر باقی مونده، اما یخ، دهنش میذارم. وسـیله‌ای برای گرم‌کردن نداریم، شیر سردو دوست نداره. اونو پس میزنه. شاید شیر ترموس هنوزکمی گرم باشه.

ـ یه‌کم شیر از ترموس بریز تو بطریش.

در ترموسو وا میکنه با تعجب داخل اونو نیگا میکنه.

ـ چطوره‌که شـیر جوشیده توی این هوای سرد، اونم توی ترموس، خراب شده؟

ـ چی؟ خراب شده یعنی چی؟

ـ خودت نیگاکن.

ترموسو بالا میگیره. کج و راستش میکنم!

ـ خراب نشده، ماست شده. هه، هه، هه، هه... از بس تو چاله چوله افتاده و تکون خورده، شیر جوشیده شده ماست.

ـ ببین میشه بریزی توی بطریش؟

ترموسوکمی خم میکنه، ماست قالبی جلو میاد. قاشق هم‌که نداریم، چه‌کنیم؟

ـ یه تیکه نون بزن توش بده.

خوشبختانه بچهمون نون و ماست دوست داره و با ملچ ملچ میخوره. خوب این از شیکم، تکلیف خیسی زیرش چی میشه؟ خداکنه زودتر به یه جایی برسیم و عوضش کنم. از لا بهلای حرکت کُند برف پاک کُن، گاهی روشنایی خفیفی، رو بهرو بهچشم میخوره. خدایا، خودت کمک کن زودتر برسیم به آبادیای، چیزی.

ـ لال از دنیا نری، صلوات بلند ختم کن.

فریاد از ته اتوبوسه و از ته حلقوم. گویا اونام روشنایی رو رؤیت کردن. به نظر میاد دیوارهای خشت وگلی از کنارمون میگذره.

راننده با صدای بلند میگه:

ـ هرکاری دارین، هر چی نماز و روزهی قضا دارین، هم ایجا بکنین. شب این جا موندگاریم. صُبُ‌الطُّلوع میزنیم جعده. شلاقی میریم تا سربیشه و بیرجند! از همی الانش طی کنیم، جایی وا نمیسیم‌ها!

وارد محوطه‌ای بزرگ شبیه کاروانسرا میشه. پس از چند بوق مداوم نیگر میداره.

ـ کجا میشه چیزی برای خوردن گیر آورد؟

داویت از راننده سؤال میکنه.

ـ همی ایجا میگم برات آتیش بیارن. نون و آبگوشتی هم پیدا میشِد. شوما منزلو ببر داخل همی ای اتاق که جلوش برات رو ترمز زدم. درم ببند و از پشت خِفت کن، کس دیگه تو نیاد.

پیاده میشه، جلوی در اتوبوس وامیسته، باز فریاد میزنه:

ـ زوّار، هر بقچه بندیلی تا صب دم دست میخاین، الان همراه خودتون کنین. شب، در ماشین و قلف میزنیم. تا صُبم وا نمیکنیم.

وسط کف خاکی اتاق، یه گودال پر از خاکستر و تکه‌های نیم سوخته‌ی هیزم هست. یه چراغ موشی کنارش سوسو میزنه و دود میکنه، سایه‌هامون دیوارارو

تاریک‌تر میکنه.

ـ ایـن بچه، خیس خمیره. پتورو پهن میکنی بخوابونمش عوضش کنم؟ حیوونی پاهاش حتماً سوخته.

صدای راننده از پشت در میگه:

ـ سرکار، آتیش آورده... نون و بیضه‌ی ماکیونم داره. بیاره؟

داویت با تعجب و خنده نیگام میکنه. از خنده غش میکنم.

ـ بله...

و درو وا میکنه. کسـی، منقلی پر از هیزم، با دود فراوون، روی زمین کنار گودال میذاره. خاکسـترهای گودالوکنار میزنه، با دست منقل و روی پس مونده‌ی اون خالی میکنه. چوباروکه به نظر نمیاد خشک باشه، رو هم میچینه و دولا میشه به فوت کردن. اونم با چه فشاری!

ـ ببخشین، آب از کجا ورداریم؟

ـ با نون و بیضه براتون میارم.

پشتمو بهش میکنم. شونه‌هام از شدت خنده میلرزن.

ـ میخوایم دست و صورت بشوریم.

ـ موال ته حیاطه. آفتابه براتان میارم.

فکر نمیکنم چیزی مشکل‌تر از موال برامون باشه!

بارون یه لحظه هم آروم نمیگیره. پتوی دیگه‌رو روی سر میگیریم و هر سه به طرف ته حیاط در گل و شل میدویم. وای... شِلپ شِلپ!

یک چراغ موشی با روشنایی کم و دود بسیار از پشت کرباس خیسِ آویزون بر سوراخ ورودی موال، راهنمامونه. کسی آفتابه به دست، شِلپ شِلپ کنون میاد!

ـ وای یی یی ی ی.... اینم که بدتر از میرجاوه اسـت. هم ترسـناکه، هم کثیف‌تره. خیس آبم که هست.

اما واقعاً فشار شکم دیگه طاقت‌فرسا شده.

ـ چشمتو ببند، کارتو بکن! اینم آفتابه و آب. بیضه هم درآتیه!

خنده، چه درمون خوبی برای وحشتناک‌ترین لحظه‌هاست. با دو عدد یه‌تومنی
که به شاگرد راننده دادیم، آفتابه‌ای پر از آب برای شستن کهنه‌های خیس و کثیف
خسرو، توی این بارون و اوضاع وانفسا، یکی پس از دیگری میرسه.

دستام کرخ شده، سرما تا مغز استخونم نفوذکرده.

ــ بَسه! بیچاره خیس خمیر شد از بس رفت و اومد. بگو دیگه نمیخوایم.

باز پتو بر سر، خسرو به بغل، و بقچه‌های کهنه‌های شسته شده به دست داویت، از
میون گل و لای و حوضچه‌های پر آب. از حیاط میدوییم به طرف اتاق.

اتاق پر از دود، تاریک که بود، تاریک‌تر و نفس‌بُر هم شده. اما نسبت به بیرون،
کمی گرم‌تر. پسر بچه‌ای درکناریه سینی حلبی حاوی نیمرو وکاغذی مچاله، پر از
نمک خیس، کنار آتش چُمبک زده، برق چشماشو از لا به لای دود اتاق میبینیم.
خسرو شروع میکنه به سرفه. چاره‌ای نیست غیر از واکردن در و رد کردن دودها
با چرخوندن پتو، بالای سرامون. کنار آتش میشینیم، آب‌چکون از چشم و دماغ،
تکه‌نونی که گویا باید جو باشه، نه گندم، در نیمرو فرو میکنم و به دست خسرو
میدم.

بقچه‌ی کهنه‌های خیسشو وا میکنیم. قبل از خوردن چیزی، دونه دونه چارگوشه‌ی
هرکدومو میگیریـــم و روی آتش وا میکنیم و حرکت میدیم. بخار همراه دود به
طرف سقف میره. چشمام میسوزه. آب از سر و پام روونه. کفشا و جورابا، خیس
وگلی. حتی حاشیه‌ی دامنم هم خیس وگلی شده. تا اون جاکه میتونیم به آتش
نزدیک میشیم. و بالاخره گرسنگی حمله میکنه!

ترموسو وا میکنیم، نیمرو در بشقاب حلبی قُر و ضرب‌دیده، همراه ماست طبیعی
از شیرگاومیش، قاتق نون سیاه و دندون‌شکن جو.

کجا چلوکباب شمشـــیری و نایب بازار، میتونه از خوشـــمزگی به پای این شام
شاهونه برسه؟

چشمامون سنگین میشه. شاگرد راننده تشکی سفت و سخت، بر روی گلیم پاره‌ای
درکنار چاله‌ی آتش برامون پهن کرده. بی‌اعتنا به رنگ چرک‌تاب تشک، روش

دراز میشیم. بوی گوسفند و آغل و دیگر حیوونات اهلی‌رو، از لحاف، ندید میگیریم و در آغوش هم چنان میخوابیم که در پر قو!

فریاد آشنای «زوّار امام رضا سوار شن، یاالله، لنگ ظره» بیدارمون میکنه. هنوز بسیار زوده که بچه بیدار بشه. آهسته بغلش میکنم، همون‌طور که خوابه میبوسمش و کهنه‌ی خیسشو عوض میکنم. وقتی خوابه، خوردنیه. لباس گرم تنش میکنم، پتوشو دورش میپیچم و در آغوشم به طرف اتوبوس میریم. بارون کمتر شده، اما آب همه جارو گرفته. پامون با تموم کوششی که میکنیم، بازم در گل و لای فرو میره. خدا پدرشو بیامرزه. اتوبوسو نزدیک اتاق نیگر داشته، ولی همین چند قدم‌رو هم از توی گل، به سختی میگذریم.

باز پتوهای انگلیسییه که زیر و رومونو از سرما تا حدودی محفوظ نیگر میداره.

ـ از راننده بپرس تا راه نیفتادیم، اگه این جاها شیر پیدا میشه، برا خسرو تو بطریش بریز. مهم نیست شیر چه جونوری باشه! هه هه هه.

زوّار در حال سوار شدن، اون دو چشم مورب، از پله‌ی اتوبوس بالا میاد و نگاهش هم‌چو دو شمشیر بران، چشمامو میزنه. به پهلوی داویت میزنم که نیگاش کنه، ولی او در حال مذاکره با راننده‌ست بر سر شیر.

شاگرد راننده، یه کتری حلبی سیاه شده از دوده، که از روش بخار بلند میشه میاره.

ـ چاییش خوبه سرکار.

و لاجرم بطری خسرورو پر از چای پر رنگ میکنیم. بچه‌ام همه چیزرو بسیار زودتر از زمانش داره تجربه میکنه.

ـ شیکرکردمش، شیرینه، میخوره. صُب براتون چاشت آوردم اتاق، اما خواب رفته بودین. دارین چیزی همراتون؟ گشنه نمانین؟

و راننده اضافه میکنه:

سرکار، دیشو اگه خبرم کرده بودی، زیر سنگ برات شیر میستادم. الانشم، چایی تو قمقمه دارم. از ایناش نی‌ها. از او طرف آوردن برام. خارجَویه.

ـ اکبر... یه چایی داغ بریز باسه‌ی سرکار، دِ آ، او تو نَه دِ! قمقمه‌ی حاجی‌ات!

ـ نه متشکرم، برا بچه میخواستیم!

ـ اکبر... دو تا استکانم بریز.

توی آیینه نیگامون میکنه.

ـ منزل، چیزی لازم نَرَن؟ چایی شیرینه‌ها!

ـ نه، ممنون.

هوا بسیار سرده، بیرون گاهی برف، لا به‌لای بارون روی شیشه‌ی اتوبوس میشینه. از چایی که توی لیوان حلبی دسته‌دار داده، بطری خسرورو پر میکنم. اولین باره چایی میخوره. انتظار داشتم خوشش نیاد، اما انگار براش با شیر تفاوتی نداره! شاید به خاطر شیرینیش.

خودمونم سفره‌رو وا میکنیم. نون و پنیر با یه لیوان حلبی چای پر رنگ و پرملاط، بسیار خوش‌بو و داغ. در یخ‌بندون، به تموم معنی میچسبه و مزه میکنه. لقمه‌ای به راننده و شاگردش تعارف میکنیم. راننده میگه:

ـ سرکار، زت زیاد! نوش جون‌تون. بفرما، صرف شده.

ـ اکبر آقا، برا نهار جایی وامیسی؟

صدای مسافری از ته اتوبوسه. توی آینه اون دو چشم موربو میبینم. از هر موقعیتی برای نیگاکردنشون استفاده میکنم. چشما به‌طرز عجیبی سحرآمیزن و نیگاکردن بهشون، اجتناب‌ناپذیر.

راننده هم در آیینه به دنبال صاحب صدا میگرده:

ـ پدرآمرزیده! جخ را افتادیم! تنگت گرفته؟ باس بکشی بالا و اَ شیشه‌ی بغلت تف کونی بیرون! ها ها‌ها ها.

صدای خنده‌ی تک و توکی از مسافرها، با خنده‌ی مهیب راننده قاطی میشه. نگاه تأییدیه‌ای در آینه به ما میندازه و ادامه میده:

ـ تا غروب، جای خشک گیر آوردیم، رو چشام...

مکث کوتاهی میکنه و ادامه میده:

ـ میگم آ، اَصَن تو بجور، بر پدرش نعلت اگه نزنه رو ترمز.ها ها ها ها! برق دندونای طلاش از لای سبیلش، چشممو میزنه!

در تعجبم این راننده‌ها، جاده‌رو چطور تشخیص میدن! هر چه رو به‌رو رو نیگا میکنم، از میون حرکت برف پاک‌کن، هیچ تفاوتی میون راهی که اتوبوس حرکت میکنه با صحرا و سنگلاخ اطرافش وجود نداره. در هر درگیری با چاله و چوله و سنگ و صخره و کج و راست شدن اتوبوس، صداهای عجیب و غریب اتاق ماشین، یادآور سنگینی باریه بر سقف و داخلش. و بسیار نگران‌کننده. ماشین، حداقل ساخت پانزده، بیست سال قبله. به‌نظر هم میاد چارستون بدنش دیگه به سختی به هم متصله. هر دم باید منتظر پخش و پلا شدنش بود.

باز اونچه در پیشه، آبه و آب. و باز این بدبخت بیچاره‌ست که دیگه میدونیم اسمش برخلاف جثه‌ش، اکبره!که باید پاچه‌هارو تو یخ‌بندون بالا بزنه و گالشارو بکَنه و قهرمانانه به آب بزنه و توی سیل، راهنمای اتوبوس لکنته بشه و ناخواسته ناجی جون مسافرها.

اتوبوس وسط دریا ایستاده!

اکبر، در حالی که دست‌اش روی کاپوت، جلوی ماشین، خودشو زیر بارون نیگر داشته، کمی به‌راست، اندکی به‌چپ علامت میده، که راننده عقب بزنه. از قرار جلو، خیلی گوده.

ـ مصبت و... هی... این وسط چه وخت خفه کردنه؟ لامصب!

فریاد میزنه:

ـ اکبر... بپر بالا، هندل و وردار، بی‌پدرو بزن تا یخ نکرده.

اکبر، سرتا پا آب، با پاهای لخت، از پله‌ی ماشین میاد بالا، هندلو از زیر چارپایه‌ش میکشه بیرون و میره پایین.

خدای من، درکه وا میشه، انگار هوای قطب هجوم میاره تو ماشین. این بیچاره،

اکبر، آخر همون پایین یخ میزنه. نمیدونم از هوای سرده یا دیدن اکبر، که ناگهان لرزشی تموم بدنمو میگیره، با این که به داویت چسبیدم.

اکبر شروع میکنه به هندلو چرخوندن. چطور میتونه اصلاً حرکت کنه. راننده بی‌ملاحظه، هر چی فحش بلده و به دهنش میاد، نثار اکبر و هندل و ماشین و زمین و زمان میکنه. فریاد میزنه:

ـ کاپوت مادرسگو بزن بالا. ببین آب رفته تو دِلکوش؟

تموم عصبانیتشو سر اکبر فلک‌زده خالی میکنه. اون بیچاره چه گناهی کرده؟ دستای کبود و مطمئناً کرخت اکبر، کاپوتو بالا میزنه. دوباره میاد و از زیر چارپایه‌ش، لتّه پارچه‌ای روغنی و کثیف میکشه بیرون و میره جلوی ماشین و پشت کاپوت بالا زده، غیبش میزنه.

پس از کمی سـکوت، صدای حرکت هندلو میشه شنید. راننده با پاهاش روی پدالای جلوش انگار پیانو میزنه. و به‌جای آواز، فحش نثار میکنه. باز فریاد میزنه:

ـ نون نخوردی؟ لامصبو دُرُس بزن. راش بنداز، آخه پدرآمورزیده، بجنب. شب شد!

و بالاخره، به همت دستای ورم‌کرده‌ی اکبر، ناله‌ی موتور در میاد.

اکبر کاپوتو میندازه که صدای آهن پاره میده. به سـرعت خودشـو به در ماشین میرسونه و بی‌حس و حال، میکشه بالا و درو میبنده. خیس و آب چکان. باز از زیر چارپایه‌ش یا جلوی پاش، این بار لنگی مچاله در میاره و روی سر و کلّه‌ش میندازه و میلرزه. حس میکنم باهاش هم‌آهنگ میلرزم.

ـ هیچ کس نیست خبر بده که بابا این جاده خرابه، نیاین؟

ـ با ما بودی آبجی...؟

باز با همون نگاهِ عاقل اندر سفیه، در آیینه!

ـ چرا. پاره‌ای وقتا، نفتکش با معرفتی، اگه از او طرفا بیاد، خبرم میاره!

ـ اماکو...؟

ـ کو...؟

سؤال منو تکرار میکنه. میگه:

ـ ای همه جعده‌رو اومدی، تنابنده‌ای دیدی اَ او طرف سرازیر شه؟

خدایا! ما چرا باید تو این هوا، تو بر بیابون سرگردون بشیم؟ داویت فکرمو میخونه، میگه:

ـ اینم یه تجربه‌ایه. زندگی همه‌ش که راحتی نیست، جیگر جون.

ـ راحتی...؟ تا الان که کور شیم اگه دیده باشیم!

هر دو میخندیم. به خسرو اشاره میکنم و میگم:

ـ اینا تو چایی خواب‌آور میریزین؟

باز میخندیم. کودکمون چایی‌رو خورد و خوابید. این‌همه صدای اتاق شکسته بسته‌ی ماشین و داد و فریاد راننده و مسافرها، کوچک‌ترین خدشه‌ای در خواب شیرینش نکرده.

ـ ببخشین... جاده‌ی دیگه‌ای بهتر از این نیست؟

گویا دلم برای یکی دیگه از همون نگاه‌های عاقل اندر سفیه تنگ شده.

ـ کِی گفته نی...؟

خنده‌ی گل وگشادی ول میده!

ـ ... ما شنیدیم تو فرنگسون دارن! میگن توش گازو که فشار میدی، انگار تو شیربرنج میغلطی! بدمصب، آب تو دلت تکون نمیخوره! به... تو نمیری، عین همی ای‌جا...!

نیگای دیگه‌ای تو آیینه به‌ما میکنه تا عکس‌العمل یا احیاناً تشویق و لذت مارو از این همه نمک، که ریخته، ببینه! به اکبر بیچاره که باز جلوی ماشین با پاچه‌های بالازده تاتی‌تاتی میکنه و جهتو در دریا نشون میده، باز فریاد میزنه:

ـ بجُنب پدر آمورزیده، شب شد!

اتوبوس با حرکتی ننووار، با سر و صدای زیاد بازارِ آهنگرها وگاری شیکسته‌ها به راه خودش ادامه میده.

آب تا بالای زانوی اکبر بیچاره میرسه. دوان به طرف در اتوبوس میاد و خودشو میندازه تو، دررو میبنده، میگه:

ـ برو بریم آ.

راننده به‌قول خودش گازو فشار میده و حتماً تو رؤیا، خواب شـیربرنج میبینه! و اکبـر لرزون، با لُنگ خیس، آب از سـر و کله‌ش جمع میکنه. البته اول لنگو میپیچونه و آبشو تا حدی که زورِ یخزده‌ش اجازه میده میگیره!

کی گفته این جا کویره و آب پیدا نمیشه؟ این جا که زمین و زمونش آبه. تو تهران هرگز این قدر بارون نمیاد.

لاک‌پشـت‌وار و لق‌لق‌زنون و پر سر و صدا، پیش میریم. حالا دیگه ناله‌ی موتور، نشون‌دهنده‌ی صعود این ابوطیاره‌ست به‌بالای تپه یا خدای نکرده کوه!

بارون جاشـو به برف سپرده، بیرون گاهی درختی دیده میشه، یا بته‌ای که پتوی سفید به سر داره. جلوی اتوبوس، روی زمین ، دو خط موازی، جای لاستیکای ماشینی‌سـت که قبل از ما بالا رفته و نشون دهنده‌ی این که ما نیز توی جاده‌ایم. خطا کم‌کم بی‌رنگ و نتیجتاً ناپدید میشن.

برف با قدرت هر چه تموم‌تر میباره. برف پاک‌کنام خسـته‌تر از موتور اتوبوس فکسنی، دیگه به‌درستی نمیتونن حرکت کن، دو طرف شیشه‌ی جلوی راننده‌رو برف گرفته و فاصله‌ی میون رفت و برگشت برف پاک کن، لحظه به لحظه کم‌تر میشه. باز:

ـ علی به فریادت برسه و سرازیری قبر تنهات نذاره!

و با همین صلواته که اتوبوس به‌جای پیشرفت، به‌طرف راست که گویا کوهه، سُر میخوره و صلوات بلندتری‌رو میطلبه. و این‌بار، ضامن آهو هم واسطه میشه.

در آینه‌ی دو چشم مورب، هراسون نیگا میکنه. مسافران، وحشت‌زده با هم و درهم حرف میزنن. راننده به اکبر نیگا میکنه!

یعنی این ناخدا، تو برف هم میتونه اتوبوسو راهنمایی کنه؟

– بپر یه دید بزن، بغلو، دره مره نباشه پرت شیم!

اکبر، از شیشه‌ی بغل دستش نیگا میکنه، بیرون، فقط سفیدی برفه، که چشمو میزنه.

– بَه...دس‌خوش بابا! نشسی؟ میترسی تکون بدی به خودت، یکی تخت شاهیو ازت بگیره؟ هه هه هه هه... دِ نوکرتم، یه توک پا بزن بیرون، ببین دنیا دس کیه بابا!

و بدبخت اکبر، گالشاشو بالا میکشه، لُنگ خیس و روغنیو رو سرش میندازه، هر کاری میکنه، نمیتونه در اتوبوسوکه انگار یخ زده، واکنه! دستاشو جلوی دهنش کاسه میکنه و درگودی اونا، هااااااااا میکنه! دوباره با درکلنجار میره.

– بابا نون نخوردی؟ اِ... اِ... نیگا! یه فشار بده وازش کن بابا!

و خودش نیم‌خیز به‌طرف در یله میره و با مشت به اون میکوبه! اکبر روی برفای پله، سر میخوره و میوفته پایین.

– وای یی یی ی.

وحشت و نگرانی مسافرا با دیدن ادامه‌ی سر خوردن اکبر، به ده دوازده متر پایین‌تر بیشتر میشه!

صلواتا، یکی بلندتر از دیگری، ضامن توقف، و نتیجتاً کوه‌نوردی اکبر و صعودش تا لب جاده میشه! وقتی بالاخره به در ماشین میرسه، شبیه لبوی تنوریه، که روش گچ ریخته باشن!

– قر... بو... نش... برررم... نیگررررمون...دددددداشت ته...

دندوناش به‌شدت به‌هم میخوره، تموم هیکلش میلرزه. همه‌ی چشما به دهن اکبر خیره شده.

– تــه ته ته... کون... بوخخخخخخخو... رررررریم... ته ته ته تهی د د د د د رررهایم!

– لال از دنیا نری...

– اللهم صل علا محمد و آل محمد.....

ـ یا ضامن آهو...!

راننده بلند میشه و بهطرف در میره... همه اعتراض میکنن... هرکدوم نظری میدن مبنی بر منتظر موندن تا خودرویی برسه، یا حرکت، به کمک هل دادن مسافرا.

راننده زیر بارش سنگین برف، باکندی، در حالی که تا زانو توی برف فرو میره، اطراف اتوبوسو بررسی میکنه و از همون پایین فریاد میزنه:

ـ زورداراش یه توک پا بذارن پایین و یه هُل مردونه بدن!

سه چهار نفر، از جمله شوهر بنده، که سرش برای چنین چیزایی درد میکنه، داوطلب میشن. راننده دستورات لازمو میده و بر اریکهی فرماندهی، پشت رل قرار میگیره.

اکبر، لرزون و یخزده، هندلو با دستای سرخ و ورم کردهش میگیره و با ترس، خودشو به جلوی ماشین میرسونه. چهطور میتونه اینطور لرزون، هندلو توی سوراخ مربوطه بکنه؟ خدا عالمه!

اتوبوس با در چارطاق باز، هیچ فرقی با یخچالای دولاب نداره! هر دو پتورو تا اون جاکه میتونم، دور خودمو خسرو میپیچم. به نظرم آب دماغم روونه، اما حس ندارم!

دستمو هم نمیتونم از پتو بیرون بیارم. حتی تخم چشمم هم انگار داره یخ میزنه. نگران داویت هستم. نه بلوز پشمی تنشه و نه دستکش.

اکبر بالاخره موفق میشه هندلو جا بندازه. یه زور، دو زور... پس از چند بار، با فشار و زور هندلو چرخوندن، صدای موتور بلند میشه. هندل کذایی رو در میاره و داخل اتوبوس پرت میکنه و به سختی، خودشو به گروه هل دهندگان داوطلب میرسونه.

متأسفانه با فشار گروه، اتوبوس بیشتر به طرف راست متمایل میشه. از قرار، همون طرفی که اکبر با ترس و لرز گزارش یه در میون خطرشو داد. این بار امام رضا علیهم السلامه که از سرنگونیمون به دره، جلوگیری میکنه!

صلواتای پیاپی، و التماسای دسته‌جمعی به امام هشتم و ضامن آهو، در داخل و خارج ماشـــین، بالاخره اونو به طرف چپ متمایل میکنه و از خطر پرت شدن، نجات پیدا میکنیم. نه خطر منجمد شدن.

ـ بپرین بالا... بپرین بالا تا فرو نرفتیم.

داوطلبان، در حالی که برفارو داخل ماشـــین از سر وکله‌شون روی ما میتکونن، دستای قرمز و خیس وکرخ رو، جلوی دهن هو میکنن و سر جاشون میشینن. داویت خیس شده میخواد بشینه! از لای پتو اشاره میکنم باکت چرمی خیس اگه بشینه، تموم پتو خیس میشه. از چمدون بچه، یکی ازکهنه‌هاشو در میاره و با دسـتای سرخ آب و برف و یخ روی کتو پاک میکنه. کاش میتونستم بغلش کنم گرم بشه.

اتوبوس با صدایی غیرعادی، از موتورخسته، هن‌هن‌کنون، جلو میره، یا بهتره بگم صعود میکنه به قله‌ای ناپیدا.

پسرم بیدار شده، دیگه به خاطر نمیارم چی وِکی چیزی خورده یا نه. ساعت و زمانو به کلی از دست دادیم. از ماست درون ترموس دیگه چیزی باقی نمونده. همین طور از نون و پنیر. خداکنه زودتر به یه آبادی برسـیم. ته مونده‌ی ترموسو توی شیشه‌ش خالی میکنیم، از سر پستونک که نمیشه استفاده کرد، بطری و به‌لبش میچسبونم، کم کم ماسـتو میخوره. تکه‌های باقی‌مونده‌ی نونم خشک شده یا یخزده، نمیدونم. یه‌تیکه به دستش میدم.

جلو جز دنیایی خاکستری چیزی به‌چشم نمیخوره. صدای ناله‌ی موتور، حالت دلسوزی به آدم میده. انگار فریاد میزنه: نمیتونم... نمیکشم. نفسم تو این سربالایی بند اومد. بابا رحم کنین!

ـ ماکجاییم...؟

می ترسم به آیینه نیگاکنم و خشم راننده‌رو از این سؤالم ببینم.

ـ اسـدآباد... بالای کوه قاف. فقط همدون گردنه‌ی اسدآباد نداره که. ای سگ مَصبم از او بدتر. جون میگیره.

و هنوز جمله‌ی راننده تموم نشده که اتوبوس سُر میخوره. این‌بار به طرف چپ.

ـ وایی یی ی.

آه از نهاد همه در میاد.

ـ یا مرتضی علی...

ـ وایی یی ی...

ـ یا ضامن آهو....

ـ وایی ی ی....

ـ یا قمر بنی‌هاشم...

این‌بار دیگه هیچ‌کدوم از آقایون اماما حواسشون پیش زوّار یخ‌زده نیست! ماشین اون قــدر میره تا با صدایی ناهنجار، به جایی، احیاناً صخره‌ای برخورد میکنه. زوّار دامن آقایون اماما رو نمیکنن. در میون تموم هیاهو، صدای ضعیفی از ته اتوبوس میگه:

ـ آقای شوفر دیدی...؟ ناشکری نکن آقا جون... ناشکری، همی ایطوری بلا سرِ آدم میاره... کفر گفتی، میبینی چی شد....؟ به ای خوبی حیوون داش راشو میرفت! دِ چرا یه‌بند کفر میگی؟

ـ پدر آمورزیده... چی جای گرم نیشسّی ناله میکنی؟ ناشکری چیه؟ بد نمیگم که... همه‌ش حواس دولت پی اسدآباده. نصمه شـبم که رد شی میبینی عمله تو جاده ریختـه و دارن صاف و صوف میکنن. الان کجاییم پدر؟ ها...؟ خبر داری...؟ ها...؟ نه. دِ نه. دِ نداری. نشیسی جات گرمه، ناله سر میدی. خبر نداری این سـگ‌مصب حیوون که میگی‌ها، نفس نداره از ای بد‌مصب گردنه بکشه بکشه بالا... اونم تو ای بارش! میخوام ببینم یه عمله، تو را دیدی؟ شیطون بدمصب میگه بزنم رو ترمز، یه توک پا بزنی پایین، یه نعره بکشی ببینم غیر گرگ، هیچ کسی زوزه‌تو جواب میده. بزنم...؟ ها...؟ بزنم رو ترمز واسه روکم کنی...؟

آه از نهاد زوّار در میاد:

ـ نه... آقای راننده. نکن... ترمزکنی باز سُـــر میخوری. صلوات برفسین. پاشین، پاشین روی همو ماچ کنین. دعوا نکنین!

ـ دعوا ندارم... بدگفتم؟ بگین بد میگی!

زُوّار همه شاهدن... تاکفرگفتی حیوون سُر خورد!

جلوی دهنمو داویت میگیره که صدای خنده‌م بلند نشه!

مردک کفر راننده‌رو درآورده. هی تکرار میکنه! راننده آتشی شده.

ـ شب اول قبر، علی جواب نکیرین‌رو برات آسون کنه! صلوات بلند ختم کن!

و خودش فریاد میزنه و محمد آخرو چنون بلند و کشیده میگه که انگاری میخواد مطمئن بشه به گوش حضرت رسیده.

هوا تاریک شده. سرما تا مغز استخونو داره میشکافه. توقف اجباری در گردنه‌ی اسدآباد. به امید چی؟ به‌قول راننده شایدکه پلنگ حفته باشد. شاید نفتکشی، کامیونی، کامانکار ارتشی‌ای برسه وکمکمون کنه و حیوونو راه بندازه.

ـ سرکار مجبوریم انقذه همی ای‌جا واسیم تا یه نفتکش بیاد بوکسولمون کنه.

در حالی که توی آیینه نیگامون میکنه، آهسته میگه:

ـ ای تو بمیری اَ اوناش نی! شوماکه پتو دارین، به پیچین به منزل و بچه، راحت بخوابن! خدا بخواد صب نشده یکی میرسه.

ـ اکبر آقا، گلاب به روتون... میشه دس به آب رسوند؟

ـ بفرما... بفرما پاین. همه‌جاش دس به آبه! هه هه هه.

یکی دو تن از مسافران در حال پیاده شدن‌اند. راننده میگه:

ـ از ماشین دور نشــــینا... گرگ پاره‌تون میکنه. بالا غیرتاً سرکوه مارو تو هجل نندازین. ای‌جا یه ورش کوهه، یه ورش دره. مصبتو... هِی. سلسله‌بُل دارن. یه‌بند دس به آب!

از لای پتو نگاهی اســتغاثه‌آمیز به داویت میندازم، با این‌همه رجزخونی راننده، کی روش میشه روش میشه از در اتوبوس بره بیرون. با این که هر دو پتورو محکم به خودمون

پیچیدیم، اما هر بارکه در وا باز که می‌شه، انگار لختیم. برف و سرما هجوم میاره داخل. بچم خیسه و امکان عوض کردنش وجود نداره.به‌هیچ وجه. و خودمون! خودمون احتیاج مبرم به تخلیه داریم. سرما اینش خیلی بده. بچه‌روکه نمیتونیم ببریم بیرون. هرکدوم به تنهایی میریم، به او میگم:

ـ اول تو برو.

از راننده خجالت میکشم. داویت درگوشم میگه:

ـ خجالت نداره، اونم مثل بقیه.

اتفاقاً بلند شد و زیر لب و سبیل گفت:

ـ با اجازه!

و رفت پایین. فقط کودکی و نوجوونی‌رو در میون برفای کلون شمیرانات و سلطنت‌آبادگذروندن، بدنمو آماده‌ی مقاومت در برابر چنین سرمای بی‌پیری کرده!

خوشبختانه، مسافرهای داخل ماشین امکان دیدنمو ندارن! شیشه‌هارو از بیرون برف پوشونده، از داخل بخارات! در برگشت به ماشین، سعی میکنم چشم به چشم راننده نیفته. هر چه خورده‌ی نون باقی مونده توی سفره میپیچم برای خسرو. چشمارو میبندیم و سرهامونو به هم تکیه میدیم تقریباً شبیه کوفته‌ی دست به‌ گردن شدیم.

هوای داخل اتوبوس، در عین سردی تا درجه‌ی انجماد، مملو از بخارات و بوهای جورواجور نه چندان مطبوعه. چه میشه‌کرد! باید ساخت! صبر، شاید در اثر صبر ایوب، نوبت ظفر آید. تنها بیتی که از درسای ششم ادبی به‌خاطرم مونده. یادت به خیر جناب آل‌ابراهیم.

معمولاً زوجا پس از ازدواج به ماه عسل میرن. چه عسلی...! برفو معمولاً با شیره نوش‌جان میکنن!

***

با صداهای درهم و برهم چشامو وا میکنم. چقدرگرسنه‌ام و یخ‌زده. پاهامو اصلاً

حس نمیکنم. برف هنوز به شدت میباره. شیشهی جلوکاملاً پوشیده از برفه، اما اشباحی پشـت اون در رفت و آمدن. جای راننده و شاگردش خالیه. داویت، پتوهارو روی ما میندازه. میگه:

ـ به نظرم نفتکشا اومدن.

و میره بیرون و درو میبنده.

***

خسـرو بیدار شده، اما بیحال. میخواد بلند شه نمیتونه. کودکم خیس خمیره! میبوسمش. با بدبختی از چمدونش دو تاکهنه در میارم و روی شلوارش میپیچم. امکان عوض کردنش بههیچ وجه وجود نداره.

یخ زدم. خدایا، این راه پایانیم داره...؟ یا ما دسـتهجمعی پایانشیم. راننده وارد میشه، داویت به دنبالش. هر دو سبیلاشون یخ زده. میگه:

ـ از قرار اینجا نزدیک یه آبادی به اسم «اسمال آباد»ه اهالی عادت به راه بستن وگردنه زدن و لخت کردن مسافرا دارن.

سبیلشوکه با دستمال پاک میکنه، قرچ قرچ صدا میده. خندهام میگیره. میگم:

ـ درو ببندیم، نیان تو این یخبندون لختمون کنن.

می گه:

ـ یکیشون نون داشت ازش خریدم.

ـ وا... پس کو؟

از زیرکاپشن چرمیش در میاره. میگه:

ـ گرسـنهات نیست؟ یاروگفت تازه و خونگیه، نَنَم پخته. بیا جیگر جون، ببینم چایی بازم تو قمقمهاش داره.

ـ سـرکار، چندش دادی؟ این مادرسگا دزد و جیب بُرن، سربجنبونی، سر بزنگاه میرسن جیبتو خالی میکنن!

و ته موندهی چایی قمقمهرو توی شیشهی شیر خسرو خالی میکنه.

ـ توی این برف وکولاک، هر چی میگفت میدادم. خدا باباشـو بیامرزه،

لااقل یه چیزی آورده که بخوریم! بفرما. شمام یه لقمه بزن. فقط چون دیدم خیلی کلفت و سفته، ممکنه اصلاً قابل خوردن نباشه، یکی بیشتر نگرفتم. تا شهر بعدی چقدر داریم؟ یه کم دیگه چایی ته قمقمه دارین؟

ـ از این لامصب گردنهی لاکردار خلاص شیم، سرازیر میشیم «سربیشه» و «بیرجند». اکبر چایی بده.

ـ ببینم تا ده جیببُرا، خیلی راهه؟ میشه بریم توی قهوه خونهای، چیزی تا نفت کش برسه؟

ـ یکی دو فرسخی میشـه. تازه گیرم که رفتی، قهوهخونم پیداکردی، یه سـگمصبی اومد، بوکسولمون کرد، جا موندی تو دُزاکه مارم میندازی تو هچل. منزل و بچهتوکجا ببریم تحویل بدیم؟

ـ پس اینا اینهمه راهو، تو این برف و سرما میان بالا، تا سرگردنه؟ اکبرکتری سیاه و دودزدهرو دمر میکنه.

ـ پَ چ چی؟ باسهی سرکیسهی کردن و لخت کردن مسافرا مادرسگا تو تو جهنم میرن. اینارو ما میشناسیم، حالاکه وقت خوبیشونه و زبونم لال، امام حسین مظلوم شدن! قدیما...

یه نیگا تو آیینه به ما میندازه:

ـ ... به سند و سال شما نمیخوره! همین ننهچخیا، با تیرو تفنگ، دسهجمعی راهو میبسـن، هر چی داشتی و نداشتی میتکوندنت، لخت ولت میکردن گرگ پارهت کنه! یا نه... خیلی که دلشـون برات رحم میاومد، یه تیر وسط پیشونیت خالی میکردن. انالله و انا راجعون!

صدایی لرزون از ته اتوبوس میگه:

ـ کلوم خدارو بیوضو به زبون نیار. تازه، جخ وضوم داشته باشی، عوضی که به زبون بیاری معصیت کبیرهس!

راننده، تمـوم مدت توی آیینه مارو چک میکنه ببینه با اینهمه چرت و پرتش چقدر تو دلمونو خالی کرده. یهور سبیلش میره بالا و میگه:

ـ بر خرمگس معرکه نعلت! داداش معصیتشو من دارم میکنم، پدر آمورزیده،
تو چرا بالای منبرشو میری؟ صلوات بلند ختم کنین.

صدای صلوات دیگه خیلی پایینه و بند دومش هم همون تو حقلوما یخ میزنه!

راننده بقیهی داستانو شروع میکنه:

ـ کجاش بودیم سرکار...؟

داویت میگه:

ـ تیر خلاص!

بازوشو فشار میدم. نیگام میکنه با خنده. از لای پتو یواش میگم:

ـ ولش کن!

توی گوشم میگه:

ـ بَده...؟ سرمونو گرم کرده!

راننده ادامه میده:

ـ خدا پدرشو بیامرزه. شاه تخمداری بود. نه ترس و واهمه از کسی داشت
و نه رودرواسـی. چنون چوب تو بلانسبت ماتحتشون کرد، که نُطُق، دیگه
از هیچ کدوومشون در نیومد. تو نمیری جاده شده بود بهشت! اینا که حالا
میبینی خُرده‌پاها و نوچه‌فینگلیای همون آدم کشان که نِشِسَه عوعو میکنن!

ـ همینطور اینجا تو اتوبوس یخ‌زده بشینیم از سرما خشک نمیشیم؟

ـ هه هه هه. نفوس بد نزن سرکار!

پاهاشو کف ماشین میکوبه، دستارو با هوی دهن گرم میکنه و به‌هم میماله، میگه:

ـ خود حرضت دارتمون. نه حاجی؟

به ته ماشین از توی آیینه نیگاه میکنه. ادامه میده:

ـ بلبلمون تو لَک رفته! ها ها ها...

تو آیینه به داویت چشمک میزنه و یواش میگه:

ـ حاجیو سرما زده!

با صدای بلند ادامه داد:

ـ بدمَصَب روزی صدتا نفت‌کش از این کوه میره بالا، ها... جخ همین که
به ما رسید، تخم‌شونو ملخ زد! میبخشی آبجی!

تو آیینه‌ی بالا سرش نیگام میکنه.

ـ از دیروز تا به حال که خبری نبوده!

ـ مام که همینو گفتیم! پیش پای ما رفته بالا، تو جعده‌ی پایین، خط طایرشو
که دیدی! امروز بایس، یکی پُش سر ما پیداش شه.

نه تنها امروز، که شـب هم جنبنده‌ای پیدا نشد و مسافران و زوّار محترم، دیگه
صلواتشون هم قدرتی برای بلندتر ختم شدن، نداره.

نه ماستی تو ترموس باقیه، نه آب داریم. نون خونگی «سارقین» اسمال‌آباد هم
انقدر خشک و سفته که ما به‌زور سق میزنیم، چه رسه به بچه.

برف، برف و بازم برف... برفو توی بطریش میریزیم و میون دستامون و لای پتو، تا
جایی که امکان داره آب میکنیم، پستونک به سرش وصل میکنیم و بهش میدیم.
خدایا خودت رحم کن، بچه مریض نشه! فکر نمیکنم تو هیچ کتاب بچه‌داری
چنین تغذیه‌ای‌رو پیشنهاد کرده باشن. حتی در آلاسکا.

آب یخه و برفا هنوز کاملاً درون بطری آب نشدن. دستامون هم گرمایی نداره که
برفارو آب کنه، بچه‌ی بیچاره، هم گرسنه‌س هم تشنه. کمی آب یخ میمکه و گریه
میکنه. میبوسمش، آروم میشه. یا دیگه قدرت گریه کردن نداره.

ـ شما دیگه چایی ندارین...؟

راننده نیگای التماس‌آمیزمو در آیینه میبینه. از پشـت رل بلند میشـه، با این که
قمقمه‌رو دیدم که خالی بود، ولی امید داشتم که توی اون کتری دودگرفته، چیزی
باقی مونده باشه.

ـ اکبر... بزن پایین، ببینم آتیش میتونیم را بندازیم؟

***

از گودال غارمانندی که میون برفا درست کردن، دود خاکستری و گاه سیاه بیرون
میزنه.

ـ سـرکار یه آتیشی اَسـر درختا که اَ برف بیرون مونده برات را انداختیم.
بفرما، بفرما پایین. منزل و بچه‌رو بیا. برف، پنج شیش متری میشه، فرو نرین!
پتورو سرمون، از راهی که راننده و اکبر بیچاره توی برف، از در اتوبوس تا غار
کذایی بازکردن، پاورچین پاورچین پاورچین زیر بارش شدید برف پیش میریم. دیدمون
پرده‌ی سفید برفه، که گاهی دود هم قاطیش میشه.

ـ چشاتونو ببندین، دسا و تنتونو میشه یه‌خورده گرم کنین.

ـ سرکار، منزلو ببر تو. ببر توگرم شن نوکرتم! برفم ریختیم توکِرتی، گذاشتیم
رو آتیش آب شـه، یه چایی دبش مهمون حاجیت. بفرما، تو هندسونم ای
چایی، گیرت نمیاد. بابا خیرسرمون آدمیم ما. نمیذاریم بهت بد بذگره. هه هه
هه هه، دِ بفرما. بفرما اُوتل سرما. هه هه هه!
داره مسخره‌مون میکنه؟ نمیدونم!

ـ معلومه شـوفورکوه وکمری ها! آخرش نعش مارو جوار حضرت تو قبر
میذاری؟

شـوخیای بی‌معنی مسـافرای خیس و خسته، سرمازده وگرسـنه وتشنه، واقعاً
تهوع‌آوره.

جلوی غار، بچه به‌بغل چمباتمه میزنم! از چشما و دماغم آب روونه. دستمالایی
که توی جیب پالتو داشتم، همه خیسن. خدایا یعنی ممکنه یک‌بار دیگه آفتابو
ببینم؟ پاهام از سرما بی‌حسه و خیلی وقته که انگار آدرسشونوگم کردم! نمیتونم.
نه میتونم داخل غار بشـم، نه بیشـتر از این، به‌این حالت، روی برف، ولو شم.
دیگه حس و حال به‌طورکلی ندارم. هم الانه که خسرو از بغلم بیافته. داویت هر
دومونو بغل میکنه. ولی اونم سرمازده‌ست.

ـ من میرم توی اتوبوس!

صدامم انگار از لابه‌لای یخ و قعر یخچال میاد بیرون.

ـ اون تو زمهریره آبجی. سـرکار شوما به منزل حالی کن! تو ای لامصب،
فقط دودش کور میکنه، تو ماشین سگ‌مصب زبونم لال یخ میزنین. صب

سیاه و چوب شـدین! آبجی بالاغیرتاً مارو تو خنسی ننداز! سرکار شوما
میفهمی حاجیت چی میگه؟ بی‌زحمت حالی کن.

تو دلم اشـک‌ریزون میگم: شـانس آوردی یخ زدم و جون ندارم، وگرنه جلوی
همه‌ی اینا چنون حالتو میجوریدم‌که کیف‌کنی! احمق!

ـ میخوای بگی شب این‌جاییم؟ پس دیگه امشب نفتکش نمیاد؟

ـ می‌بینی که نیومده دیگه!

ـ سـرکار، دواش را رفتنه! تا خود صب باس را بریم. وَرنه، صب، سـیا و
خشکیم

یکی از مسافرا در حال درجا زدن و هوکردن توی دستاش، این نسخه‌رو برامون
پیچید

ـ آبجی، چادری، چادرشـبی اگه تو بساطتون دارین، بپیچ به بچه و ببند
پشتت. بعد پتورو روش بپیچ دورتون. را بورو و یا پاهاتو بکوب به برف. هم
خودت گرم میشی، هم بچه بَسَس و گرم.

نسخه‌ی مسافر دیگه!

ـ سرکار، اگه مارو قابل میدونی، یه چادشب مال والده‌ی آق‌مصطفی، بالا
رو باربنده. بدم؟

و منتظر جواب نمیشه و داد میزنه:

ـ اکبر... پسـر، دِکجایی؟ یه توک پا بپر بالا. اون چادشبو از زیر سفره‌ی
مشـمایی بکش بیرون برا منزل سرکار! بدو بجُنب پسـر. دِ هِه! پس چرا
خودتو ای ریختی کردی؟ چراکاکا سیا شدی؟

اکبر بیچاره هنوز جون داره از نردبوم پشت ماشین بالا بره؟ و میره!

ـ همین دَم، زیر باربنده! بکش دیگه. بَه... انگار نون نخوردی!
بیچاره... مگه خورده؟

ـ مَطَل چی اونجا مجسمه شدی؟ دِ همون زیره... بکش بیرون.

اکبر اون بالا، یه پا روی پله‌ی آخر ماشـین، پای دیگه روی سقف، پالتویی که

معلوم نیست متعلق به کیست، به تنش زار میزنه. نه دکمه‌هاش در جلو بهم بسته میشه، نه آستیناش از آرنجش پایین‌تر میاد! دامن پالتو هم یخ‌زده. عین دو تخته‌ی سیاه از دو طرفش آویزونه!

ــ بفرما...

و چادرشــبو میده. نه من نه داویت، هیچ‌کدوم نمیدونیم چه‌طور دســتورالعمل مسافر همراهو انجام بدیم. طرف مربوطه، جلو میاد در حال درجا زدن، میگه:

ــ با اجازه‌ی سرکار!

خسروورو که لای چندین کهنه پیچیدم، روی پشتم قرار میده و هر دومونو عینهو دلمه‌ی کلم میپیچه! و با یه گره‌ی بزرگ روی شــکمم، کار بســته‌بندیو به اتمام میرسونه! همین‌طور که درجا میزنه، میگه:

ــ بفرما. حالا را برو، یا مثه من درجا بزن! بچه جاش راحته. خودتم دستاتو هوکن گرم شی!

ســاعت نداریم، اما مدتاست که شبه! غار دیگه دود نداره. راننده، لیوان حلبی به‌دست، به حالت خمیده از غار خارج میشه. از روی لیوان بخارکمی بلند میشه. اونو به‌دستم میده.

ــ بفرما آبجی. با اجازه‌ی سرکار، آب داغیه توفیه‌ی شوفِر. هه هه هه، برگ سـبزکه پیدا نمیشه، هیچی، سر شاخه‌های درختم که از برف بیرونه، انقده خیسه بدمصب، که سه ساعت میکشه خُش شه تا اَلو بگیره.

ــ خیلی ممنون. این جاها چه‌طوره که درخت پیدا نمیشه؟

ــ زیر برف آبجی!

هر بار میگه آبجی، قیافــه‌ی آبجی با اون کلاه‌گیس عین نمدش زیر چارقد، و یه تخم چشم ســفید و کور از آب مروواری، و چشم آب‌چکون دیگه کنار اجاق هیزمی، در آشپزخونه‌ی قدیمی مامانجون میاد جلو چشمم.

ــ مگه الان چقدر برف رو زمینه؟

ــ اگه کمشــو نگم، جخ پَن شیش مِرتی میشه! ای سرشاخه‌ها که داریم اَلو

میزنیم، اَ توک درختای گنده که تموم هیکلشون اون زیره میکنیم!
در اتوبوسوکه یخ‌زده به‌زور وا میکنه. میگه:

ـ سـرکار اگه از تو ماشین لوازم لوازم میخوای وردار، بیاین تو ای سوراخی. تو ماشین یخ میبندیم خونتون گردن حاجیتون و میگیره! هه هه هه.

***

شـبو چه طور از سـر میگذرونیم، خدا میدونه. فقط اون میدونه چه قدرتی در وجود مخلوقش گذاشته! هوا گرگ و میشه و سرما کولاک میکنه که صدای جیغ و وحشت بلند میشه! دستام کجان؟ یعنی هنوز صاحب پاهام هستم؟ حتماً یخ‌زده و چوب شده؟ حسشون که نمیکنم. داویت بغلمون میکنه.

ـ ای‌ی‌ی‌ی... پام! چه خبره؟ کسی پرت شده؟

نمی‌تونم روی پاهام وایسم. صدای همهمه و داد و فریاد و فحشای چارواداری.

ـ چه خبر شده؟

از میون داد و بی‌دادها اونچه مفهومه این‌که کسی شب از سرما سیاه شده و دیگرون که قِصِر در رفتن و هنوز کاملاً رنگشون برنگشته، مشغول درمونش هستن.

*****

یک کامانکار ارتشـی، اتوبوس مارو بالا میکشه، صدای موتورها جگرخراشه. و این‌طـور که از میون برف که همچنون میباره، به چشـم میاد، یه نفتکش هم لاک‌پشت‌وار جلوی این کاروان نیمه‌جون راه وا میکنه.

ـ اون که از سرما سیاه شده بود، خوب شد؟

ـ نمیدونم!

ـ تو اتوبوسه؟

ـ نمیدونم!

یک بطری دیگه برف آب‌شده و نشده برای کودکمون درست میکنم و دهنش میــذارم. رنگ صورت طفلک معصومم با برف تقریباً دیگه فرقی نداره. حتی گریه هم نمیکنه. رمق نداره که صدای اعتراضشو بلند کنه. میبوسمش. چشماشو،

دماغشـــو، گونهها، لبا وگلوشو، که هر وقت به این نقطه میرسیدم، از خنده ریسه میرفت. ولی حالا، فقط گوشه‌ی لبش کمی بالا میره. اشک داغم روی صورتش میریزه. حتماً پوست نازک اونم میسوزونه، بدتر از صورت خودم. با آستینم فوری، اما خیلی یواش پاکش میکنم. میترسم پوستش تَرَک ورداره.

– من به تو چی بدم، عزیز دلم؟

– ببخشین. شما قند تو دستگاتون پیدا میشه؟

راننده از جیبش سه چهار حبه قند و یه آب‌نبات در میاره.

– بفرما...

فوری سر بطری‌رو وا میکنم و اونارو تو آب یخ میریزم. پستونکو سرش میزارم و تکون میدم. نمیتونم. فکر میکنم دارم تکون میدم. با دو دست یخ‌زده میدم داویت، پس از چند حرکت میگیرم و میذارم دهن خسرو که به‌زور مِک میزنه! خدایا، حتی رمق نداره با گرسنگی و تشنگی، پستونکو مِک بزنه.

– بخور عزیزم، بخور عمرم. داریم میرسـیم. داریم میریم و میرسیم و بهت غذا میدیم.

آهسته آهسته مِک میزنه، چشماش بسته‌ست. خدایا، نمیره!

– داویت... نیگاش کن.

– نترس آبجی. هول نکن. قند، نعشـه‌ش کرده! الانم خوش خوشه! داره کیف میکنه.

صورت‌مو به دهنش میچسبونم. داره نفس میکشه. با لبای داغمه‌بسته میبوسمش.

– ببخشین. یادم رفت تشکر کنم. خیلی ممنون از قند.

این دفعه که بیدار شد آب‌نباتو بهش میدم تا به آبادی برسیم.

– راستی، اون سرمازده‌هه خوب شد؟

تو آیینه نیگام میکنه. اون دو چشم مورب وحشیو هم در انتهای ماشین میبینیم.

– ایشالله خوب میشه!

– تو اتوبوسه...؟

ـ هه هه هه... همون جا مقیم شده تا فامیلاش برسن.

به داویت نیگا میکنم. چشماشو میبنده و علامت میده که:

ـ مُرد...!

ـ ای وای...

و چنون آه از نهادم بر میاد که چشمای مـوربرو در تَه اتوبوس به حالت تمسخر، خندون میبینم. از حرکت ناگهانی‌ام و از فریادم خنده‌ش گرفته.

***

به نظرم ظهر، یا بهتره بگم عصره که به آبادی رسیدیم. آثار شهریت درش بیش از آبادیه. بالای دری روی گچِ دیوار نوشته: «نمازخانه‌ی سربیشه».

ـ چه قدر میمونیم؟

ـ ســرکار الانه دیگه غروب میکنه. شب همین‌جا تخت پوست میندازیم. سحر، خدا بخواد بی‌حرف پیش، میکوبیم طرف بیرجن. که به تاریکی شب نخورده برسیم اون جا.

ـ اگه آتیش، بخاری، کرسی، چیزی این‌جاها پیدا شه، خیلی خوبه. و چیزی برا خوردن.

ـ سرکار، شوما بفرما بیشین همین‌جا تا خبرت کونیم!

داد میزنه:

ـ زوّار امام هشتوم! نماز قضاهاتونو همه‌رو همی ای‌جا بخونین، که دیگه بدهی نداشته باشین! خودتونو خوب گرم کونین. به شیکماتونم برسین، یه چورتم خواب، و بعدِ نمازِ صُب، میزنیم به جعده و شلاقی میکوبیم تا بیرجن. همین‌طور که مسافرا دارن میرن پایینَ، میگه:

ـ خیر پیش!

و خودشم میره پایین.

ـ اکبر. تورو خدا برو خودتو خشک کن. این پالتوکه از آب شده هفتاد من!

ـ هه هه هه. ما از ایناش زیاد دیدیم آبجی! بدتر اَ ایناشم دیدیم!

در اتاقی که راننده برامون گرفته منقلی پر از آتش درگوشه‌ای، با یه قوری سیاه شـده‌ی حلبی، و یه کرسی به اندازه‌ی جعبه‌ی رادیوگروندیک گوشه‌ی دیگه که بسیار دعوت‌کننده‌ست؛ لحاف نازکشو بلند میکنم. وای خدای من، چه موهبتی، مرسی. یه منقل هم زیرکرسیه. گرم و نرم!

اولین کاری که میکنم، خسرورو زیر لحاف میکنم و هر اونچه به تن داره در میارم و از لباس وکهنه و شـلوار لاستیکی که تو چمدونش فقط دو سه تا باقیه، تنش میکنم

تقه‌ای به در میخوره:

ـ سرکار، بفرما. نون، چایی داغ و سرشیر!

داویت درو وا میکنه و سینی‌رو ازش میگیره. میپرسه:

ـ شیر برا بچه ندارن؟

ـ نع... اما عوضش آبگوشـت داره. گفتم ملاطشـو خـوب بکوبه بیارم خدمتت.

می‌گم:

ـ عیب نداره. آب گوشت میدم بهش.

داویت میگه:

ـ فقط مونده چلوکباب بهش بدیم!

ـ به اونشم میرسی سرکار. تو ای‌جاها حیووناشون بهار و پاییز شیر میدن. ای سرشیرم که میبینی، پاییزه‌س. میبینی سفت شده، اما بدمصب مزه داره. بده بچه بخوره جون بگیره.از رمق رفته. میبخشی آبجی، و میره!

درو پشت سرش میبندیم و سـینی‌رو روی کرسی میذاریم. سایه‌هامون توی نور چراغ زنبوری که با فس و فس یک‌نواختی از روی طاقچه، نوری شـیری‌رنگ پخش میکنه، روی دیوار مقابل به بزرگی مجسمه‌های وسط میدوناست.

سرشیر، ورقه‌های روغنی سوراخ‌داریه شبیه اسفنجای دریایی! درنظر اول سفت و سخته، اما زیر دندون، چه نرم و خوشمزه و خوش‌بوست، و با نون ساج بسیار

میچسبه. از اون لذیذتر چایی داغ، که بخارش دماغ سرخ‌شده‌ی منجمدمونو آب میندازه و نعلبکی پر از قند کنارشه. خسرورو نیگا میکنم. فقط صورت کوچولوش از زیر لحاف بیرونه و لُپاش گل انداخته.

خدای من، مرسی. پسرم زنده‌ست و سالم. کاش بیدار بشه. از آب آبگوشت کمی بخوره تا سرد نشده.

تقه‌ای به در و بوی آبگوشت قبل از خودش، اتاقو پر میکنه. آش و سوپ و آبگوشت، غذاهایی که هرگز لب نمیزدم. به خصوص آبگوشت. و بوی چربی اون موجب حال بهم خوردگیم میشد! در بیابان لنگه کفش کهنه نعمته. سینی حاوی دیزی، پیاز درشت و نون ساج و تُرُب، معده‌مونرو حسابی تحریک میکنه.

ـ بفرما... با اجازه.

ـ ممنون. شمام بفرما یه لقمه با هم بزنیم.

ـ زت زیاد سرکار. شوما بفرما راحت باش با منزل و بچه. مام بریم بچه‌مونو شوم بدیم! ها ها ها...

باز اون خنده‌ی مهیبشو سر داد! با تعجب نیگاش میکنم. میگه:

ـ اکبر دیگه آبجی! لقمه دهنش نذاریم، تو نمیری سرکار لب به هیچی نمیزنه. اگشنگیم بمیره‌ها...!

ـ اونم بگو بیاد همین‌جا.

تو دلم میگم: بیا، فقط نخند. میگه:

ـ بفرمایین. کرسی گرمه، بفرمایین.

ـ با اجازه. مزاحم منزل نیسیم؟

ـ مزاحم هیچکی نیستی. بفرما. دیگه ما تو این سفر فامیل شدیم.

اکبرو دم در صدا میزنه.

ـ بفرما... آق عبدالله؟

ـ سینی تو وردار بیار خِذمَتِ سرکار. پدرام‌ورزیده بیا که دعوت داری! ها ها‌ها ها. بیا زیر سایه‌شون شومتو بزن! پیاز و تُرُب یادت نره!

اکبر با پاهای لخت، گالشاشو جلوی درگاه در میاره، با خجالت و حجب پیش
میاد. سینی رو روی زمین، قسمت پایین کرسی میذاره.

ـ بذا بالا بابا... به به... دس مریزاد، باغت آباد شه، عجب پیازای تورتی!
در حالی که این حرفارو میزنه، با مشت میکوبه روی پیاز. همگی دورکرسی
میشینیم و مشغول میشیم. پسرم بیدار شده، پتوشو دورش میپیچم، درآغوشم
میگیرم و قاشقی از آب آبگوشت، فوت میکنم و میذارم دهنش. کمی مزه مزه
میکنه و بعد با لذت میخوره.

ـ سرکار، ما اهل بروجرتیم. او طرفا گذارت اوفتاد، حاجیت رو چشش
میذارتت. تو نمیری خیلی مردی. ما مخلصه هر چی معرفت دارشه، هسیم،
به مولا کرتیم، سرکار. اومدی اوجا، والدهی آق مصطفی تو نمیری، اَ
شیر ماکیون تا جون آدمیزاد برات فراهم میکونه! اکجاشو دیگه نپرس!
کرموشاهی خُلَصه.

لقمه ای گنده از تلیت آبگوشت تو دهنش میذاره، و در حال جویدن با دهن پر
میگه:

ـ آبگوش بی ماس و تُرشی، آبگوش نمیشه!
و تکه ی بزرگی نونو میکنه وسط گوشت کوبیده و میچرخونه، و لقمه ای به بزرگی
یه مُشتو به راحتی تو دهنش جا میده. سرشو در حال جویدن به علامت نفی
تکون میده و با همون دهن پُر میگه:

ـ نع ع ع ع ع ع ع... فرخلقا خانم، جای دست پنجول شوما ای جا خالیه...
ها ها ها...

لقمه رو فرو میده!

دستمال ابریشمی خیلی بزرگی با راه ای باریک سیاه و سفید، از جیبش میکشه
بیرون و سبیلا و دهنشو پاک میکنه، و دوباره فرو میکنه توی جیبش. با خنده ای
طلایی. دندونای طلاش برق میزنه! میگه:

ـ ای لقبو ما بـه والده ی آق مصطفی دادیم! ها هـا ها... خدا وکیلی،

نه‌نه‌مون سِلیقه‌ش خیلی مَشتی بود، که فرخ لقا خانومو، برامون پا سفره‌ی عقد نشوند!

اکبر با حالتی خِجول نیگاش میکنه، در حال جویدن نون وگوشت کوبیده، همراه خِرت وخِرت، جویدن پیاز و تُرُب، محجوبانه، لبخند میزنه!

ـ مام تو فِرکیم، پامون که به صحن مطهر رسید، اَحضرت یه عروس تو پولی، سرخ و سفید ـ می‌بخشی آبجی ـ با اجازه، واسه‌ی ای اکبریمون دس و پا کونیم! میگَن هیشـکی تالا دس خالی اَ... حرم ایشون بیرون نزده. یعنی حضرت، علیه‌موس‌السلام قربونش برم، نه تهنا سفره‌ش واز‌ه، دست و دلشم واسه‌ی حاجت دادن نمیلرزه! میگَن اَ تو التماس، اَ حضرت هِبه!

ازگوشه‌ی چشم به اکبر نیگا میکنه و چشمک میزنه، برق جواهرات درون دهن، از لابه لای سیبیل، چشمو میزنه. معلوم نیست سرخی گونه‌ها و سر دماغ اکبر، از خِجالت و شرم حضوره، یا از سرما.

***

به نظر میاد زِوّار مُحترم فعلاً اتاق وکرسی گرم و نرمو به زیارت حضرت، ترجیح دادن. با تموم اخطارهای دیشب راننده، در مورد ساعت حرکت امروز سحر، بلافاصله پس از نماز، به جز پنج شش نفر، کس دیگری آماده‌ی رفتن نیست!

ـ زکیسه!

فریاد راننده، همانندگوله‌ی توپ شرپنل، در هوا منفجر میشه! زِوّار دست به لیفه‌ی تنبون، و در حال گِره زدن چادرشب، و بقچه بندیل، و پاکردن لنگه به لنگه‌ی کفش وگالش، به حالت نیمه دو، خودشونو به اتوبوس میرسونن.

برف هنوز میباره، همراه بارون، زمین جا به‌جا، گِل و شِل سیاه، قاطی برف سفیده. خورد شدن یخو زیر قدمامون حس میکنیم. نفس و بخار دهن و دماغا، آدمو یاد اسبای اسب‌دوونی میندازه.

خدارو شکر، رنگ و روها نشون از شکم سیر و استراحت کامل ـ در حد امکان ـ داره! مراسم هندل زدن اکبر از بیرون وکوشش راننده پشت رل، در حالی که زیر

لب و سیبیل به زمین و زمون، و به خصوص اکبر بخت برگشته بد و بیراه میگه، نمایش فرح‌بخش صبحگاهیه، که شدیداً مراتب انبساط خاطر زوّار محترمو فراهم میکنه

ـ اِ... سگ مصب... سر صُبی چرا خنس‌بازی درمیاره؟ دِ... اکبری، نکنه موتور دیشبی یخ‌زده باشه؟ پسر، مگه بی‌پدرو دیشب گونی پیچش نکردی...؟ دِ... نوکرتیم، فقط خودت چیدی زیرکرسـی، ای حیوون بدبختو، لخت و عور ول کردی زیر برف و یخبندون...؟

***

چند روزه تو راهیم، خدا میدونه! قرار بوده حداکثر چهل و هشت ساعته به پابوس حضرت نائل بشیم. سفر مکه‌ی مادر بزرگم، سالی دور هم با این همه اشکال و دردسر روبه‌رو نشده بود.

ـ تا حالا نصف راهو اومدیم، یا هنوز نه؟

ـ بی‌حرف پیش، به گناباد و بیدخت که برسیم، جخ کمر راهو شیکَسیم!

ـ چه قدر مونده تا به اونجا برسیم؟

ـ همی قَدِه که اومدیم. ها ها ها. خیالت تخت آبجی، دیگه گردنه مردنه‌ی نفس‌بُر و آدم‌کش، سر راه، نَریم! حاجیت میداره پُشتش و قرقی میریم. تا لا که بد نگذشته! ها ها ها شوم دیشبی قبراقمون کرده. ها ها ها! گردنه‌ی نفس‌بُر نداریم، اما این ابوطیاره، توی این همه چاله چوله‌ی جاده و برف و بارون، با چه سرعتی میتونه بره؟

راننده، آبگوشت میل فرموده؛ ماشین چی؟ انتظار معجزه‌ای از این امامزاده میشه داشت؟ چطوره تا به‌حال هیشکی به فکر اختراع بخاری توی اتوبوس نیفتاده؟ باوجود «کلم پیچ» دوباره‌ی خسـرو، این‌بار نه در پشتم که در آغوشم، با چادر شب راننده و پتوی خودمون، پاهام یخ زده.

ـ شهر بعدی بیرجنده؟

ـ بی‌حرف پیش. بارندگی هُرمش بیفته، نُماز شبو بیرجن میخونی! ها ها ها ها...

تو آیینه رو به داویت با لبخند استهزاآمیزی چشمک میزنه و میگه:

ـ اهل این حرفا که نیسی، هَسّی؟ ها ها ها... بِت نمیاد.

ـ پیش بیاد، چرا نه...؟

می گم:

ـ ما داریم میریم مشهد زیارت!

با ناباوری نیگامون میکنه و لبخندش، سیبیلشو به حالت اُریب، زیر دماغش میکشه. خنده‌ام میگیره. صورتمو به طرف پنجره‌ی کنارم میچرخونم. آب و یخ و برفیه که به شیشه‌ی پنجره میکوبه!

ـ سرکار، فامیلا به سلامتی مَشَدن؟

ـ نه... ما میتونستیم از راه کرمان بریم تهران، ولی فقط به خاطر زیارت امام رضا از این جاده اومدیم... نه فامیل مشهد داریم، نه کسی‌رو میشناسیم. بار اولیه میریم مشهد!

با آرنج به پهلوش فشار میارم که دیگه ادامه نده! میترسیم صحبت به دین و مذهب و این حرفا بکشه. قیافه و سیبیل اُریپ راننده‌رو مجسم میکنم، وقتی بفهمه طرف ارمنی هم هست و با این زحمت و مشقت داره به زیارت امام مسلمونا میره!

ـ وای‌ی‌ی‌ی...

ـ یا مرتضی علی...

ـ یا ضامن آهو...

ـ وای‌ی‌ی‌ی...

ـ یا حضرت عباس...

ـ وای‌ی‌ی‌ی...

فریاد همگان به محض تکون شدید اتوبوس و یک‌وری شدن و تلق تلق اتاقش که انگار هم الان از هم میپاشه، خوشبختانه، گفتگورو قبل از این که به جاهای باریک بکشه، قطع میکنه. با تشکر قلبی از جاده و دست‌اندازهاش. صدای فریاد غیرعادی موتور، کوشش بی‌فایده‌ی راننده‌رو میرسونه.

ـ مصب تو شکر، آخه سگ‌مصب بی‌پدر، اینو میگنش جاده...؟
باز باید از تو رودخونه رد شیم.

ـ دِکیسه! سیل و باش... بَک هی... مارو باش... زِکی! مالیدی. گفتیم دیگه کوه و کمر نَریم... زِکی. سنگارو باش! سگ‌مصب و زدم، اَکنارش رد کنم ها... بگو بغل سگ مصبش خندقه!

ماشین خاموش شده، شاید بنزین نداره. راستی این کِی بنزین میزنه؟ حتماً وقتی همه‌رو پیاده کرد.

ـ مصبتو شکر. بزن پایین ببین فنر نشکسه باشیم. بی‌پدر! گِل بود به سبزم اضافه شد.

و اکبر، این قهرمان جاده‌های پرخطر، میره پایین و اطراف و زیرو زیر ابوطیاره‌رو بازرسی میکنه. دم در، از همون بیرون میگه:

ـ آق عبدول، یه توک پا تَشیف بیار!

تموم اعضای صورتشو انگار جاذبه‌ی زمین، یه‌دست به پایین کشیده.

ـ آخ، آخ، آخ. به نظرم خبر بدی داره. قیافه‌شو ببین!

ـ به دلت بد نیار جیگر جون.

چه لزومی داره بد بیارم؟ خودش یکی یکی بعد دیگری میرسه. از فکرم خنده‌م میگیره.

ـ به قیافه‌ی اکبر میخندی؟

ـ به ماجراهای گولیور و مارکوپولو میخندم! یادته؟ ماجراهای این سفر مام، کم‌تر از اونا نیست.

ـ زوّار امام هشتم... با اجازه‌ی همون امام که دارین میرین قلفشو بگیرین، فعلندش باس حب صبر بوخورین... انقده باس وایسیم تا دوباره کامیونی، نفتکشـــی، کامانکاری برسه. این تو بمیری دیگه اَ اون تو بمیریا نی! هچل هچلیم

ـ حضت آ... آی شوفور... ما هُب گفتیم و دَر دهنمونو گذاشتیم. اما خودت دیدی بازم ناشکری کردی، بازم کفر گفتی!

باز صدای یارو بلند شد! تموم طول این راه پر دردسر، راننده‌رو چنین خشمگین ندیده بودم. به سرعت از زیر برف و بارون اومد بالا و هندل آهنی‌رو از زیر چارپایه‌ی اکبرکشید بیرون و به حالت تهدید بلندکرد و فریاد زد:

ـ پدرآمورزیده... توکه همش داری شـوکر میکونی. بی بیشین پشت این سگ‌مصب ببینم چه موجِزی میکونی!

ـ صلوات برفسین....

ـ لال از دنیا نری، صلوات بلند ختم‌کن!

ـ اله مصله... ال...

انگار تماشــای دعوا، هیجانش، بیشــتر از اونه که بخوان با یه صلوات، زنگ پایانشو به صدا در بیارن!

***

هوا رو به تاریکیه، در ناکجاآبادی میون دریایی از آب و برف و یخ و سرما. همه توی اتوبوس که یکوری شــده، نشستیم. منتظر. ای‌کاش ورق داشتیم، فال میگرفتیم ببینیم بالاخره کامانکار ناجی زوّار محترم امشب میرسه یا نه! اگه دیوان حافظو دم دست داشتیم و وا میکردیم و مثلاً میگفت:

یوســف گم گشــته باز آید به کنعان غم مخور، از این انجماد و خلق تنگی در میومدیم شایدم میگفت: هنوز وقتش نشده!

خوشــبختانه توی ترموس آب قند داریم؛ تو بقچه، نون و پنیر و گوشت کوبیده. فقط تخلیه‌ی بعدش زیر برف و بارون و تورّگل و شُل، کار حضرت فیله!

ـ آقا... کجا میشه دست‌نماز گرفت؟

ـ میخوای دس‌نومو بگیری، یا دس به‌آب برسونی؟ موال میخوای بری سید؟ سؤال‌کننده سکوت کرده!

ـ پایین، زیر باد و بارون و برفی، اگه میتونی بکشی پایین و... لاالله الی ل له. آخه پدرآمورزیده چش داری، میبینی، میخوای موال بری، این در اینم بیابون خدا، لَبِّ لَبِّ آبه، تا دلت میخواد، دست‌نوماز بگیر و دس به آب برسون. که

دیگه تا آخر عمرت حسرتشو نکشی. چرا اَ حاجیت نشونی میگیری؟ ضامن موال رفتنت ماییم؟

ـ بیخود جوشی نشو بابا، بیچاره خواس از شوما اجازه بگیره.

باز تو آیینه مارو نیگا میکنه و از داویت تصدیق میخواد!

ـ نه آخه... جون حاجیت میبینی سرکار؟ تورو جدت دُرُس نمیگم؟ آخه تو این گل و شُل، کی میره دِسِ‌نوماز بگیره؟

جد داویت! از خنده غش میکنم، سرمو لای کتش قایم میکنم.

ـ مرد میخوام توک پاشو اَ ای پله بذاره پایین!

و رو به سؤال کننده‌ی بینوا تو آیینه میگه:

ـ خوش دارم بری پایین.

و محکم میزنه روی رِل!

ـ ده بیا دِ... دِ پس چرا پس زدی؟ پات به پله‌ی دویوم نرسیده سیل بردتت. یکی‌روکه اون دنیا فرسـادیم، میخوای دویومیش باشـی؟ بفرما... را واز جعده دراز!

و باز رو به ما آهسته با لبخند و سیبیل کج میگه:

ـ شهید کون بِرَنِه...!

ـ با اجازه... آبجی. میبخشی‌ها. دِ آخه دهن آدمو وامیکنن!

ـ مهم نیست بابا، یه چیزی گفت. از روی احترام از شما پرسید!

داویت، بی‌نتیجه، سعی میکنه راننده‌رو آروم کنه:

ـ شما کوتاه بیا.

راننده دوباره خشمگین تو آیینه نیگا میکنه!

ـ یه لقمه نون و گوشت کوبیده بدم میل کنین؟

جالبه. هم میخنده، هم عصبانیه!

ـ دِست درد نکنه آبجی. نه. اشتهام کور شده... اشتها برا آدم نمیذارن که!

***

پشت نفتکشی روکه مارو میکشه، از شیشه‌ی جلوی اتوبوس و توی نور چراغای بی‌نورش میشه دیدکه یه لحظه هم صاف و مستقیم نمیره! دائم کج و راستُ میشه و حرکتمون لاک‌پشت‌واره. شتکای آب در پشت نفتکش، بیشتر نشون‌دهنده‌ی قایق‌رونی در دریاست، تا رانندگی در جاده!

به نظر میادکه از دروازه‌ای گشاد وارد محوطه‌ای میشیم. نیگر میدارن.

ـ سرکار، اینجا بیرون شهر بیرجنه. کاروانسرای بدی نی. همه چی داره. منزل و بچه‌رو ببر تو اتاقش، میسپورم هواتونو داشته باشن! الانه فِک کونم نصمه‌شبه، شهر سوت وکوره، ما باس بریم فنر عوض کونیم و برگردیم.

از پله‌ی اتوبوس به آهستگی پای یخزده‌مونو پایین میذاریم. وای... انگار تا مُچ تو خمیری شُل فرو رفتیم. تو تاریکی چیزی دیده نمیشه. یه پسربچه با یه چراغ موشی، جلوی دری وایساده میگه:

ـ اَ ای‌وری بیا.

پا چون در گِل فرو رود، مضر حیات‌ست و بیرون کشیدنش مخرب ذات! وارد اتاقی که میشیم، همون دم در زیر نور بی‌نور چراغ موشی که دودش از نورش بیش‌تره، کفش و جورابو رؤیت میکنیم که تا زانو آلوده به گِله. نـ... نه فقط گِل تنها نیسـت! هیچ گِلی به این متعفنی نیست. خدای من... کاروانسرا بیشتر محل اُطراق کاروانای اسب و قاطر و الاغ و شتره. و این بوی مشمئزکننده از مُلاط مدفوع اونا وگِل زمین کاروانسراست. به به... چه کشفی! ـ حالا چیکار کنیم؟

با وجود سرمای زیر صفر، همون‌جا میون درگاه، کفش و جورابو درمیاریم. از پسر بچه‌ی مسؤل نور استودیو دیو دیانا فیلم! که با تعجب نیگامون میکنه، خواهش میکنم یه آفتابه آب برامون بیاره.

هولوف هولوف، گالشـاش تو لجن فروکه میره، صدا میکنه. با این که محلی و مال این‌جاست، به‌سختی راه میره. نور رو توی همون درگاه پشت سر میذاره. با این که گِل و لای کاروانسرا حالتی چسبنده داشت، خوشبختانه چون کفشامون به

پاهای ورم‌کرده و یخ‌زده‌مون چسبیده بود، گِل چسبناک نتونست اونارو از پامون دربیاره.

کفش و جورابارو با آب یخی که پوست دستو میشکافه تا اون جایی که امکانش هست و دستای ورم‌کرده وکرخ، هنوز دردش کشنده نشده، ازگل وکثافت پاک میکنم وکنار منقل آتش گوشه‌ی اتاق میذارم.

چادرشب رختخواب‌پیچو وا میکنیم و از شدت خستگی روحی و جسمی، بدون خوردن لقمه‌ای به خواب میریم. اولین باره که این طور با لباس تموم رسمی ـ پالتو ـ می‌خوابم.

***

صدای وحشتناک حمله‌ی گله‌ای گاو وحشی، همراه با بوی تعفنی غیرقابل تحمل، بیدارمون میکنه. به‌سختی نفس میکشیم، کودکم گریه میکنه. شیشه‌اشو پر از آب قند میکنم و پستانکو سرش محکم میکنم و دهنش میذارم. آتش منقل خاکستر شده و اتاق، زمهریر! به سرفه‌ای شدید افتادیم، هر سه دماغمون به شدت میسوزه. چشمامون هم. خدایا چه خبره بیرون؟ کسانی حمله کردن؟ بلوچا؟ صدای تانکا و زره‌پوشاست انگار. این بوی وحشتناک ازکجاست؟ درو رو با احتیاط وا میکنیم؛ بو، شدیدتر و صدا، رعب‌انگیزتر میشه. جورابای خیس وکفشای خیس‌تر به پا میکشیم. بچه‌رو همون زیر لحاف میخوابونیم و هر دو میریم بیرون. تازه متوجه میشیم دیشب پامونو توی چه منجلابی گذاشتیم. به سختی میشه در میون این کثافت قدم برداشت.

صدای مهیب و بو از بیرون دروازه‌ست. غیر از تعدادی مرغ و خروس و یکی دو الاغ و قاطر، جونداری توکاروانسرا وجود نداره.

ـ بقیه کجان...؟

به‌طرف دروازه با هر جون کندنیه میریم و لحظه به‌لحظه صدا و بو، بیشتر و بیشتر میشه و غیرقابل تحمل‌تر. و دیگه ترسناک. و باز پامون در منجلابی از گل و لای و مدفوع حیوانات فرو میره.

بیرون دروازه...!

ـ ایـن... این چیه؟ رودخونه‌سـت؟ چه پهنـه...؟ رودخونه طغیان کرده
و اتوبوس و زوّاررو هم برده... این سـیله... وای...نیگا کن... این سـیله یا
رودخونه...؟ اوا، گاوه‌رو ببین، درختارو ببین.

سرفه میکنم، نفس نمیتونم بکشم.

ـ وای... حالا چی کار کنیم؟ الان میاد این‌جارم میگیره.

یعنی هرکی‌رو تو کاروانسرا بوده، آب برده؟ پسره‌ی مسئول نور هم نیست! اصلاً
هیچکی نیست غیر از ما. پس چطور آب به اتاق ما نرسیده؟

تموم هیکلم میلرزه از تصور غرق در این رودخونه‌ی خروشان! کارون هم خیلی
پهنه، اما اصلاً این طور نمیغلطه و همه چی‌رو با خودش نمیبره! نه... این همون
سیله که این طور گل آلوده و سنگای به این گندگی رو کنده و میبره. بیچاره حیوونا...
وای... بدبخت آدما! یعنی اتوبوس و زوّار و پسره‌ی مسئول نور. وای... خدایا،
همه رفتن؟ غرق شدن؟ تو بغل داویت مثل بید میلرزم و جلوی اشکمو نمیتونم
بگیرم.

ـ وای اکبر نازنین، راننده با اون سیبیل کجش. وای... اون دو چشم مورب
زیبا، دیگه نیستن. دیگه تو این دنیا نیستن؟ پس چرا ما خواب رفتیم؟ عین
اصحاب کهف چندین سال گذشته...؟

نه... همون کثافت دیشب و بوی گندش داره میاد. فقط یه شب گذشته. اینم توفان
نوح نیست. ولی این رود خروشان که با سرعت هر چه تمومتر، اونچه سر راهش
بوده از انسان و حیوون و درختای کهن و سنگای عظیم، رو هم میغلطونه و میبره،
پس چیه؟

***

در طرف دیگه، در ساحل بسیار دوردست، انگار آدمایی وایسادن! به یاد اسکله‌ی
مرغابی در آبادان، کنار شط‌العرب و ساحل دیگرش، بصره میفتم.

ـ به‌نظرم اون اتوبوسـمونه. اون‌طرف و نیگا کن. دارن به‌همون دست تکون

میدن.

راست میگه. اشکامو پاک میکنم. حالا میتونم کمی بهتر اون طرفو ببینم. اوا...
اون اکبره. مام دست تکون میدیم، جیغ میکشیم. خودم هم صدامو نمیشنوم. توی
این دریای خروشان، حالا دیگه از خوشحالی نمیتونم جلوی اشکمو بگیرم. و زار
میزنم. سرمو روی سینهش میذاره و میبوسدم. با تموم وجودم زاری میکنم و بدون
هیچ خجالتی فریاد میزنم. محکمتر تن لرزونمو به خودش میفشاره. با دستاش
موهای پر از ماسه و خیسمو از صورتم کنار میزنه و با بوسههاش آرومم میکنه.

در طرف دیگه، زوّار امام رضا، راننده و اکبر، با فریادهای از بیخ گلو، و حرکات
غیرعادی، دست و سر و گردن وگاه تموم هیکل، سعی میکنن چیزهایی بگن و
اشاراتی میکنن، که در میون صدای هولناک سیل خروشان، و غلطاندن سنگای
عظیم و دار و درخت و حیوان و انســان، نه میشنویم و نه با حرکاتشون آشنایی
داریم تا بفهمیم منظور چیست و تکلیف ما...؟

تاکی باید این صدا و بوی عفونتو تحمل کنیم؟ دور از بقیه، و از همه مهمتر، دور
از وسیلهی نقلیهی نازنین مون!

– ارتش اینجا پادگان نداره؟

– حتماً داره جیگر جون.

همینطور در آغوشم گرفته و از موقعیت اضطراری نبود مزاحمین استفاده میکنه،
جوابم با بوسههاش همراهه.

– کاش میشد یکی خبر میداد ما اینجا موندیم، شایدکمک بفرستن!

– بدم نمیگیها... ولی چهطوری به راننده یا اکبر بفهمونیم؟

صدا به صدا نمیرسه.

– بچه... وای، خسرورو تنها تو اتاق گذاشتیم.

با وســواس و دقت فراوون قدم بر میداریم که تا اون جایی که مقدوره، تو
کثافت فرو نریم!

– میخوای بغلت کنم؟

ـ نه... دارم میام.

به در اتاق که میرسیم، مرغ و خروسا با سـر و صدا و پَرپَر زنون از اتاق میپرن بیرون! دوستان، سفره‌ی نون وگوشت کوبیده‌ی باقی مونده‌رو واکرده و پذیرایی شایانی از خودشون کردن!

ـ کیـــش... کیش. اِ، اِ... بابا اینـا دیگه چه جونورابین. اوا، تا حالا مرغ و خروس دیده بودی گوشت کوبیده بخورن؟ اوا، نیگاکن! هیچی به حق خدا باقی نذاشتن. واه واه، از پیاز و تربم نگذشتن!

گرمی اشکمرو، روی صورت یخزده‌ام حس میکنم. سرما، بو، تنهایی، گرسنگی، تشنگی، و از همه بدتر و غیرقابل تحمل‌تر، کثافت و عفونت. حالم به‌هم میخوره.

ـ آخه زیارت اومدنت چی بود؟ مشهد تابستون میان، که هم از هواش لذت ببرن و هم از میوه‌هاش. نه سر سیاه زمستون، اونم از این به‌اصطلاح جاده! درآغوشم میگیره. اشکامو مینوشه. اما من دچار جنون هیستریکی شدم که به‌هیچ‌وجه نمیتونم جلوی هق‌هقمو بگیرم. اون‌قدر سر و صورتمو میبوسه تا آروم میشم.

***

نزدیک غروبه یا شب، یا خدا میدونه چه وقت و زمانی. تقه‌ای به‌در میخوره. از خواب، یا بهتره بگم از بی‌هوشی در میآییم.

ـ سرکار... سرکار، سرکارگوشت به‌ماست؟ سرکار، ارتش کامیون فرستاده ای‌طرف برات! بفرما سووار شو بریم شهر!

به‌هم نیگا میکنیم. دچار خیال شده‌ایم؟ چه رؤیای زیبایی.

نه، دوباره همون صدا، این‌بار بلندتر از پشت در میاد، که از ترس سیل و حمله‌ی حیوانات، عین در قلعه، چفت و بست‌زدیم.

ـ اکبر تویی...؟

ـ به... خدایا شکرت.

فریاد میزنه:

ـ آق عبدول... زندَن. زِندَن. بابا سـرکار زَهله‌مونو ترکوندی! پاشـو سرکار، ببین

چه ماشینی آوردیم ببریمت. مشتیِ مشتی. قشون برات فرستاده. پاشو، زوّار منتظرن!

هر چی میگذره، بیشتر معتقد به ارتباط امواج مغزی میشم.

ـ کاش یه چیز دیگهای میخواستیم!

ـ چی از این بهتر؟

ـ یه حموم داغ.

سوار میشیم. کامیون بهطرف بالا، موازی رودِ هنوز خروشان، حرکت میکنه.

ـ این رودخونه همیشه همینطوریه؟

راننده که به نظر نمیآد محلی باشه، میگه:

ـ نه خانوم. این رودخونه نیست. این خندقه که دور شهرکندن، برای همین که سیل، هر سال زمستون شهررو زیر و رو نکنه، و مردم در امان باشن!

چه لفظ قلم حرف میزنه.

ـ شما مال اینجا نیستی؟

ـ نخیر. محل خدمتم اینجاست. از تهران فرستادنم!

کامیونو آهسته آهسته به طرف خندق سرازیر میکنه. پهنای خندق بسیار زیادتر از جاهای دیگرشه، ولی آب اونطور دیوانه و خروشان نیست.

قدم بهقدم به آب میزنه، آب پایین رفته و دیگه اون زور و فشار و سرعتو نداره. یا لااقل در این قسمت آرومتره. با این حال کامیونو به چپ و راست متمایل میکنه. گاهی انقدر که فکر میکنم همالآن در آب خواهیم غلطید.

نزدیک اتوبوس، زوّار امام رضا به سلامتیمون، صلوات بلند ختم میکنن! زیبایی اون دو چشـــم مورب وحشیرو، لبخندی به درخشانی آفتاب، صدچندان کرده. همه هیجانزده سوار اتوبوسی میشیم با شاه فنر نو. ایکاش «شاه جاده»ی نویی هم جلومون وا میشد.

***

ـ سرکار، غلط نکنم نظرکرده‌یی. یا خودت یا منزل، باید سید اولاد پیغمبر باشین!

بوی گند میدیم، نه تنها ما، که تموم اتوبوس، اما با این حرف راننده از خنده غش میکنم. توگندآب هم میشه خندید.

ـ چطور...؟

ـ اگه کامیونه ترمز نبریده بود و توگاراج حُسن آقا بیرجندی نمیومد، ما با شوفورش درد دل نمیکردیم که، بابا، سرکار و خونه‌ش او ور آبن و با بچه و زاق و زوق بی‌آب و نون و آذوقه دارن تلف میشن!

حُسـن آقا تو نمیری یه پارچه معرفته، اولندش که اِمرو، جمعس، دویومش نوبت ارتش، دو روز دیگه بود. داسـتون ما به سـر نرسیده بود که آسینارو بـالا زد و عینهو قرقی، رف زیرکامیون! چش به‌هم زدیم، تو نمیری، چرب و چیلی و روغنی، زد بیرون، که «بزن برو نجات غریق»ها ها ها! مام جون شوما، شوفورشـوکه آقای آقا، عینهو دسه‌گل وایساده بود اون گوشه، صدا زدیم و تا نشس، رُلوگرفت تو دسش، ما پریدیم رو ای رکاب و اکبر، رو او رکاب، و اومد ازکتل بالایی که بلد بود، و آب زور نداش، به آب زد و اومد طرف کاروونسرا.

ـ خوب... داشَم اینو چی میگی؟ یا حرضت دارتت، یا مرتَضی‌علی نظرت کرده!

به‌نظر میاد تموم زوّار محترم در سـکوت کامل اسـتراق سمع میکنن و به‌همین مناسـبت و به‌افتخار این ارمنی نظرکرده، صلوات بلندی ختم میشود و لقمه‌ای چاق و چله محتوای چی؟ خدا میدونه، از ته اتوبوس تقدیم حضورش! به پهلوش فشار میارم که حرفی نزنه. همگی لبخند میزنیم.

***

بارون همچنون میباره، گاهی بند میاد؛ اما از آفتاب خبری نیست. ابرها ضخیم‌تر از اون هستن که راهی برای آفتاب واکنن. حس میکنم حتی مغز استخونام خیسه!

ـ وای... کاش برا بچه شیر میخریدیم. ببخشین میشه تا از شهر بیرون نرفتین، یه جا نیگر دارین شیر بخریم؟

ـ میبخشی آبجیها. ما که عرض کرده بودیم چلهی زمستون ایجاها شیر پیدا نیمیشه!

ـ آخه نون وگوشت کوبیدهمونو مرغ و خروسا توکاروانسرا خوردن!

در آخرین خیابون شهر، جلوی یه نونوایی نیگر میداره. مسافرها هجوم میارن پایین، خدای من چه بوی وحشتناکی! انگار به بدنم چسبیده. میرم پایین! از قرار همه گرسنه بودن. نونوا خوشحال و خندون، نونای گرد شبیه تافتونو از تنور بیرون میکشه، و روی تختهی جلوی دکون میندازه. دماغمو به طرف نونوایی میگیرم و نفس عمیق میکشم و بوی نون تازهرو تا جایی که میتونم جانشین بوی عفن سرتا پامون میکنم.

خدارو شکر، بارون بند آمده. پولکای تکتک برف روی سر و صورتمون میشینه. تا نون همه حاضر بشه، خودمونو باگرمای نونوایی از یخبندون نجات میدیم. راه میفتیم و در جادهی پر ازگِل پیش میریم.

اتوبوس کمی سرعت میگیره. یکی دو ماشین جلوی ما هستن. چه جالب! بالاخره چشممون به تنابندههای دیگهای تو جاده روشن شد!

اتوبوس ازشون فاصله میگیره تا از گِل بارون لاستیکاشون بر شیشهی جلو در امان باشه!

کمی نون تازه و داغ سق میزنیم! نرمی تافتونو نداره، تکهی کوچکی به خسرو میدم. جمعاً پنج دندون ریز بیشتر نداره، اما نونو به راحتی وبا لذت میخوره. هنوز آبقندکمی توی ترموس داریم، توی شیشهش میریزم و بهش میدم.

باز صدای دردآلود موتور ماشین، خبر از صعود به تپه یاکوهی میده. باز برف شروع شده، هر چقدر بالاتر میریم، شدت برف بیشتر میشه. اتوبوس، لق میزنه، به چپ وراست متمایل میشه، تو چاله میوفته و با صلوات زوّار امام رضا بیرون میاد و به راهش ادامه میده.

سرمو به شــونه‌ی داویت تکیه میدم، چشمامو می‌بندم. از خیره شدن به جاده‌ی پوشـیده از برف خسته شدم. خسـرو هم که در آغوشم کلم‌پیچ شده، خوابه! در خواب و بیداری، صدای راننده‌رو می‌شنوم:

ـ را، همچی خرابم نی. بدتراشور ت کردیم. یکی دو ساعت دیگه بی‌حرف پیش باس «سده» باشیم!

ـ شب می‌مونیم؟

ـ نع... بنزین میزنیم و میریم. قائن بهتره.

صدا دور و دور... و بی‌هوش میشم.

***

ـ پاشو... رسیدیم. جیگر جون پاشو، رسیدیم.

ـ رسـیدیم...؟ وای خدا جونم مرسـی. بالاخره رسیدیم. یه هتل دم حرم بگیر.

ـ نه... مشهد نیستیم. قائنیم. شبو می‌مونیم این جا. پاشو بریم پایین.

چه خوشی زودگذری! ناگهان مثل برف آب میشم.

به طبقه‌ی دوم مسافرخونه‌ای میریم. دو تخت سفری باریک، یه میزکوچیک، یه تنگ آب روش. لامپی بسیارکم‌نور به سیمی از سقف آویزونه.

ـ توالت کجاست...؟

احتیاج مبرم به شست‌وشو دارم. بوی مشمئزکننده‌ی کاروونسرای بیرجندو هنوز از سر تا پام احساس می‌کنم. به طبقه‌ی پایین میرم، جلوی در آهنی مثل درای داخل حمومای عمومی تهران. چند زن وایسـادن، هرکدوم آفتابه‌ای حلبی پر آب در دست.

ـ آب از کجا ورداریم؟

ـ گودال، او وَره!

به‌طرفی که نشونم میده، میرم.

کنار حوض یخزده، و هوای یخزده‌تر، کفش و جوراب غرق کثافتمو به‌سختی در

میارم، دستمو خیس میکنم و به پاهام میکشم. آخ... انگار هزاران سوزن تیز به تموم بدنم فرو میره. جورابا وکفشامو با دستای سرخ وکرخ، تا اونجاکه میتونم مقاومت کنم، میشورم. پای خیسو توکفش خیس‌تر میکنم. کمی دورتر چند آفتابه کنار هم قرار داره. خوشحال یکی ورمیدارم، اگر نبود مجبور بودم تا دم ماشین که نمیدونم کجاست برم و از نردبوم پشتش یکی از آفتابه‌هارو وردارم، مطمئناً با پا وکفش خیس، کلاً سر تا پا یخ میزدم.

دستام قدرت نیگر داشتن آفتابه‌رو به‌سختی دارن. بالاخره نوبت بنده میرسه! داخل میشم.

وای یی یی یی ی... اجباراً خیسی، کثافت و بوی ناخوش‌آیند و بخار درون‌رو تحمل میکنم. بر روی بریدگی زمین که قرار میگیرم، چشمامو میبندم و دماغمو هم، تا جایی که میتونم نفسمو حبس میکنم. چندمین باره و چندمین مکان که مجبور میشم چشما و دماغ و دهنمو این‌طور ببندم؟ و خدا میدونه، چند بار دیگه، در آتیه، تکرار خواهد شد. خدایا، کی این سفر به آخر میرسه؟

بیرون که میام، هوایی‌روکه در سینه حبس کردم، در حالت انفجار بیرون میدم. صورتمو به‌طرف آسمون میگیرم، دستامو وا میکنم، تا بتونم چند نفس عمیق بکشم. برف روی چشم و دماغ و دهنم میچسبه. هوا، به شفافی شیشه و بُرّایی شمشیره.

به‌دوکنار حوض میرم، آفتابه‌رو میذارم، دستارو تا آرنج بالا میزنم و توی آب زیر یخ حوض فرو میکنم. بو در تموم وجودم رخنه کرده؛ بوی عفن. دندونام به‌هم میخوره، وارد اتاق میشم، اشکام صورت یخ‌زده‌موگرم میکنه. خسرورو بغل میکنم و با پالتو، کنارش روی تخت سفری باریک، زیر لحاف میرم. نمیخوام داویت دوباره زار زدنمو ببینه و خودشو لعن و نفرین کنه که هوس زیارت به‌سرش زده و به‌خاطر یه هوس بچه‌گونه‌ی اون، ما این‌طور زجرکُش میشیم.

قبل از ازدواج، در بحبوحه‌ی درگیریا و مخالفتای شدید بابا با ازدواجمون، و اختلاف بسیار جدی و بحرانی روابط زناشویی خودش، تابستون، زمانی که مادر

قهرکرده و به منزل مادربزرگم رفته بود، پدر تصمیم گرفت سفری چند روزه، با من و برادرها، به امامزاده داوود بریم.

وقتی داویت خواهش کرد که اونم همسفر ما بشه و پدر موافقت کرد، فکر کردم برای به‌دست آورن دل پدر و کسب موافقتش با ازدواجمون، به زیارت امامزاده داوود اومده. اما این‌بار که دیگه احتیاجی به‌جلب موافقت یا مخالفت کسی نداشت.

اعتقاداتش برام جالبه. تا جایی که باعث عذاب و احیاناً مرگ نشه.

***

از گردنه‌ای دیگه با آه و ناله‌ی جانسوز موتور به سختی می‌گذریم و در جایی توقف می‌کنیم. سرما هنوز کولاک می‌کنه، اکبر، پیتی پر از آب، روی کاپوت اتوبوس خالی می‌کنه، چنون بخاری از اون بلند میشه، انگار بر روی منقل پر از آتیش، آب ریخته. یه‌بار دیگه اونو پر می‌کنه. این‌بار کاپوتو بلند می‌کنه و به‌خیال این که خنک شده، فریاد میزنه:

ـ آق عبدول، سَمَوَر جوش اومده، بفرما چایی!

جالبه که توی این سرما، با این‌همه مشکلات و فلاکت، این دو نفر، طنزشونو از دست ندادن! پیچ سر رادیوتورو با لنگی که دسته‌ی وا می‌کنه.

ـ هِی‌ی‌ی‌ی‌ی.... ننه‌مُرده، خودتو فدای چایی نکنی!

ـ نه بابا... بی‌خیالش... حواسمون هَع.

ـ اینجا کجاست...؟

ـ بهش میگن «خزری». دیگه بی‌حرف پیش، سرازیر میشیم با سه‌ی گُناباد.

تو آیینه به داویت نیگا می‌کنه. میگه:

ـ سرکار، سیبیلت به اهل حق نمیره. بیدخت زیارت نیمی‌ری؟

ـ زیارت کجا...؟

ـ بیدخت. گناباد.

و حالت سؤالی و تعجب که تو صورت داویت می‌بینه، میگه:

ـ نع. از اونا نیستی. گفتم سیبیلت بهشون نمیره. اونا شارب دارن.

هیچ‌کدوممون نمیفهمیم چی میگه! یهو یه چیزی یادم میاد.

ـ آها... علی‌الهی‌هارو میگین؟

به‌یاد خونواده‌ی آزادعلی در سلطنت‌آباد میفتم که پدرشون سیبیلای آویزون داشت، نه مثل استالین که خیلیم مُد بود. صاحب این سیبیلارو میگفتن علی‌الهی. برق دندونا، از زیر سیبیلش بیرون میزنه. با لبخند میگه:

ـ دِ... نه دِ، نوکرتم! اونا اون‌طرفن، طرفای ما، کرمونشا و خرم‌آبادن، اینا، یه فرقه‌ی دیگه‌ن.

***

ما تو دریاییم یا روی زمین؟ توی دشتی پیش میریم، خوابیده زیر آب. باز تعجب میکنم، چطور جاده‌رو تشخیص میده؟

بچه بیداره و دست و پاشو تکون میده! یعنی دست و پای بچه‌هام ممکنه خواب بره؟ کمی باهاش «دوغی... کشکی... ماست... مشکی» بازی میکنم. بازوهاشو واز و بسته میکنم، بدنش‌و عقب و جلو میکشم. میخنده، اما خنده‌ای بی‌رنگ و رمق. چندروزه که فقط آب قند خورده و نون آجری. آب قند ترموس دیگه ته کشیده، نونای تافتون قائن هم تبدیل به تخته‌سنگ و آجر شده.

ـ گناباد توقف داریم دیگه. نه...؟

ـ اگه دیر برسیم، مجبوریم اطراق کنیم.

اتوبوس ناگهان با حرکتی غیرعادی، متوقف میشه. هر چی راننده گاز میده، صداهای عجیب میکنه و عین قاطر چموش، سر جاش وایساده.

ـ سگ‌مصب، پدر چخی، آخه دیگه چه مرگته؟

و اکبر، این ابر مرد جاده‌های سهمگین، میره پایین. با وا شدن در، سرمای سوزنده، هجوم میاره.

ـ ای‌ی‌ی‌ی‌ی، تورو خدا درو ببند.

پتوها و چادر شب‌و دور خود میپیچیم. جلو نشستن، در عین مزایایی که داره، یه

عیب بزرگ هم داره، و اون، واز و بسـته شدن در، و ورود سرمای زمهریر بیرون مستقیماً به داخله.

ـ آق عبدول... گاومون دوقلو زاییده!

و این صدای مرد پیزوری، اما قوی‌دل جاده‌هاست از وسط یخچال.

ـ چشه...؟ چه مرگشه؟ دیگه چی میخواد؟ سر تا پاشوکه نوکردیم!

ـ نوکرتم، تصقیر این حیوون نی‌که! جسارته. انداختیش تو چاله‌ی هَچَل.

ـ لاالله الاالله، اکبر... یه چش بنداز ببین اصن تو جاده‌ایم یا نه؟ به گمونم انصراف به‌چپ داشتیم! ها ها ها ها.

قهقهه میزنه و میره پایین.

خدای من. از سرما سوختیم! کسی باور میتونه بکنه از سرمام میشه سوخت؟ صد درجه بدتر از آتیش؟

ـ تورو خدا میرین پایین در و پشت سر ببندین.

روی پله بر میگرده، چنون نگاهی میکنه، سوزنده‌تر از سرما! ما چه گناهی کردیم که تو باید توی این سرمای کشنده بری پایین و اشکال ماشینتو پیدا کنی! تموم دستم ترک خورده و میسوزه، لبم هم همین‌طور. لبای خسروی بیچاره قرمز شده. لپاش انگار سوخته، ماکه مثل تو عادت به این سرما نداریم.

ـ برادر... آق عبدول، پدر جان، ای بچه‌رو هی میرفسـی زیر ماشین، تب‌لرزه میگیره میفته رو دَسمون.

راننده رفته پایین و درو بسته و خوشبختانه نمیشنوه!

انگار نه! ! در وا میشـه، شیر خشـمگین بر میگرده، باز مخصوصاً روی پله‌ی اتوبوس لای در وامی‌سته ورو به‌عقب ماشین میگه:

ـ کی بود ترسید؟ نترس پدرم! نترس. ای بچه‌ی بیابونه... اَ ای‌چیا باکش نِی. مثه بچه‌ی شوما نی‌که درو واکونی، بچات!

با آرنجم میزنم پهلوی داویت، یواش میگم:

ـ منظورش ماییم‌ها!

ـ بدبختی! هم زجر بکش و هم لُغز بشنو!

می‌شینه پشت رُل.

اون دو چشم مورّبِ رو خشمگین، همچو ببر درنده در آیینه می‌بینیم!

ـ آق عبدول... آب، بدمصب خیلی بالاس، جخ زورشم بی‌پیر رستم میخواد!

فریاد اکبـــره. راننده با عصبانیت، عین خرس تیرخورده، از جاش بلند میشه.

زیرلب و آشکار، بی‌رودرواسی، فحش میده. چه فحشای نشنیده‌ای! کم‌کم دارم

پی می‌برم به بعضی مَثَلا و جمله‌هـــای رایج، که اغلب برام نامفهوم بودن، مثلاً

«فحشای آب نکشیده»!

یک کُت ســـنگین سیاه داره که پشت صندلیش آویزونه، و الان برای اولین بار،

اونو، رو دوشش یکوری میندازه و میره پایین.

بـــارون، از دوش حموم پر زورتره، و این‌دو، زیر بارش خرده‌یخ، چطور میتونن

اشکالِ ماشینو برطرف کنن؟ هر دو منجمد میشن! ما هم بدون راننده میمونیم تا

همگی مجسمه شیم!

ـ گناه دارن. این بیچاره‌هارو صداکن.

ـ آق عبدالله... اکبرآقا... بیایین بالا. صبر میکنیم شاید کمکی برسه!

ـ از عالمِ غیب؟

ـ بیایین بالا...

و درو وا میکنه که دوباره صداشون کنه، سرما و بارون و یخ، هجوم میاره داخل!

پتورو روی ســـر وکله‌ی بچه و خودم میکشـــم. پاهام عین دو شاخه‌ی خشکِ

درخت تو زمستون، اصلاً حسشون نمیکنم.

ـ آقا عبدالله... پدر جان ســـرکار دُرُس میگه، هر چی باشـــه بیشـــتر اَما

دهاتی‌جماعت سرش میشه. گوش بیگیر بابا، بیا بالا، پدرجان، یخ میزنی،

اون طِپلِ معصومم عاقبت ننه‌شو به‌عزاش میشونی. ای اوتولم رسیدی‌گاراج،

بده دست صاحاب بی‌پدرش، بگوش مال بد بیخ ریش صاحابش. خودتو و

اون طِپلِ معصوم و یه مُشت زوّار بدبختو به کُشتن میدی عاقبت.

طرف، ولکن نیست. افتاده رو دور و هیچ‌کس هم از سرما نای جواب نداره! این دو انگار، هر دو از زیر دوش با لباس کامل برمی‌گردن. موهای فری و مشکی راننده، هم‌چو منگوله‌های پرده، منتهی آب‌چکون، روی صورتش آویزونه! دامن پالتوی اکبر هم مثل دو تا تخته پاره، از پهلوهاش آویزونه، مجبور میشم چادرشبو پس بدیم، خودشونو خشک کنن.

ـ آقا جان. تو ای برف و یخ که نیمی‌شد اوتول تَمیر کرد.

دوباره رفت بالای منبر.

ـ آخه شوما شاهدین، سگ‌مصبو میبینی، چاهو از چاله میتونی توفیر بدی؟ هر چی چش میدِرونی، بدمصب، آبه... بَکه هی... مصبتو شُکر. مگه چه‌قذه دیگه اون بالا جَم کردی؟

ـ بازکُفر میگـ...

ـ حُسینیاش، صلوات بلند ختم کنن!

آفرین. نذاشـت دوباره دعوا سر بگیره! اما صلوات فقط الهمم صل... اولش بلند شد! دیگه برای صلوات هم جونی باقی نمونده. همه با تموم سر و کله و پا پیچیدنا، تیک‌تیک میلرزن!

ـ اون بنده‌ی شورک گذار خداکو...؟

و روی پشـتی صندلیش، رو به مسافرها نشسته و خودشو با چادرشب خشک میکنه. با خنده‌ی یکوری میگه:

ـ پـدر آمورزیده یه دعایی، جادو و جنبلی، وردی، چیزی بوکون، جلو ای رودخونه رو ببنده!

ـ اِ... اِ... اِ... بازکُفر میگی بابام جان؟ آخه چرا تا چیزی میشـه، به او بالا بَن میکونی؟

چه جونی داره! اول نمیکنه، هی حرف میزنه. بازیکی به‌دو شروع شد.

ـ اِهه... شوما همه شاهد، ما چی گفتیم؟ کجاش کُفر بود پدر آمورزیده؟

ـ شومام دَس به دعا بُلن کُن. شومام بنده‌شی پدرجان، دعا کن رارو برات

صاف کنه!

ـ زکی... شوما همه شاهدینا. ما کفر میگیم یا تو مُسلمون؟ زبونم لال، زبونم لال، هف قران درمیون، نمیخوایم سنگ شیم. بله‌نسبت، بله‌نسبت، مگه جاده صاف کنه؟

با خنده‌ی مهیبش، دستشو میاره بالا، پنجه‌هاشو وا میکنه، نرمه‌ی میون شست و انگشت اشاره‌شوگاز میگیره و سه دفعه تُف تُف میکنه. به‌همه نیگا میکنه که اثر این همه خوش مشربیو ببینه!

ـ استغفرالله، استغفرالله. دِ دهن آدمو میکونه‌ها!

بابام جان. ما که حریف دهن شوما نمیشیم، یه بارگفتیم به جای کفر، دعا بخون دور و ورت فوت کن. اجنه و شیاطین ازت دور میشن. همین، دیگم هوپ...

می‌زنه محکم روی دهنش.

ـ ... دیگه اگه ای دهن وا شد، نشد، نشد! آه، بیا، بستیم، قلف کردیم. اینم کلیدش!

دستشو به‌علامت پرت کردن، حرکت میده که محکم میخوره به سینه‌ی بغل دستیش، و صدای خنده‌ی مهیب راننده، همه‌رو از خواب بی‌حالی میپرونه! اکبرکه پالتوشو درآورده، در حالی که با دو دست‌اونو میپیچونه و میچلونه و آبشو کف اتوبوس میریزه، با لبخند و نگاهی ستایش‌آمیز به راننده خیره شده، ناگهان روی صورتشون نوری کم‌رنگ میوفته و محو میشه. چراغی چشمک‌زن پشت سر اتوبوسه! همه هیجان‌زده میشن وکنجکاو. انگار دوباره خون تو رگاشون به جریان میفته. همه بر میگردن تا از پنجره‌ی عقب ببین ناجی رسیده یا نه!

ـ بیـــا... دِ بیا نیگا بنداز، پدرِ من، عقب تو نیگا بنداز، نگوفتیم؟ از دعای شوما کمک از غیب رسید. هه هه هه. نگوفتیم بنده‌ی آمورزیده‌شی؟

و به تِه اتوبوس میره.

ـ استغفرالله. دِگاز بیگیر اون زبونتو!

ـ آق عبدول... برم سی کونم بینم، میتونه فوکسولمون کنه. اَ چا، درآیم؟

ـ برو ببینم چی کار میکونی.

ـ مسافرکش نِی.

به جلوی اتوبوس میاد و میگه:

ـ سرکار، گمونم اَ شوماس!

همراه با اون لبخند کجش، میگه:

ـ کَتیم. شومام نظر کرده یی آ...

ـ از ما...؟ کامیون ارتشیه؟

دوباره کُتشوکه دیگه خیس و سنگینترم شده، یه وری روی دوش میندازه و میره پایین.

***

نیمه شبه و درگُنابادیم. یه شهر خشت وگِلی دیگه! تو تاریکی چیزی دیده نمیشه. به نظر میاد داریم توی خیابون توی شهر پیش میریم. اما نه اثری از جنبنده ای هست، نه دکون و مغازه ای. یا شاید ما نمیبینیم. بارون بند اومده، اما سرما چند برابر شده و هلاک میکنه.

در حیاطی بزرگ که ســه طرفش ایوون و درهای متعدد نشون از اتاقای بسیار داره، اتوبوسو نیگر میداره.

ـ زوّار درب داغون امام رضا...! صب علی الطلوع میکوبیم طرف تُربت! را زیاده، زود باس را بیفتیم. هرکیم نبود، با ماشین بعدی میاد. یا نه، همین جا میمونه میره به دست بوس حضرت آقای صالح علی شا!

ـ آقا جــان... نانی... آبی... خوراکی... چیزی. آخه قربون جدت بشـم. اسیری که نمیری. صب علی الطلوع که میگی، دوکونی وازه یه لقمه کوفت کنیم؟ یا باید سنگ به شیکممون ببندیم؟

صدای همه دیگه دراومده!

ـ نون، جخ یکی دو ســات دیگه پُخت میکنن، با چرخ میارن تو همین

مسافرخونه. نترس پدرم. نترس!... نترس! گشنه نمیذارمت. مشغول‌ذمه که نمیخایم بشیم! غلط نکونم بیضه‌ی ماکیونم باس داشته باشن! به‌همون طواف بِسپُر، برات میاره.

ـ ای خدا خیرت بده!

ـ حـالا دیدی حاجیت میدونه گُربه کجا تُخ میذاره؟ هه هه هه! دیگه چـی ویار کردی؟ بگو... خجالت نکش. اینام اَ خودمونن! مرگ میخوای برو گیلون! هه هه...

زمین خیسه اما گِل نیست، به‌نظر آجرفرشه! داویت دَر اتاقی‌رو وا میکنه، چمدونا و ترموسو میذاره داخل اتاق، چراغو روشن میکنه. من و خسرو میریم توی اتاق و او میره بیرون به‌دنبال تهیه‌ی نون و آب و آذوقه.

زمین با گلیم پوشونده شده، درگوشه‌ای رختخواب‌پیچ بزرگی قرار داره. لامپی کم‌نور روشــنایی ماتی تو اتاق پخش میکنه. خسرورو همون‌طور پیچیده در پتو روی گلیم میذارم. رختخواب‌پیچ چارخونه‌ی سفید و سیاهو وا میکنم و تشکارو کنار هم پهن میکنم.

ســه لحاف ملافه‌شده با رویه‌ی ابریشم یزدی و متکاهای مخمل قرمز با رویه‌ی چلوار سفید.

به چشمام شک میکنم. یا خواب میبینم، یا سرما قدرت تشخیصو اَزم گرفته. پس از این‌همه کثافت طول راه، انگار وارد هتل ریتس شدم، در میزنن و قبل از جواب من، کسی وارد میشه، منقل بزرگی پر از آتش قرمز، وه که چه نعمتی.

ـ ســلام نَع‌لی کُم خانوم جان! خوش اومدی، صفا آووردی، الانه قوری چایی و سینی شام‌تونم میارم خِذمَتت!

زنی پا بِه‌سن گذاشته، به حالتی مادرانه نیگام میکنه. زیر لب دعا میخونه:

ـ لاحول ولا قوت الابل‌لله.

وگالشاشو پا میکنه و میره بیرون.

منقلو نزدیک رختخوابا میبرم، لباسای خسرورو عوض میکنم. بیداره و معصومانه

نیگام میکنه! بمیرم الهی، چشـــمای بچهم گود رفته، صورت گردش دراز شده و لاغر و چونه‌ش باریک.

ـ الان بهت شیر میدم عزیز دلم.

یادم رفت از خانمه بپرسم شیر دارن یانه. خداکنه تخم‌مرغ داشته باشن.

ـ یه‌کم زرده‌ی تخم‌مرغ بهت میدم. دوست داری؟ تا حالا‌م که نخوردی. تو این سـفر هر چی بهت دادم بخوری تقریباً نوبر بوده. نه...؟ خیلی پسر خوبی بودی که نه سرما خوردی، نه از این همه آب‌قند حالت به‌هم خورده. قربون پسرم برم. دیگه راه زیادی نمونده، مشهد میبرمت رستوران حضرت چلوکبابم بهت میدم که دیگه حسرت هیچی به دلت نمونه!

بغلش میکنم و میبوسمش و روی رختخواب تمیز میخوابونمش و روی شکمشو با صورتم قلقلک میدم.

خانم به‌در میزنه و وارد میشه، با سینی مسی بزرگش و بوی فرح‌بخش چلوخورشت! سفره‌ی مشمایی چارگوشی پهن میکنه، دو بشقاب چلو، دو کاسه‌ی ماست‌خوری خورشت. میگه:

ـ خورش آلو زمینی خوشمزه‌س.

قوری چینی بندزده‌رو گوشه‌ی منقل روی خاکسترا میذاره، یه تنگ بلور آب، دو لیوان بلور، یه نعلبکی ترب رنده کرده، که چه بویی داره، یه کاسـه‌ی کوچیک ـ فکر کنم ماست ـ چند خرمای خشک در نعلبکی دیگه، دو استکان و نعلبکی، یه ظرف نقلی بلورکه با چند حبه‌ی قند پُر شده. توی هر کاسه‌ی خورشت هم یه قاشق هست. ضیافت از این مجلل‌تر و خواستنی‌تر وجود نداره. داویت پس کو؟ خانم ضمن چیدن سفره، زیر لب دعا میخونه، همه چیزو که به دقت چید، میگه:

ـ بفرما... یخ میکنه از دهن میفته.

ـ نمیدونم به بچه چی بدم؟ این ماسته؟

ـ آره قربونت برم. ماست چکیده‌ی.

و به خسرو نیگا میکنه و میگه:

ـ خدا بهت ببخشه، چلو خورش بهش نمیدیش؟

ـ نمیدونم، میترسم. آخه تا به حال بهش ندادم.

ـ دندونش درآورده؟

ـ پنج تا ریز.

ـ آلوی خورشتو له کن، آب خورش روش بریز، بهش بده، توکل به خود امام رضاکُن، چیزیش نمیشه.

قاشقو توی کاسهی خورشت میچرخونم بهدنبال آلو. فکر میکنم آلو بچهرو اذیت نمیکنه؟ دو ســه تیکه سیبزمینی در میارم، تو بشــقاب له میکنم و کمی آب خورشت هم روش میریزم.

ـ سیبزمینی خوبه. همینو پوره میکنم و بهش میدم. پورهی سیبزمینی دوست داره.

ـ اهل تهرونی...؟

ـ بله. چطور مگه؟

میخنده، دستشو با چادرش روی دهنش میگیره، با دست دیگهش سیبزمینیارو نشون میده و میگه:

ـ سیبزمینی...؟

و باز میخنده. میگه:

ـ ما میگیمش آلوزمینی، شوما تهرونیا میگینش سیبزمینی.

خندهم میگیره از این که توی خورشت، به دنبال آلوبخارا میگشتم و نگران از این که ممکنه شکم بچهمو لینت بده.

بالاخره داویت وارد میشه. میپرسم:

ـ شیر... شیر دارن یا نه؟ برا تو راه خسرو، چقدر دیگه بچه آب قند بخوره؟

خانم، چادرشو به خودش میپیچه و روشو از داویت میپوشونه و میگه:

ـ شیر، الان ناپیدایه،گوسپندا از شیر رفتن.

متوجه نیگام به ماست و تعجبم میشه و در حال رفتن بیرون، میگه:

ـ ای ماست، مال چن وخت پیشه! با شیرآخر زدیمش، و آبش کشیدیم! ای تمومش شه، دیگه رفت تا بهارکه زبون بسه‌ها میزانِش.

گالِشاشو پا میکنه و میگه:

ـ با اجازه...

و میره.

***

راه، طولانی، خسته‌کننده و یک‌نواخته. توی دشت پیش میریم. از بارون نجات پیداکردیم، از سرما... نه!

خسرو، پیچیده در پتوش، درآغوشم خواب رفته و هر دو در پتوی انگلیسی، که در این راه، چه وجود پرارزشی شده، سعی درگرم کردنمون داریم.

در آیینه، متوجه‌ی نیگاهای مشکوک راننده میشـم. کوشش میکنم تا اونجا کـه ممکنه نیگامو به پنجره‌ی کنارم به بیابون و جاده معطوف کنم. درنتیجه، از تماشای گاه‌گاه اون دو چشم مورب هم محروم میشم.

ـ سرکار... کدوم پادگون خذمت میکونی...؟

ـ هنوز معلوم نیست. قرار بود خاش باشـم، ولی به تهران احضار شدم! برم ببینم چی دستور میدن.

ـ تهرون خَعلی خوبه! بد مصب، هر چی بخوای داره. سرکار خودت اهل تهرونی؟

ـ بله.

نیگاش کنجکاوونه ولی تردیدآمیزه. پتورو تا چشمام بالا میارم.

ـ ما تو ولایتمون، نصم چیزای تهرونم نَریم!

ـ مثلاً چی میخوای که ندارین؟

ـ مثلندش... چه مِدونم. نَریم دیگه! مثلندش... سیمنِما... سیمنِما سرکار...! بدمصب اون خیابونه چیه که توش پُر سیمنِماس؟

ـ لاله‌زار...؟

ـ خودشه...

و رو میکنه به اکبره با چه شوقی خیره شده به دهن اربابش. میگه:

ـ پسر باس ببینی. آخ، آخ... چه کیف داره پسر. یه تومن میدی اَ یه سوراخی به اون تو نشسه و یه تیکه کاغذپاره میده دَست. پسر... یَنی با ای کاغذپاره، میتونی بری لامصب آقا تارزانو بسُوکی! اما پسر، سیمِنما، بی‌تُخمه جاپونی که نمیشـــه. یه تومنم تخمه جاپونی میخری و میذاری تو جیبت! میری تو. بگو کجا...؟

اکبره بدون پالتو، عین جوجه‌ی مشداسـماعیل، مفلوک و لرزونه، با خنده‌ای ولنگ و واز، اما تحسین‌آمیز، راننده‌رو نیگا میکنه و میگه:

ـ کجا آق عبدول...؟

ـ پســـر... مگه به این آسونیس؟ باید بری توش به چش خودت ببینی! نه سرکار؟ شوماکه اهل اونجایی، حتمی هر روز دس اهل و عیالو میگیری و میری تماشا...! ها...؟

یالله... پس این نیگاه‌های مشـکوک بی‌خود نبود. ممکنه فیلممو دیده باشه؟ چیزی به یادش داره میاد؟ به پهلوی داویت فشار میارم.

ـ پسر دم در یکی فریاد میزنه: فیل خونوادگی، ناموسی، سراسر بزن بزن به همرای ســاز و آواز، تکخال عرب ام‌کلثوم و عاشق نافرجان، عبدالوهاب! بشتابید... بشتابید... غلِفت، پشیمونی میاره...

باز تو آیینه نیگامون میکنه.

ـ ... پســر همش عربی بلغور میکونن. انگار سر قبر آقایی! اما بدمصب یه مُسـکه دارن اسمال آقا یاسین، یه کارا میکونه روده‌بر میشی اَ خنده... نه ســرکار؟ ماروکفن کردی، به ای اکبری بگو چه فیلاییین... پسر. جَمیت پشت سر هم نشسن و چرق‌چرق تخمه جاپونی میشکنن و تُف میکنن پُش گردن جلویی و قاه‌قاه میخندن. تو تهرون همه خوشـن! نه ســرکار؟ همه پولدارن، همه هر چی بخوان دارن! تو تهرون پسر همه چی هس، هر چی

دلت بخواد. نه سرکار؟

ســرکار، آرتیس عربیارو میگن برا پادشاشون میخوندن، اونم سر تا پاشونه طلا میگرفته! راسه سرکار؟ راسه‌که پادشاشونو بیرون‌کردن؟ اون چاقه‌ها...؟

داویت میپرسه:

ـ کی؟ ملک فاروق؟

دوباره بازوی داویت‌رو فشــار میدَم. راننده افتــاده رو دور و ول کن معامله هم نیست!

ـ پسر آرتیسه...

حرفشو نیمه‌کاره میذاره، دوباره توی آیینه به ما خیره میشه! میگه:

ـ آره سرکار... همون. حالا کُجاس؟

ـ به‌نظرم اروپاست!

از لای پتو نیگاش میکنم و یواش میگم:

ـ ولش کُن بابا...

ـ بیچاره!

و رو به اکبر مبهوت با هیجان دوباره شروع میکنه به تعریف:

ـ پســر آرتیسه، خاطرخای دخترس، هی براش آوازای سوزناک میخونه. اَ دوری دُختره نمیدونه چیکار کونه. کلافه میره تو کافه... بَه، پسر... تا نبینی ندانــی! دیم دیم دیریم دیم، دارام دام، دیم دیم... لامصب، بزن و بکوب، یهو، اُم‌کلثوم خانوم وارد صحنه میشه. پسر... عینهوکشتی. میزنه زیر آواز، پسر... کوچه‌باغی عربی میخونه حال کونی. چهچه که میزنه‌ها، بدمصب به بلبل میگه زکی!

پتورو تا جایی که میتونم بالا میارم، گردنم دردگرفته، موهای ســرم هنوز پر از ماسه‌ست و روی گردنم سنگینی میکنه. خداکنه فقط مشتری فیلمای عربی باشه.

ـ اما پسر، یه سینمِا دیدیم، بانو دلکش‌وکه میشناسی؟ با آق ناصر، آق ناصر ملک‌مطیعی، پسر خیلی مشتیه جون تو، یه ابرورو میده بالا، چپ چپ

به ناکس، دزد ناموس، چنون مارُخ میره‌ها... یارو، بَل‌نسبت، بَل‌نسبت...
باز تو آیینه مارو نیگا میکنه:

ــ... تُنُبونشو خراب میکنه! بانو دلکشم پسر چهچه میزنه، پسر به بلبل میگه
زکی! بانو دلکش که صداشو از رادیون میشنُفیا... پسر تو سینمِا جلوت را
میره و برات میزنه زیر آواز...

کم‌کم داره به آشناها میرسه؛ خطر داره نزدیک میشه. خدایا خودت رحم کن تا
مشهد میرسیم دعوا و کُتک‌کاری پیش نیاد. وای اگه اشاره به فیلمم کنه. تیکه
بُزُرگش گوشه. شوهر بوکسور من، دَک و دنده براش نمیذاره.

تا کی باید تاوان بازی در این فیلمو پس بدم؟ تموم یه سالی که از پشت نیمکت
دبیرستـان به استودیو دیانا فیلم بالای سینما دیانا، تو خیابون شاهرضا میرفتم،
با این که فقط یه خیابون بیسـت‌متری اول تا خونه‌شون فاصله داشت، و اغلب
خودش مُشتری فیلمای سینما دیانا بود، هیچ خبری از کار من نداشت. فقط به
دلیل گفتگویی که با گروه دوسـتان در مورد سینمای نوپای ایران داشتیم و بد و
بیراهی که به اون گفتن، به خصوص جمله‌ی اون که گفت: «سینما محیط خرابیه.
مخصوصاً برای خانوما. هیچ زن خونواده‌داری نمیره تو فیلم بازی کنه!»

که به من خیلـی برخورد، و اعتراضم، بحث و گفتگوی دوستانه‌رو تبدیل به
پرخاش و دعوا کرد. شاید همین جمله‌ی توهین‌آمیز اون، مشوق من برای حضورم
در اون محیط، و اجرای رل مقابل ناصر ملک‌مطیعی در فیلم چهارراه حوادث
شده که بتونم ثابت کنم تا چه حد پیش‌قضاوتا، توهین‌آمیز، پوچ و بی‌پایه هستن. نه
تنها اون، بلکه، به جز پدر و مادرم، احدی نمیدونست که بنده مشغول چه عمل
شجاعانه‌ای هستم و بر لبه‌ی تیغ تیز چه تهمتایی قدم گذاشته‌ام. حتی دوستان و
هم‌کلاسیا، که در اون‌زمان، تقریباً همه عکسی از ملک‌مطیعی و حسین دانشور
ــ مردان خوش‌تیپ و بسـیار مشهور سینمای وقت ــ پنهان از دید بزرگترا، لای
کتاب درسیشون داشتن.

زمانی که برنامه‌ی آینده‌ی سـینما دیانا، در جعبه‌ی اعلانات، درست مقابل در

ورودی سـینما، عکسـای بزرگمو به نمایش گذاشـت، من که خیال میکردم با
تعویض نامم از ملیحه به ویدا، کسـی نخواهدم شناخت، ناگهان شهره‌ی شهر
شدم. و چه قشقرقی به پا شـد... دنیا به آخر رسید!

وقتی خواهرش خبر آورد که در بیمارستان مصدومین بستریه، روح از بدنم رفت.
چنون از خود، بیخود و سر از پا نشناخته به بیمارستان شتافتم که اطرافیانی هم
که تا اون‌زمان اطلاعی از دلبستگی ما بهم ـ لااقل تا این‌حدـ نداشتن، متوجه
شدن و عشقمون برملا شد. او به قصد خودکشی تریاک خورده بود.

پس از ســاعتای پر دلهره‌ای که گذشت، به‌محض باز‌کردن چشماش، در حالی
که اشــکام چون بارون، صورت رنگ‌پریده‌شو میشست، قسم خوردم که دیگه
نامی هم از فیلم و سینما نبرم. حتی اخراجم در آخرین سال تحصیلی از دبیرستان
شــاهدخـت، و محرومیت از شــرکت در امتحانات نهایی به‌جرم بازی در فیلم،
اون‌قدر اهمیت نداشت که از دست دادن او، و عشق هفت ساله‌مون.

با این‌که بعدها متوجه شـد نام «ویدا» از عشق و علاقه‌ای که به او دارم، و از
تکرار نام خودش به وجود اومده، با این حال سعی میکردیم تا جایی که ممکنه
از دید مردم، به خصوص سینماروها دور باشیم.

یکی دو بار که کســانی به‌پاس تشــویق و تعریف، دهن باز‌کرده بودن، با مشت
سنگین اون از‌کرده‌شون برای همیشه پشیمون شدن! با تموم درگیریا و مخالفتای
فامیل، از هر دو طرف، که حتی دوستی چندین ساله‌شون هم به‌خطر افتاده، وقتی
ازدواج کردیم، با قول فراموش کردن فیلم و سینما بود. اما...!

و حالا در این ناکجاآباد، پس از تحمل این‌همه خستگی و شکنجه، و روحیه‌ای
درب و داغون، کافیه این راننده‌ی خرم‌آبادی، تو جاده‌ی سنگلاخ و صعب‌العبور
خراســون، ناگهــان، دو کلمه هم راجع بــه بازی ـ به‌قول خودش ـ آق‌ناصر
ملک‌مطیعی در چارراه حوادث بگه! کبریتی به انبار بنزین. خدایا خودت رحم
کن!

چشـــمامو میبندم، پتورو بالا میارم و پشتش، صورتمو از دیدش مخفی میکنم. روسریمو تا روی چشمام پائین میارم، سر سنگین و پر از ماسه‌مو به بازوی داویت تکیه میدم. نیگام میکنه و لبخند میزنه. نیگایی به آیینه میکنه و برمی‌گرده یواش پیشونیمو می‌بوسه. انقدرکه من وحشت‌زده و مضطربم، اون بر عکس. درست مثل شب افتتاح فیلم در سینما دیانا. چون ملک‌مطیعی دوره‌ی نظامو در اون زمان میگذروند، ارتش به افتخارش جشنی برگزار کرده بود که من و بابا هم دعوت داشتیم و در لژ انتهای سالن نشسته بودیم.

تموم طول نمایش، دل توی دلم نبود که عکس‌العمل پدر چه خواهد بود! وقتی در صحنه‌ی آخر،کلمه‌ی «پایان»، بر روی پلان فریز شده‌ی بوسه‌ی پروین و فرید ـ یعنی ملک‌مطیعی و بنده ـ قرار میگرفت، درکمال تعجب، نیگا پر از تحسین و افتخار پدرم، تپشای تب‌آلود قلبمو تسکین داد، بخصوص جمله آخرش که گفت: «سَدّ و شیکستی.»

***

ناله‌ی موتور و حرکت خسرو در آغوشم، بیدارم میکنه، نظری به بیرون، تاریکیه. چیز مشخصی دیده نمیشه. روبرو توی شعاع نورِ بی‌نورِ اتوبوس، گاهی سنگای بزرگ و بته‌های خارو میبینیم.

ـ کجاییم...؟

ـ داریم میرسیم.

نیگام میکنه، دلم میخواسـت کسی حضور نداشت و میتونستیم در آغوش هم، دنیارو فراموش کنیم. فکرمو میخونه صورتشو نزدیک میاره. میخندم و اشاره به آیینه میکنم.

ـ از همون میرسیمای قبلی...؟

می خنده و یواشکی صورتمو میبوسه.

ـ نه، جدی جدی نزدیک تربتیم. تربت حیدریه.

ـ باز داره سر بالایی میره؟

ـ خیلی وقته تو سر بالاییه. خوب خوابیدیا.

ـ تو چی...؟ صدای خُرخُرت نمیذاشت بخوابم!

ـ هاه... تو هفت پادشاهو خواب میدیدی. من اصلاً چشــم از جاده ور نداشتم.

نیگاه‌مون، کشش قلب هامونو میرسونه.

ـ بی‌هوش شده بودم...

تکه‌ای نون خشک‌شـده و ماستی که از سفتی عین پنیر شده، به دست بچه‌ی بیچاره میدم. نمیتونه بگیره و بـه دهنش بذاره. بمیرم برا بچه‌م. چرا این‌طوری شده؟ اون پسر شیطون که لحظه‌ای یه جا بند نمیشه، این‌طوری بی‌حال و حس، همه‌ش یا خوابه... یا نمیخوام فکرشـو بکنم که مثل من بی‌هوش میشـه. حتی قدرت نداره نونوکه این‌همه دوست داره، طرف دهنش ببره.

ماست سفتو به لبای بی‌رنگش میمالم. خدای من! لبای به اون قرمزی، صورت و لباش هم‌رنگ شدن! با انگشتم کمی ماست تو دهنش میذارم!

ـ بخور عزیز دلم. اینو بخور. دیگه رسیدیم.

چند ناله‌ی بلند و کوتاه، چند تا سکسکه، همراه تکونای شدید.

ـ باز چی شد؟

اتوبوس متوقف میشه. باز حتماً رسیدیم به یه گردنه‌ی دیگه.

ـ این صاب ماشینا که راه‌ارو میشناس و میدونن چقدر که کوه و کمر و گردنه داره، چرا ماشینای بهتر تو این خطا نمیذارن؟ این بدبخت مال قبل از جنگ جهانیه. داره از هم وامیره. با شتر اومده بودیم، الآن تهران بودیم!

طـوری از لای پتو حرف میزنم که فقط داویت میشـنوه. برمی‌گرده و با لبخند یواش میگه:

ـ پدر جان، کفر نگو... صلوات برفس.

هر دو میخندیم. خوشـحالم که عشـق و علاقه‌ی راننده به ـ فیل فارسـی ـ به خصوص آق ناصر ملک‌مطیعی، هنوز اونو به دیدن فیلم مشترک ما نکشونده!

بهتر نبود از اول باکامیون ارتشی مسافرت میکردیم نه با اتوبوس؟ اگه این‌کامیونا تا به‌حال به دادمون نرسیده بودن، حتماً الآن سر همون منزل اول بودیم.

باز در برف سنگین و بالای‌کوهیم؛ وکامیون ارتشی جورکش مسافربری شرکت اتولوکس، با مسئولیت محدود! معنی مسئولیت محدودو هرگز نفهمیدم. راننده‌ی خونسرد همیشگی به‌نظرکلافه میاد. لباش زیر سبیل سیاه وکلفتش تکون میخوره. اما ناله‌ی جان‌سوز اتوبوس نمیذاره بفهمیم به کی داره فحش و بد و بیراه میگه. چه بهتر! این‌طورکه به نظر میرسه کامیون ارتشی هم چندون قوه و قدرتی نداره. چون به‌جای یه نواخت گاز دادن و بالا رفتن، گاهی ترمز میکنه و عقب میزنه.

ـ اوا... چرا این طوری میره؟

ـ جاده باریکه و سنگلاخ، بعضی جاهام کوه ریزش کرده، سنگارو ببین. خداکنه جاده‌رو نبسته باشه.

غیر از یه سیم دراز سیاه، و قسمت عقب‌کامیون و برزنت روی سقفش وگاهی سنگای عظیم کنار جاده، چیزی دیده نمیشه.

ـ خدایا کِی میرسیم...؟

***

در شهری آرمیده زیر بالاپوشی از برف سنگین، و آدمایی‌که سایه‌وار، با وسواس بسیار، آهسته ازکنار دیوارها حرکت میکنن، هستیم.

در شهر ارواحیم...!

یکی دو ماشین ارتشی، یه تانکر نفتکش که روی بدنه‌اش بر نوار موقت سفیدی «شرکت ملی نفت ایران» به چشم میخوره، اما دو حرف بزرگ و سبزرنگ BP ـ بریتیش پترولیوم ـ، یا اون‌طورکه میگفتن برای گول‌زنک ایرانیان میهن‌پرست شایع کرده بودن‌که منظور از این دو حرف، بنزین پارس است، در زیر رنگ سفید نوار، منتها کم‌رنگ‌تر خودنمایی میکنه.

همه لاک‌پشت‌وار در حرکتن، و جای چرخای سنگینشون، دو خط سفید از برف

کوبیده است که مسیر مارو مشخص میکنه.

اشتباه بزرگی کردم که دو کلمه پرسیدم:

ـ اینجا میمونیم...؟

باز راننده شروع به سخنرانی کرد:

ـ ما اَ خدامونه آبجی! مام که اَ آهن نیسـتیم، مام مثه بقیه پوس و گوشت و اُسـوخونیم! ای بدمصب رام که را نی، ازکَت و کول انداختمون، زورکی خودمونو نیگر داشتیم که شوما زوّارو بی‌حرف پیش، سلومت به حضرت برسـونیم. وَگنَه، همی ایجا، تو برف، دراز به‌دزار تلپ میشـدیم و یه دهن کوچه‌باغی مهمون‌تون میکردیم.

باز سیبیلش کج میشه و دندون طلاش برق میزنه. یواش از داویت میپرسم:

ـ چی میگه...؟

از قرار اونم بدتر از من، از این‌همه مزه پرونی راننده کم‌تر سرش میشه.

ـ تا «سنگ‌بس» چیزی نمونده، اینا دارن میرن، مام باس ولشون نکونیم. جدا شیم و واسـیم، برف رومون وگرفته، دیگه رَف تا آفتاب تابسون، که خودمون و بتکونیم و اَ زیرش خلاص در آیم!!

ـ زوّار کسی تربت پایین نمیره؟

ظاهراً نه. صدا ازکسی در نمیاد.

ـ دس به‌آبی؟ دس‌نومازی؟ چیزی سوقات نمیخواین؟ به... داره علامت میده. گمونم گاراج میخوان واسن. خوب، مام باس واسیم. پس زوّار امام هرکاری دارین، میتونین همین‌جا بوکونین. اینا کم کمش، یکی دو ساعتو باس واسن، ماشینای سنگین، مام آب‌گیری، بینزین‌گیری میکونیم، شوما‌م آب‌گیـری، ماب‌گیریتونو بوکونین، که بی‌حرف پیش دیگه یه‌سـر بکوبیم باسه‌ی خود حضرت.

***

نه آبی، نه آبادانی؛ شهر انگار خرس قُطبیه، به خواب زمستونی فرو رفته. ترموسو

وا میکنم، از برف پُر میکنیم و چند آب‌نبات باقی مونده رو توش میندازم و درِشو میبندم و به دست داویت میدم که هنوز اونقدر انرژی داره تا خوب تکونش بده برفاش آب بشه بتونیم به بچه بدیم.

دیگه حتی جرأت نمیکنم سؤال کنم که چند ساعت دیگه میرسیم. تنها کار مثبتی که طول توقف در گاراژ انجام میدم، اینه که البسه‌ی کودکِ نزارمو عوض کنم، با آخرین تکه‌های خشک باقی مونده توی چمدونش! آخ که اگه بلایی به سر کودک نازنینم بیاد... وای خدایا، نیار اون روزو. دنیارو زیر و رو میکنم.

چشممو میبندم، نمیتونم، تحمل دیدن اینهمه ضعفو تو کودکم ندارم. حس میکنم دیگه سرم وزنی نداره. سرمو به بازوی داویت تکیه میدم. آخه یا امام رضا! شما که به‌قول همه این‌همه معجزه میکنی، کورو شفا میدی، دیوونه‌رو عاقل میکنی، مریضای مردنیو شفا میدی، با ما چرا این‌طوری میکنی؟ اصلاً مارو برای چی طلبیدی؟ میگن شما باید بطلبی تاکسی بتونه به زیارت‌تون بیاد. همه تو خاش به ما غبطه خوردن که چنین فیضی نصیبمون شده. اون‌وقت شما مسافرتمونو اینقدر سخت کردی؟ خوب چرا...؟ مگه نمیخوای به پابوست بیاییم؟ خب ماکه داریم میاییم. چرا زجرکشمون میکنی؟ با همه همین معامله‌رو میکنی؟ حالا ما ممکنه پوستمون کلفت باشه، آخه این بچه‌ی معصوم چه گناهی کرده؟ یعنی میخوای بچه‌مونو ازمون بگیری؟

چشممو دوباره میبندم، اما ناگهان وحشتی عجیب سر تا پامو میگیره. نَمیره، بچه‌م نمیره!

‌– میخوای بِدِش به من، خسته شدی، سرتو بذار رو دست من بخواب جیگرم.

– نه... میترسم. میترسم تکونش بدم.

می‌بوسمش، اما خیلی ملایم. لبمو روی دهنش نیگر میدارم.

– وای... خدای من. نفس نمیکشه! بچه‌م نفس نمیکشه. ببین... نیگا کُن.

پتورو از دورش وا میکنم. به سینه‌ش نیگا میکنم، کمی تکون میخوره. دستاشو آهسته به طرفین وا میکنم و روی سینه‌ش خم میکنم. چند بار آهسته، حرکتو تکرار میکنم

ـ بده به من... داره نفس میکشه... ایناهاش ببین، نیگاکُن. سینه‌ش تکون میخوره.

نیگا میکنم، اما نمی‌بینم. نه تنها سینه‌ی بچه‌ام، بلکه هیچ چیز دیگه‌ای تکون نمیخوره. همه چیز و همه جا سفیده. همه جا... همه‌کس... فقط سفیده و دیگه هیچ.

***

ـ پاشو جیگرم. پاشو رسیدیم... واقعاً دیگه رسیدیم. نیگاکُن. گنبدنماست. ببین. این جا مشهده. ما الان تو مشهدیم.

چشمامو وا میکنم. اولین منظره‌ای که می‌بینم، خنده‌ی گل و گشاد اکبره! میگه:

ـ بفرما... بفرما خانوم. رسیدیم. دشتِ اولِ گنبدنمارم از سرکار دشت کردیم... ایشالا قلفشو نگرفته، حاجتتو بده.

سرم به سنگینی کوهه، خیس عرقم، دارم خفه میشم.

ـ آب، یه کم آب بده.

ـ بیا جیگر جون... از حال رفته بودی. کُلی آب‌قندای خسرورو تموم کردی. و آب‌قند بدمزه‌رو توی در ترموس، به لبم میذاره.

ـ خوب شد ندیدی چه دعوایی میون سربازه راننده‌ی کامیون و راننده‌ی ما درگرفت. کم مونده بود همون‌جا روی کوه، ولمون کنه و بره!

بیحال نیگاش میکنم. هیچ نیرویــی در تموم وجودم نیسـت. فکر نمیکنم عکس‌العملی نشون دادم.

ـ آخه بی‌خبر، یهو ترمز کرد و اومد عقب. زد جلوی اتوبوس و قُرکرد. نیگام میکنه و میخنده. میدونم داره سعی میکنه روحیه‌ی خراب منوکمی ترمیم کنه. فقط گیج نیگاش میکنم. اتوبوس وارد گاراژی میشه نزدیک حرم.

ـ زیــارت قبول، التماس دُعا، دیگه هر بدیً ما دیدین به‌خوبی خودتون

میبخشین. اکبری، دِ بِپَر بالا، باربندو واکون و اسبابارو بیریز پایین.

ــ سرکار، شوماکه اسبابی او بالا نداری. به سلامت. دست علی بهمرات. طرفای ما اومدی، مشغولذمهای اگه به حاجیت افتخار ندی!کلّبه خرابهای داریم، تیلیتی با هم میزنیم و صفا میکونیم. ها ها ها...

داویترو بغل میکنه و مِلچ مِلچ دوطرف صورتشو ماچ میکنه.

ــ ما میخوایم بریم حرم.

کف دستاشو به هم میزنه و میگه:

ــ سرکار... به همین ضامن آهو، قلفتی کَرتیم. خَیلی مَشتی هَسی.

اکبر میاد جلو، دولا میشه دست داویترو ببوسه. نمیفهمم چرا. خداحافظی میکنیم

مسافرا پیاده شده و دنبال اسباباشونن. میون حرفای راننده و پرتاب کردن بقچه، اون دو چشم مورب با خشم پلنگ تیرخورده، پیاده میشه، یکی از رختخواب پیچارو از میون چمدونا و بقچه بندیلای دیگه میکشه بیرون و روی سرش میذاره و میره.

ــ سرکار، ایبغل یکی از مسافرخونههای مشتی حرضته. سر و صورتو توش صفا بدین و برین زیارت. با نوکرتم شناسه. ما رودهکوچیکه داره روده بزرگهرو میخوره. یهراس راهی سفرهخونهی حرضتیم. میدونی کوجاس که...؟

مات و متحیر نیگا میکنیم. میگه:

ــ اَ هرکی بپرسی نشونت میده. رای حرمو اگه گم کنن، رای سفرهخونهشو هیشکی گم نمیکونه! حاجیت میبرتتون، دلواپس نشو بابا! اکبر همهی آت و آشغالارو ریختی پایین؟

ــ همهشو، آق عبدول.

ــ تو چی...؟ کسی چیزی جا نذاشته که؟ زیر و روی صندلیاروگشتی؟

ــ خیالت جم آق عبدول! قُلفشم کردیم. بریم تا نمردیم.

ــ میخواین اول ببرمتون سفرهخونه؟ هَر رو، بعد نوماز ظر، حرضت اطعام

میکونن! چه ناهاری. برنج دم میکونن، هر دونه یه همچی. خورش قیمه، تو نمیری پنجولاتو باهاش میخوری. اولندش که شفاس. مردم برا مریضاشون میبـرن. دویومندش، حرضت پولش از پارو بالا میره. برنج و بنشـنش که حرضت دارن، تو هیچ سقطفوروشی پیدا نیمیکونی. گوشت، شیر و کره و لَبَنشم، چون که گوسپنداش تو علفای بیابونای سبز و خُرم میچرن، یه مزه‌ی دیگه‌ای داره. غیر جاهای دیگس. تازه از همه‌ی اینا بالاتر پسر، خوردنش ثواب داره.

گیجم. سر سنگینم روی تنم فشار میاره. بچه‌م بی‌حال و هوش در آغوشم. راننده هم داستان کلثوم ننه و حسین کرد شبستری میگه و ول کن معامله هم نیست. ناله میکنم:

ـ بریم حرم تورو خدا... بریم حرم!

ـ سرکار از حرم برگشتی، همون دم در، اَ هرکی بپرسی، سفره‌خونه‌رو نشونت میده. برو به سلومت، دس علی به همرات. التماس دعا داریم! کرتیم!

ـ چقدر حرف میزنه... وای. بریم تورو خدا.

و میریم به‌سوی حرم. حرم شـلوغه. سـروصدای قاریا، ناله و زاریا، نمیدونم کفشاموکِی و کجا از پا در آوردم. همون‌طور که کودک بی‌حس و حالم در آغوشمه، از میون جمعیت، و از میون درهای متعدد میگذرم و خودمو به ضریح میرسونم و فریاد میزنم. هق‌هق گریه‌ام، میون فریاد اعتراضم، فشار و اعتراض زنای چادر به سرروکه چرا بی‌چادر و بی‌حجاب به حرم اومدم، پس میزنه و دیگه فقط فریاد خودمو میشنوم.

ـ اگه نمیخواسـتی بچه‌دار شـیم، چرا دادی؟ چرا، که حالا با این وضع بگیری؟ من بچه‌مو از تو میخوام. اینه شفا دادنت؟ اینه مُرده زنده کردنت؟ و زار میزنم و ناله میکنم و فریاد میزنم.

ـ چرا بچه‌مو اَزم داری میگیری؟ چرا میخوای ببریش؟ چرا؟ آخه چرا...؟ و فریاد میزنم. ناگهان حس میکنم خسرو هم با من شیون میکنه.

– بچــهم، وای بچهی نازنینم. جیگر جونم، عزیز دلم. الهی قربونت برم. صدات دراومد؟ گریه میکنی؟

چشماشو میبوسم. اشکاشو مینوشم. تموم سر و صورتشو غرق بوسه میکنم. میدوم به طرف در و با پای برهنه، روی سـنگای مرمر سـرد نمیفهمم چطور خودمو بهداویت برسونم. از پلهها میرم پایین. نمیرم، پرواز میکنم... و خودمو به آغوشش میندازم که منتظر، کفشام به دستش در حیاط، پای پلهها وایساده.

اشکام دیگه از خشم نیست. از خوشحاله. از ذوقه، از زندگی دوبارهی پسرمه.

– بریم... بریم. به هوش اومد.

می خندم، میگریم، میگم:

– ببین... به حال اومده. ببین... بچهمون جون گرفته.

سرمو روی سینهش میزارم و تازه گریه میکنم. زار میزنم، تموم هیکلم میلرزه.

– اینجا خوب نیســت. ببین همه دارن نیگامون میکنن. جیگرم. حالا که دیگه سختیا تموم شده، بزار از صحن بریم بیرون، مردم دارن دورمون جمع میشن. عمرم، جیگر جونم. کفشاتو پات کن از این جا بریم.

وکفشامو پام میکنه.

– میخوای بریم همون رستوران که راننده میگفت؟

صورت خسرو از اشکم خیس شده. با چشمای بیرمق نیگام میکنه. صداهای درهمی اطرافمون میشنوم:

– ... شفا داده...

– ... امام رضا بچهشو شفا داده...

– ... بسته بودنش به پنجرهی فولاد...

– ... حضرت قربونش برم، بچهی مُردشو دوباره زنده کرده...

– یا ضامن آهو...

– ... قربون نَفَست برم، خوشا به سعادتت مادر...

اشـکامو پاک میکنه، خسـرورو زیرکُتش در آغوش میگیره، با سرعت از میون

جمعیت که دورمون دیوارگوشتی ساختن و دارن لباسامونو از تنمون میکنن، به سختی راه وا میکنیم و به رستوران امام رضا میریم. پشتمون انگار میتینگه! وارد سالنی وسیع میشیم.

ـ اوا...! جمعیت کُجا داره میاد؟

همه‌ی سـرا توی رستوران به طرفمون بر میگرده. گرسنه‌ایم، تشنه‌ایم، کثافتیم، از کره‌ی مریخ که نیومدیم. مام مثل شما آدمیم، زوّاریم، مسافریم. مسافرهای بدبختی که راه چهل و یکی دو ساعته‌رو، ده شبانه‌روزه داریم میکوبیم و میاییم.

از جلوی پیشـخوان که رد میشـیم، موجودی در آینه‌ی دیوار پشت اون میبینم. همراه داویت با خروار‌ی ریش سـیاه، که نمیشناسمش. داویت‌رو میبینم در کنار اون موجود که میپرسه:

ـ آقا شیر برا بچه دارین؟

اون موجود وحشتناک و از روسری ابریشمی مغز پسته‌ای که به سرگنده‌ش بسته، و پالتوی گشادش به جا میارم. این موجود عجیب، منم. خودمم. ای کاش دوربینی وجود داشت و این قیافه ضبط میشد. برای مسابقات چیستان در مجلات هفتگی جوون میده. وقتی برای خودم ناشناسـه، برای دیگران که مطلقاً قابل شناسایی نیسـت.

سر میزی مینشینیم. دو بشقاب با سرپوشای فلزی چلوکبابیا روش، جلومون میذارن. دو لیوان بلور بلند، پر از دوغ، دو کاسه‌ی ماست‌خوری چینی خورشت قیمه. یه تیکه تون و بشقابی کوچک پیاز.

خدای من. چه ضیافتی.

سرپوشارو ورمیداریم. به به. بوی مطبوع برنج دم کشیده‌ی دم سیاه، با روغن کرمونشاهی اعلا و درجه یک، مستم میکنه. وای الان همین‌جا نقش زمین میشم. اول کمی خورش گوشه‌ی بشقاب برنج میریزم، میخوام با پشت قاشق لهش کنم، دسـتم قدرت نداره. همون‌طور به دهن خسرو میذارم. پس از این‌همه آب قند خوردن، امیدوارم با خوردن پلو خورشت مریض نشه. میدونم که نمیشه. دیگه بعد

از این از هیچ بلایی نمیترسم.

ملچ ملچ کردنش، و تکون دستاش برای برداشتن نون، بالاترین لذتیه که بعد از این همه مصیبت، نصیبم میشه. با تموم وجود، خوشحالم و میخندم. و با سوزشی که توی صورتم حس میکنم، متوجه میشم مدتیه دست و صورتمو نشستم. چند روزه...؟ خدا میدونه.

برم موهامو بتکونم و ماسههارو ازش درآرم.

***

ترن مشهد تهران، شب راه میفته نزدیک ظهر فردا میرسه تهران.

ـ بریم... تورو خدا بریم... همین امشب بریم. دیگه زیارتم که کردی. این بچه هیچی نداره بپوشه، تموم کهنههاش خیس وکثیفه. خودم از دست این ماسههای کلهام، باید هر چی زودتر خلاص شم، تاگردنم نشکسته. پول داری بلیت بگیری؟

ـ اینجارو شانس آوردیم. زمستون مسافرکمه و بلیت هست. پولم به اندازهی کافی داریم، شبونه میتونیم راه بیفتیم.

خدارو شکر. از تصدق سر جواد آقای نازنین، اینجارو شانس آوردیم. کوپهی ترن تمیز، گرم و نرم، و نوست. انگار هم الان از لای زرورق دراومده. ای کاش مسافر دیگهای به این کوپه نیاد تا بتونم از دست لباسام خلاص بشم.

تو آیینه نیگا میکنم. وای... سرم به اندازهی کلهی سه نفر آدم بالغه! دو نفر یونیفورمپوش میان. وای... خدایا مسافرای این کوپه نباشن. نه، بلیتارو بازبینی میکنن. میپرسم:

ـ ببخشین. دستشویی کجاست؟ آب گرم داره؟

با لبخندی گرم و مهربون میگن:

ـ البته. این ترن کاملاً نوست و تموم وسائل راحتی برای مسافران رو داراست!

چه لفظ قلم حرف میزنه.

ـ شام هم داریم. هم میتونین توی رستوران میل بفرمایین، هم دستور بدین براتون میارن اینجا.

ـ شیر... شیر دارین؟

ـ از رستوران که میان دستور غذا بگیرن، میتونین سؤال کنین.

ـ غذا نمیخوایم، ولی شــیر برا بچه لازم داریم. ترن مسـافر زیاد نداره... داره..؟

ـ نه. این وقت سال مسافر کمه.

ـ توی این کوپه مسافر دیگه ایم میاد؟

دو نفری با هم چند جمله رد و بدل میکنن، معلوم میشه مسافران این کوپه فقط ما سه نفریم. خدایا... مرسی. همش که نمیشه بد آورد. دیگه مثل این که به اندازه ی کافی برا تموم عمرمون بد آوردیم. از این به بعد شانس میاریم. میپرسن:

ـ رو انداز میخواین براتون بیارن؟

ـ ممنون میشیم.

ـ بعدِ شام، درو ببندین، پرده هارو بکشین، راحت بخوابین. تخت میخواین براتون الآن واکنیم؟

به هم نیگا میکنیم:

ـ الآن نه، مرسی.

ـ برا بچه اگه نتونستــین، یا قلقشو دست نیاوردین، صدا کنین مأمور میاد براتون وا میکنه. راحت بخوابین تا صبح. ساعت یازده صبح تهرانیم. شب به خیر!

و میرن. خسرو رو روی نیمکت مبل مانند کوپه خوابوندیم، درو میبندیم و همدیگه رو در آغوش میگیریم. تقه ای به در میخوره و کشویی وا میشه.

ـ شام. شام میل دارین؟

پسر جوونیه با پیش بند سفید.

ـ شیر دارین؟

در میون تعجب و حالت مزاح ماکه مطمئن بودیم سؤال مضحکی ـ سر سیاه زمستون ـ کرده‌ایم، اعلام کرد که شیر دارن!

خدایا بازم مرسی. حالا دیگه خوش‌شانسی بعد از خوش‌شانسی.

ـ پس همه‌جا میگفتن، زمستون حیووناشون شیر نمیدن.

با لبخندی شاد و شنگول میگه:

ـ اما نه حیوونای حضرت...!

***

ای کاش حموم هم داشتن! سرم کلافه‌ام کرده، دلم یه وان بزرگ پر از آب گرم میخواد که یه بیست و چهار ساعتی توش بخوابم.

ـ برسیم تهران، اولین کاری که میکنم، میرم از ته، موهامو میزنم.

در آغوشم میگیره. سرم و گردنم به شدت دردگرفته.

ـ راست‌راستی سرت مثل سنگ شده‌ها... جیگرم.

و از چشمام شروع میکنه به بوسیدن تا میرسه به لبم.

خسرورو میبرم دستشویی تمیز. پر و پاشو میشورم؛ کمی قرمز شدن، اما خدارو شکر نسوختن. دستا و صورت کوچولوشو میشورم و خشک میکنم. یه خورده با آب بازی میکنه. بچه‌ام به‌جای این که بزرگ بشه، کوچولو و لاغرمردنی شده. تو پتو میپیچمش و به کوپه برمی‌گردیم. کودکم جون گرفته و میخنده. شیرشو میدم و میخوابونمش.

ـ میخوای تختو بازکنم؟

ـ نه، من و خسرو این‌طرف میخوابیم، تو هم اون‌طرف.

ـ خسرورو همون جا که خوابوندی، خوبه. خودمون روی مبل این طرفی میخوابیم.

ـ نه. اذیت نکن.

ـ مگه بعد از این‌همه که خوابیدی، بازم خوابت میاد؟ پس من چی بگم؟

ـ منم که همینو میگم. ما این‌طرف، تو تنهایی اون‌طرف، راحت. بدون

مزاحمت کسی.

بسته‌ی پتوها رو که برامون آوردن وا میکنیم.ـ وزارت راه، راه‌آهن سراسری ـ گوشه‌شون دوخته شده. تمیز، نرم. از پتوهای انگلیسی نرم‌تره.

ساخت وطنو روی خسرو میندازم. خودم هم بلوز و دامنمو در میارم و کنارش میرم زیر پتو.

ـ تورو خدا برو رو اون یکی مبل بخواب. ببین عوضش هر دو تا پتو انگلیسیا رو دادم بهت.

همدیگه‌رو بغل میکنیم، میبوسیم، شب به‌خیر میگیم و بالاخره با اوقات تلخ، روی مبل دیگه میره. و میخوابیم... بی‌هوش میشم.

***

با صدایی که از راهروی ترن شنیده میشه، چشم وا میکنیم:

ـ صبحانه... صبحانه. صبحانه میخواین؟

و به درکوپه میزنه. بیدار میشیم. به داویت نیگا میکنم.

ـ پول داریم صبحونه بخوریم...؟

با لبخند بلند میشه میاد این‌طرف و صورت هر دومونو بوسه‌بارون میکنه. پسرم هم بیدار میشه با لبخند.

می‌ترسم. از این همه خوشبختی ناگهانی میترسم. خدای من. این همه خوشبختی رو ازمون نگیر.

و صبحانه... صبحانه در تختخواب! ها ها ها... نه به اون شوری شور، نه به این همه راحتی. پس از اون همه زجر و شکنجه و گرسنگی و تشنگی، شایستگی یه صبحانه‌ی شاهانه‌رو داریم. نون، کره، مربا، سرشیر، تخم‌مرغ عسلی، چایی و شیر! و سرویس...! چه سرویسی...! ظرفای نقره در سینی نقره، با دستمال سفره‌های سفید آهارزده و سرویس چایی، چینی گل‌سرخی.

به افتخار چنین ضیافتی، به‌کودکم، از تموم محتویات این سفره‌ی رنگین شاهانه، کمی میدم. او بیش از ما احتیاج به تغذیه داره. و مطمئنم که بیمار نخواهد شد.

***

دوباره به خونه‌ی قبلی، دوباره به اتاق قبلی. امیدوارم دوباره بازگشت به زندگی قبلی نباشه. این‌بار اتاق، از اثاثیه هم تهی‌ست. و تازه داویت متوجه میشه که پول فروش اونا به‌کمک دوستش هوشنگ بابت آیینه و شمعدون قرضی سر عقدمون رفته.

روز بعد، او به مرکز فرماندهی میره و بنده تموم روزم به شستشوی وسائل کودکم و لباسای زیر و روی خودمون میگذره. که اگر لباس دیگه‌یی دم دست داشتم، با جرأت تموم، همه‌ی اون کثافتارو میریختم تو سطل آشغال!

غروب تونسـتم به حموم نمره‌ی کوچه‌ی روبروی خونه برم. هر چه زیر دوش وایسادم و به موها ور رفتم، انگار ماسه‌ها و موها دست به دست هم دادن و تبدیل به بتون آرمه شدن، و با سنگینی هر چه تموم‌تر، برگردن از مو نازک‌تر بنده سوار! چاره‌ی کار فقط همون تراشیدن از ته است و بس! آیا پول داریم که به سلمونی بدم؟ آیا امروز حقوق عقب‌افتاده‌شو بهش میدن؟

روز بعد، با ســری به گندگی دیگ ده من‌ی که با همون روسری کذایی پوشونده شده، نزد «سِبو» میرم به میدون فردوسی. سِبو با اون لهجه‌ی غلیظ ارمنیش.

ـ اینا چیه؟ رفته بودی بیابون...؟ واه واه. باید یه بطری سرکه سارت خالی کنم... دَسَم میفته. چند تا شونه‌ی درشت باید بشکنم، تا شاید اینا بیاد پایین. سِبو، یکی از سلمونیای سرشناس تهرانه. دلیلش ابتکاراتش در فورم دادن به موهای خانماست. او درکلینیک زیبایی یه خانم فرانسوی کار میکنه.

به قسمت سرشویی میرم، روی صندلی مخصوص میشینم، سرموکه روی لگن سرشویی از عقب تکیه میدم، از دردگردن، اشکم در میاد.

ـ سِبو جان، نمیشه از ته بتراشی؟

ـ چیه...؟ بارای فیلم تازه؟

ـ نه بابا. دیگه رُل بی‌رُل! اسـم فیلم و سینمارم نیار. از ته بتراش خلاصم کن! از درد سر و گردن دارم میمیرم. دیگه تحمل بیشتر از این ندارم.

ـ میخواستی بتاراشی، میرفتی توپخونه. یه چایی دارچینم بهت میدادن.

ـ حالا شما اینقدر نمک نریزین. کوتاش کن. کوتای کوتاه. بابا میبینیشونه نمیشه. پوست سرمو نَکَن. کُشتی منو!

ـ کوتاشم بخوام بکنم، اول باید این همه موی به این بلندیو صاف شونه کنم! آخه بابام، چطور این همه شن کردی تو موهات؟ کنار دریا رفتی زمسونی؟

ـ نه بابا... کویر... توکویرگیر باد سام افتادیم.

ـ توکویر چی کار داشتی؟

ـ میزنی یا نه؟ بهخدا سنگینی این موها نمیذاره نفسم در بیاد.

و بالاخره، با موهای پسرونه بــه خونه برمیگردم و مورد ســرزنش و ایراد و اوقاتتلخی!

ـ از اسبابامون چه خبر...؟ یه سری به گاراژ میزنی ببینی اومده یا نه؟ اونا که باید زودتر از ما رسیده باشه. تو اقلاً لباس نظامیتو آوردی، من هیچی ندارم بپوشم!

ـ جیگر جون، تلفن کردم. هنوز خبری ندارن!

دو هفتهی تموم گذشته و هنوزکسی از اتوبوس زاهدان به کرمان، یزد و تهران خبری نداره.

مادرم که با شوهر جدیدش در آبادان زندگی میکنه و به تازگی صاحب دختری شدن، به من مژدهی خواهرکوچولورو میده و میخواد تا تعیین تکلیف زندگیمون با خسرو به آبادان برم.

***

باز جدایی...؟ کودکمو در آغوش میگیرم و با ترن عازم آبادان میشیم. و چه اشک و آهی در ایستگاه راهآهن. بهزور با سوت سوم و فریاد مأمور راهآهن از هم جدا میشیم

ـ به محض تعیین تکلیفم، تلگراف میزنم که برگردی.

در سنگین ترن پشت سرم بسته میشه. ترن راه میفته، همون جا تو راهروی باریکش

کنار پنجره وامیسم. میخوام تا اونجاکه میتونم، نیگاش کنم. این اشک لعنتی نمیذاره. با چه سرعتی دور و دورتر میشه. اشگمو پاک میکنم، دستشو میبینم که برام بوسه میفرسته، چقدر ممکنه آدم اشک داشته باشه؟

***

با اینکه سال پنجم دبیرستانو به دلیل مأموریت بابا در آبادان گذروندم و یکی از بهترین سالای زندگیم بود، اما این بار ترجیح میدادم در کنار شوهر و کودکم، یه زندگی زناشویی سعادت‌آمیز و آروم و سرشار از عشق داشته باشم.

بوی دوست‌داشتنی نفت خام که از ـ سه گوش بریم ـ شروع میشه، کتاب‌فروشی «الفی» و مجله‌های سینماییش، باشگاه‌های گلستان، بریم، باواردە، ایران و نیروی دریایی. و شبای رقص و موزیک و گاردن پارتیشون. و از همه زیباتر و سحرانگیزتر، کارون. کارون و شبای فراموش نشدنیش.

اما این بار، در برابر دوری از داویت، ابداً اون لذت سابقو نداره. حالا که دیگه از نظر شرع و عرف، مانعی سر راهمون نیست و میتونیم بی‌ترس و واهمه، از کنار هم بودن لذت ببریم، باز زندگی مجبورمون میکنه درد جدایی رو تحمل کنیم.

***

خجالت میکشم هر روز بگم:

ـ میخوام برم تلفنخونه و به تهران زنگ بزنم.

چندان راحت هم نیست. من از تلفنخونه‌ی آبادان باید به تلفنخونه‌ی تهران خبر بدم در چه روزی و چه ساعتی در آینده، به اون تلفن خواهم کرد. بعد، دوباره، روز موعود به تلفنخونه‌ی آبادان برم. که اونم همون موقع به تلفنخونه‌ی تهران بره و منتظر تلفن من باشه.

پسرم چار دست و پا، خودش رو به اتاق خاله‌ی کوچولوش میرسونه، نی نی، نی نی میکنه. مادر تا اون جا که میتونه، سعی در به وجود آوردن محیطی مطبوع برامون داره.

آبادانو با تموم وجود دوست دارم، اما دلم در تهرانه، این آوارگی رو دوست

نمیدارم.

لباســای مادرو میپوشم، در خوونه‌شون احساس غریبگی شــدید دارم. خدایا، چرا خبری نمیرسه؟ پســرکوچکم هم حتماً دلش برای آغوش پدر و بالا پایین انداختنش تنگه.

خدایا... چرا خوشیای ما اینقدر زودگذره، و ما چقدر زودباوریم که فکر میکنیم ابدیه!

و بالاخره... تلگراف از تهران میرسه!

ـ برای منه...؟

خوشحالی حد و مرزی هم داره؟ دلم غنج میزنه. همه‌چی درست شده. آه خدای من. مرسی. میدونم مژده‌ی درست شدن کارش، رسیدن اسبابامون، پیداکردن یه خونه‌ی مستقل و نقلی؛ همه و همه در این تلگرافه... از شوقم، و از بس قلبم تند میزنه و داره از قفسه‌ی سینه‌م میزنه بیرون نمیتونم در پاکتو واکنم! وای... خدایا، چرا درش وا نمیشه؟

همین فردا حرکت به تهران... مرسی، مرسی خدای من! هزار بار مرسی.

ـ جیگر جون... متأسف. اسباب‌ها... در سیل مفقود. دلم تنگ... دلم تنگ.

دسامبر۵ ۲۰۰۵

بازنویسی سپتامبر۲۰۰۶